M.S. FORCE

VALOROUS

Pour la présente édition :

Ouvrage dirigé par Franck Spengler
Collection dirigée par Hugues de Saint Vincent

Départements de Hugo et Compagnie
34/36, rue La Pérouse, 75116 Paris
www.hugoetcie.fr

ISBN : 9782846285605
Dépôt légal : février 2016
Imprimé en France par Corlet
N° d'imprimeur : 177755

TRILOGIE
QUANTUM

SAISON 2

NEW ROMANCE

M.S. FORCE

VALOROUS

Traduit de l'anglais (États-Unis) par Alexandra Moreau

BLANCHE
Hugo Roman

I

Flynn

Elle est en état de choc. C'est la seule manière d'expliquer que ses magnifiques yeux bruns soient vitreux et qu'elle ne prononce pas un mot. Elle tremble si violemment que je songe à appeler un médecin pour qu'il lui donne de quoi la calmer. Je ne sais absolument pas comment la réconforter.

Je l'ai ramenée chez moi en espérant la protéger de la presse déchaînée qui assiège sa maison. Mes pires cauchemars sont devenus réalité, mais ils ne sont rien à côté des siens. Maintenant que son douloureux passé a été jeté en pâture au monde entier, elle a perdu son travail et son anonymat, et c'est entièrement ma faute.

Il faut que je contacte les gens qui sont à mon service – avocats, attachés de presse, quiconque peut me livrer la tête de celui qui lui a fait du mal. Il faut aussi que Leah vienne ici, parce que Natalie a besoin d'une amie. Mais j'ai peur de la laisser seule, ne serait-ce que le temps de passer les coups de fil nécessaires. Son silence me rend dingue. Je préférais encore la voir sangloter. Cela, je comprenais. Mais ce silence irréel… Il me fiche la trouille.

C'est alors que je me rappelle qu'elle s'est entichée de mon immense baignoire, celle que je n'ai jamais utilisée depuis dix ans que je possède cet appartement. Je la laisse pelotonnée sur mon lit et je vais lui faire couler un bain. Sous le lavabo, je trouve un flacon de gel douche qui pourra faire office de bain moussant. Un œil sur elle, j'attends que la baignoire soit aux trois-quarts pleine avant de couper l'eau et de retourner auprès d'elle.

Je m'assieds au bord du lit, lui fais un baiser sur la joue, que je trouve glacée.

– Nat, je t'ai fait couler un bain. Cela te fera peut-être du bien de te réchauffer.

Comme elle ne proteste pas, je l'aide à se lever et se déshabiller, puis je la prends dans mes bras pour la porter dans la salle de bains où l'attend la baignoire remplie d'eau bien chaude et de mousse. Il y a deux soirs, nous avons fait l'amour pour la première fois, mais cet instant-ci n'a rien de sexuel. Quand je la dépose dans l'eau, je me retrouve avec les manches trempées et, du coup, j'enlève ma chemise et m'assieds sur le bord de la baignoire.

– Ma chérie, tu veux bien me parler ?

– Rien à dire.

Elle a répondu d'une voix sans timbre, terne comme son regard. Les larmes silencieuses qui roulent sur ses joues me brisent le cœur et menacent de me faire perdre mon sang-froid. Il faut que je fasse quelque chose pour lui venir en aide.

– Je reviens tout de suite.

Je file dans la chambre prendre mon téléphone et une chemise propre. J'ai trente-deux appels manqués et quarante-six textos. Je ne m'en occupe pas et j'appelle Gabe chez Quantum. C'est lui qui gère notre club de BDSM et qui s'occupe de la sécurité à New York.

– Flynn, dit-il. Ça va ?

– J'ai connu mieux. Il me faut un médecin pour Natalie. Tu connais quelqu'un qui peut venir et rester discret ?

– Ma cousine. Je vais l'appeler et arranger ça.

– Merci, Gabe.

– Dites-moi si vous avez besoin de quoi que ce soit d'autre. On est tous là pour vous aider.

– Je le ferai. Merci encore.

Je retourne à la salle de bains, où Natalie n'a pas bougé. Ses larmes continuent de couler, et chacune d'elles me fait l'effet d'un coup de poignard en plein cœur.

– Flynn, chuchote-t-elle.

– Quoi, ma chérie ? (Je m'agenouille auprès de la baignoire.) Je suis là. De quoi as-tu besoin ?

– Je vais vomir.

J'attrape la corbeille et la lui donne juste à temps pour retenir ses longs cheveux noirs au moment où la nausée la prend.

– J'ai besoin de Flocon, dit-elle entre deux hoquets.

– Je vais demander à Leah de l'amener. Ne t'inquiète pas. (Je l'installe sur une serviette roulée en guise d'oreiller dans la baignoire, puis j'humecte un linge d'eau froide et je me penche pour lui essuyer le visage et la bouche.) Je vais prendre ton téléphone pour envoyer un texto à Leah. (Les larmes continuent de ruisseler sur ses joues blêmes. De toute ma vie, je ne me suis jamais senti aussi impuissant. Je ne veux même pas la quitter une minute pour aller chercher son téléphone dans son sac à main resté dans le salon.) Je reviens tout de suite, d'accord ? (Elle hoche la tête avec une résignation lasse qui me déchire. C'est ma faute et je vais tout faire pour réparer cela. Je rapporte le téléphone dans la salle de bains.) Tu peux composer ton code ?

– Tu peux le faire. C'est zéro, un, un, huit.

Je suis étrangement ému qu'elle me confie son code. Que puis-je dire ? Je suis une catastrophe pour elle. À peine ai-je composé le code que je vois que son téléphone déborde d'appels manqués et de messages sur sa boîte vocale. Sans m'en occuper, j'envoie un texto à Leah.

Salut, c'est Flynn. Natalie réclame Flocon. Tu pourrais l'amener chez moi ?

Elle répond aussitôt.

Quel soulagement d'avoir de vos nouvelles. Comment elle va ? Évidemment que je vais l'amener. Du moment que je peux me rendre utile.

Merci. Pas trop bien… Flocon lui fera du bien.

Je lui envoie un autre texto expliquant comment rejoindre mon appartement depuis le parking, une information que je ne donne tout bonnement à personne. Mais là, je ne peux pas m'arrêter à des détails sur lesquels je suis habituellement pointilleux, comme la protection de ma vie privée. Tout ce qui compte, c'est Natalie et ce que je peux faire pour elle.

L'interphone de l'ascenseur sonne et je suis de nouveau mortifié de devoir laisser Natalie seule ne serait-ce qu'une seule minute.

– Flocon arrive avec Leah. Je dois aller ouvrir. Je reviens.

Elle ne répond pas. Elle pleure toujours, mais elle a un regard absent qui me terrifie.

– Oui ? dis-je en arrivant à l'ascenseur.

– C'est moi.

La voix d'Addie. Sans hésiter, j'appuie sur l'ouvre-porte pour laisser monter ma fidèle assistante. Une minute plus tard, elle sort de l'ascenseur, laisse son sac dans l'entrée et me serre dans ses bras.

– Qu'est-ce que je peux faire ?

Elle est devenue une sorte de petite sœur depuis cinq ans qu'elle travaille pour moi. Nous ferions n'importe quoi l'un pour l'autre, et elle vient de me le prouver à nouveau.

– Je ne sais même pas de quoi j'ai besoin pour l'instant.

– Quoi que ce soit, je suis là pour vous deux.

– Comment es-tu arrivée aussi vite ?

– J'ai sauté dans un avion une heure après avoir vu l'info sur le web. Liza arrive aussi, ajoute-t-elle, mais je lui ai dit de ne pas venir ici ce soir. Ce sera bien assez tôt demain.

– Bonne décision, merci. Il faut que je retourne auprès de Natalie. Elle est dans la baignoire. Gabe envoie sa cousine médecin s'occuper d'elle.

– Je vais préparer du thé.

– Elle aime le chocolat chaud.

– Je vais lui en faire, alors. Tu n'es pas tout seul, dit-elle en me prenant le bras. Toute l'armée de Quantum s'est réunie et crie vengeance.

– Merci d'être venue, Addie.

– Je fais mon boulot, c'est tout.

– Tu fais bien plus, tu le sais pertinemment.

– Va la retrouver. Tout va bien se passer.

Bien que les paroles rassurantes d'Addie m'aient un peu apaisé, un simple regard au visage de Natalie, pâle comme la mort et ruisselant de larmes, me dit qu'il va falloir beaucoup de temps pour que tout aille bien.

– Je vais te sortir de là, ma chérie.

Et, comme une enfant, je l'aide à se lever et sortir de l'eau, puis je l'essuie et je l'enveloppe dans un de mes peignoirs avant de lui sécher les cheveux et de les brosser.

Pendant tout ce temps, elle fixe le mur d'un œil vide, toujours en pleurs. Où donc est ce médecin ?

– Je vais te mettre au lit.

Elle ne cille même pas quand je la prends dans mes bras et la porte au lit. Une fois qu'elle est blottie sous l'épaisse couette, je m'assieds auprès d'elle en lui tenant la main, sans savoir quoi faire.

Addie vient apporter un mug de chocolat chaud quelle pose sur la table de chevet sans un mot avant de nous laisser seuls.

– Addie t'a préparé du chocolat.

– Qu'est-ce qu'elle fait ici ?

Je suis soulagé qu'elle dise enfin quelque chose.

– Elle est venue nous aider.

– Elle ne peut rien faire.

Son ton accablé me transperce le cœur.

– Mais si, nous pouvons faire beaucoup de choses et c'est ce que nous ferons une fois que nous nous serons occupés de toi. Tu es la seule chose qui compte.

– Ta carrière, ce qui doit se raconter…

– Rien à foutre. Ma carrière est le dernier de mes soucis en ce moment. C'est de toi que je me préoccupe. Je t'aime et je m'en veux que tout ça t'arrive à cause de moi.

– Je… je ne comprends pas, enfin… Pourquoi ? Pourquoi il a fait ça ?

J'essuie ses larmes tout en retenant les miennes. Je ne me rappelle pas la dernière fois que j'ai pleuré, mais si je commence maintenant, j'ai peur de ne pas pouvoir m'arrêter.

– Qui a fait ça, Nat ?

– C'est forcément l'avocat de Lincoln. Je lui ai versé énormément d'argent pour qu'il m'aide à changer d'identité après ce qui s'est passé. Pourquoi a-t-il fait ça ?

– Pour de l'argent. (Je suis dégoûté à mesure que les pièces du puzzle s'assemblent.) Quand il t'a vue avec moi, il s'est dit que c'était une occasion de toucher le gros lot.

– J'étais sa cliente, sanglote-t-elle. Il n'a pas le droit de parler de moi.

– Je pense bien qu'il n'a pas le droit. Je vais veiller à ce qu'il soit radié du barreau et inculpé pour ce qu'il t'a fait. Sans compter que je vais lui flanquer un procès aux fesses.

– C'est comme si tout recommençait... J'ai l'impression d'être ramenée en arrière.

Elle parle de son viol à quinze ans, dont le monde entier est maintenant au courant à cause de ce foutu avocat de Lincoln, dans le Nebraska, qui l'a vendue pour se faire un peu d'argent. Beaucoup, même.

Je suffoque de rage. J'ai envie de pleurer en sachant que c'est à cause de moi qu'elle souffre de nouveau. Je l'ai entraînée dans un cauchemar qu'elle avait laissé derrière elle depuis longtemps. Si je m'étais douté qu'une chose pareille soit possible, jamais je ne me serais montré en public avec elle.

– Ce n'est pas ta faute, dit-elle doucement.

Même si je suis soulagé de voir une étincelle de vie revenir dans ses yeux habituellement si lumineux, pas question de ne pas assumer ma faute.

– Je suis totalement coupable. Étant donné que tu as été vue avec moi, la presse a voulu en savoir davantage et a fouillé jusqu'à ce qu'elle déniche quelqu'un prêt à parler moyennant finances.

– Ce n'est pas à toi que j'en veux mais à lui.

Je l'adore de ne penser qu'à moi dans un moment pareil.

– Comment s'appelle-t-il, ma chérie ?

– David Rogers. C'est la seule personne jusqu'à ce jour qui connaissait mes deux identités. C'est forcément lui.

– Tu n'en as jamais parlé à personne, même à ta famille ?

– Ça fait huit ans que je n'ai vu personne de ma famille ni même parlé au téléphone.

Je suis triste de réaliser qu'elle a été aussi seule pendant toutes ces années. Eh bien, elle ne l'est plus. Je veux connaître dans les moindres détails tout ce qui lui est arrivé, mais ce n'est pas le sujet à aborder pour l'instant. Je me contente donc de rester auprès d'elle en lui tenant la main et en lui faisant boire son chocolat chaud par petites gorgées jusqu'à ce qu'un coup à la porte annonce l'arrivée du médecin.

J'étais déjà soulagé que ce soit une femme. Je le suis encore plus en voyant qu'elle se fiche de qui je suis. En fait, elle se concentre uniquement sur Natalie.

– Bonjour, je suis le Dr Janelle Richmond.

Elle a les mêmes cheveux noirs et le teint mat que Gabe, avec qui elle a un air de famille.

– Merci beaucoup d'être venue, dis-je en lui serrant la main.

Natalie lève les yeux, manifestement inquiète.

– Tu as appelé un médecin ?

– J'ai pensé que cela te ferait du bien d'avoir quelque chose qui t'aide à dormir.

– Pourrais-je rester un moment seule avec Natalie ? demande Janelle.

Je n'ai pas envie de sortir, mais je m'exécute non sans avoir interrogé Natalie.

– Tu es d'accord ?

Elle ramène la couette sur elle.

– Oui, je crois.

– Je serai juste à côté. Appelle si tu as besoin de moi.

Je me penche pour lui faire un baiser sur le front avant de sortir et refermer la porte derrière moi.

– Comment elle va ? demande Addie que je retrouve dans le couloir.

– Un peu mieux. Tu peux m'appeler Emmett ?

– Bien sûr. (Elle va chercher son téléphone dans le salon et vient me retrouver devant la porte de la chambre.) Voilà.

– Emmett, dis-je en prenant l'appareil.

– Qu'est-ce que je peux faire, Flynn ? (Principal avocat de Quantum, Emmett Burke est un ami autant qu'une relation de travail. C'est aussi un membre de notre club de BDSM secret.) J'imagine à quel point tu dois être contrarié.

– Ça fait belle lurette que je ne suis plus contrarié mais enragé. C'est un avocat de Lincoln, dans le Nebraska, un certain David Rogers, qui s'est occupé du changement d'identité de Natalie. D'après elle, c'est la seule personne qui connaissait ses deux identités. Je veux sa peau.

– Je m'en occupe. (Un silence.) Flynn, je sais que tu t'es occupé de Natalie, mais ce qui a été publié sur ce qu'elle a subi… c'est… euh… il vaut mieux que tu te prépares avant de le lire. C'est v… vio… lent, mon vieux.

En dix ans de relation professionnelle et personnelle, je n'ai jamais entendu le toujours sûr de lui Emmett Burke bégayer ou bafouiller. Qu'il fasse les deux m'angoisse particulièrement.

– Donne-moi les grands traits, dis-je en me préparant au pire.

Le long soupir qui résonne dans le téléphone m'indique combien il va avoir du mal à me raconter ça.

– Son père était le bras droit de l'ancien gouverneur du Nebraska, Oren Stone. Ils étaient amis depuis toujours. Les familles étaient proches, et Natalie – April, comme elle s'appelait à l'époque – était la baby-sitter des enfants Stone. Elle partait en vacances avec eux et dormait très souvent dans la résidence du gouverneur. (Un nœud me serre le ventre à mesure qu'il raconte. Elle s'appelait April, avant…) Apparemment, Stone s'est arrangé pour qu'elle vienne faire la baby-sitter un week-end où sa femme et les gosses n'étaient pas là. Il l'a détenue tout le week-end, l'a violée à plusieurs reprises et menacé sa famille si elle disait quoi que ce soit.

Pour moi, c'est un coup en plein ventre.

– Quel fils de pute !

– Elle est tout de suite allée chez les flics.

Je ne peux qu'admirer la force et le courage d'une gamine de quinze ans qui a eu le courage de dénoncer le salaud qui l'a maltraitée.

C'est alors qu'Emmett m'assène le coup de grâce.

– Ses parents se sont rangés aux côtés de Stone.

– Tu rigoles ?

– Je préférerais. Les médias nationaux se sont emparés de l'affaire. Stone s'était fait beaucoup d'ennemis dans son ascension professionnelle. Des tas de gens se sont présentés pour soutenir Natalie durant son procès. Elle a demandé à être émancipée et le tribunal le lui a accordé. Elle a témoigné contre Stone, et ses déclarations très détaillées ont scellé son destin. Il a été condamné à vingt-cinq ans de prison. Au bout de quatre semaines de détention, il a été violé et assassiné dans les douches par un autre détenu. (J'éprouve un plaisir pervers à savoir qu'il a souffert ne serait-ce qu'une infime partie de ce qu'il lui a infligé.) Elle a disparu après le procès. Elle n'apparaît nulle part en ligne à partir de la date de condamnation de Stone.

– Ce doit être à ce moment-là qu'elle a changé de nom.

– Natalie Bryant a fait son apparition deux ans plus tard en première année à l'université de Nebraska. Nulle part ne figure ce qui s'est passé pendant ces années entre le procès et l'université. Elle a obtenu son diplôme au bout de quatre ans et elle a déménagé à New York pour devenir institutrice dans une école privée.

– Dis-moi qu'on va pouvoir faire quelque chose concernant ce Rogers.

– Oh, on a des tas de possibilités. Je vais passer un coup de fil au barreau du Nebraska pour commencer à préparer un procès au civil et demander également son inculpation au pénal. Il va regretter d'avoir déconné avec elle – et avec toi.

– Quoi qu'on fasse, ça ne peut pas être pire pour elle que ça ne l'est déjà.

– Malheureusement, il y a des chances que ça empire avant de s'améliorer.

L'idée que ça puise s'aggraver me donne la nausée. Je m'adosse au mur, les yeux embués de larmes. Entendre les détails de ce qui est arrivé à Natalie me déchire. Je suis dans tous mes états.

– Je veux la protéger, mais je ne sais pas comment.

– Le plus important, c'est de l'empêcher de regarder Internet ou la télé. Elle sait ce qui s'est passé. Elle n'a pas besoin de le voir rejouer devant le monde entier. J'ai parlé à Liza, et on va s'en occuper. Contente-toi de veiller sur elle en essayant de ne pas t'inquiéter. Le soufflé va retomber dans quelques jours.

C'est peut-être vrai, mais Natalie redeviendra-t-elle la jeune fille délicieuse et enjouée qu'elle était avant que sa vie et son douloureux passé soient exposés au monde entier ?

La porte de la chambre s'ouvre et j'annonce à Emmett que je dois mettre fin à la conversation.

– Je te rappelle demain.

– À demain, alors.

Je fourre le téléphone d'Addie dans ma poche et demande à Janelle :

– Comment elle va ?

– Elle m'a autorisée à vous dire qu'elle est physiquement en état de choc, d'où ses tremblements et ses pleurs. Je lui ai donné un très léger sédatif pour lui permettre de se reposer. (Elle me tend sa carte.) Si elle a toujours des angoisses ou du mal à dormir, appelez-moi demain et je vous enverrai une ordonnance.

– Elle est… Elle va s'en sortir ?

– Tôt ou tard, mais il va lui falloir un peu de temps pour digérer ce qui s'est passé. Vous allez devoir être patient et la laisser suivre son rythme.

La patience n'est pas ma plus grande qualité, mais je vais devenir l'homme le plus patient du monde si c'est ce dont Natalie a besoin.

– Appelez-moi si je peux vous être utile à l'un ou à l'autre.

– Merci beaucoup d'être venue.

– Mais non. Gabe ne dit que du bien de vous et de tout le monde chez Quantum. Je sais ce que vous représentez pour lui.

– C'est l'un des meilleurs, c'est sûr.

– Ne me raccompagnez pas, je connais le chemin. Allez retrouver Natalie.

– Merci encore.

J'entre dans la chambre éclairée par une petite lumière qui vient de la salle de bains. Natalie a les yeux fermés, mais ses joues sont encore humides de larmes. Elle les ouvre quand je m'approche. Même au cœur de ce désespoir, je sens le lien qui nous unit depuis le jour de notre rencontre. Un lien qui a maintenant gâché sa vie.

– Tu veux que je t'apporte quelque chose ?

– Non… Tu veux bien… Tu peux… ?

– Quoi, ma chérie ? Ce que tu veux.

– Tu peux me prendre dans tes bras ? demande-t-elle dans un sanglot. S'il te plaît.

– Rien ne pourrait me faire plus plaisir.

Je suis heureux qu'elle veuille encore de moi après le gâchis que j'ai provoqué. J'enlève ma chemise et mon jeans que je pose en tas sur le sol et je me glisse dans le lit auprès d'elle.

Laissant échapper un gémissement plaintif, elle se tourne pour m'enlacer en enfouissant son visage dans ma poitrine.

Des larmes me viennent et roulent sur mes joues. Je ne supporte pas de la voir souffrir. C'est comme si on m'enfonçait un poignard en plein cœur.

– Tout va bien, ma chérie. Je suis là et tout va s'arranger. Je te le promets.

Je caresse son dos à travers le peignoir. Ses épaules sont secouées de sanglots.

– Tout le monde va être au courant, murmure-t-elle si bas que j'ai peine à l'entendre. Le monde entier va savoir ce qui m'est arrivé.

– Et aussi que tu as survécu et que tu es allée de l'avant. Les gens le sauront aussi.

– Je ne voulais pas que ça se sache. Ni que tu le saches.

– Ma chérie, rien ne peut changer ce que j'éprouve pour toi. Je t'aime encore plus que ce matin, et jamais je n'aurais cru que ce soit possible.

– C'est humiliant.

– Tu te rappelles ce que tu m'as dit un jour ? Qu'il t'avait fallu des années de psychothérapie pour pouvoir te rendre compte que c'était toi la victime ? Que ce n'était pas ta faute ? Tu n'as rien fait. C'est quelqu'un d'autre le coupable, et on va le faire payer. Je te le promets.

– Qu'est-ce que ça changera qu'il paie ? Tout le monde sera quand même au courant. Tu sais bien.

– Natalie, ma chérie, ça ne change rien pour moi. Je te choisirais quand même parmi toutes les autres.

Elle enfouit son visage dans le creux de mon épaule et je la serre contre moi. Nous restons ainsi à sangloter sans bruit quand nous entendons un aboiement familier dans l'entrée.

– Flocon !

L'enthousiasme que je perçois dans sa voix me remplit d'espoir.

– Ne bouge pas. Je vais aller te la chercher.

Je lui fais un baiser sur le front, me lève et enfile mon jeans avant d'ouvrir la porte à Leah et Addie qui s'apprêtaient à frapper.

En me voyant, Flocon retrousse les babines sur les dix dents qui lui restent.

La petite boule de poils blancs fonce dans ma chambre et saute sur mon lit retrouver Natalie.

– Merci, Leah.

La coloc de Natalie essaie de ne pas lorgner mon torse nu.

– Euh, de rien. Je peux voir Nat ? Juste une seconde ?

– Bien sûr, entre, dis-je en m'effaçant.

– Tu as un chien dans ton lit, observe Addie pour détendre l'atmosphère.

– Apparemment. (Un troupeau d'éléphants pourrait envahir ma chambre, si ça pouvait rendre Natalie heureuse.) Et ce n'est pas de veine, mais Flocon est totalement insensible à mes nombreux charmes.

– Alors, tu as fini par rencontrer le seul membre du sexe féminin au monde qui ne soit pas bouleversé par Flynn Godfrey ?

– Apparemment. D'ailleurs, elle m'a mordu jusqu'au sang le jour où j'ai rencontré Natalie.

– Il me semble l'avoir entendu dire, oui.

– Hayden aurait encore été indiscret ?

– Je ne révèle jamais mes sources.

Mon meilleur ami et associé est fou d'Addie, même s'il refuse de l'avouer, à elle comme à lui-même. Je soupçonne cette attirance d'être réciproque, mais Addie ne me parle pas de lui et je ne pose pas de questions.

Je ne peux pas m'empêcher de me passer la main dans les cheveux si violemment qu'ils doivent être tout hérissés.

– Dis-moi ce que je dois faire, là, Addie. Je suis complètement perdu.

– Reste simplement auprès d'elle. Elle a besoin de savoir que ce qui est arrivé aujourd'hui n'a rien changé pour toi.

– Je le lui ai déjà dit. Je ne sais pas si elle me croit.

– Continue de le lui répéter jusqu'à ce qu'aucun doute ne subsiste.

– Jamais je n'aurais cru pouvoir éprouver ça pour quelqu'un.

Addie sourit de cet aveu.

– Ça arrive aux meilleurs.

– Je ne peux pas la perdre à cause de ça. Pas question.

– Tu ne la perdras pas. Quand tout sera calmé, elle se rappellera que tu es resté auprès d'elle pour la soutenir. C'est ce qui comptera.

Si j'apprécie la confiance que me témoigne Addie, j'aimerais être plus certain que Natalie et moi sortirons indemnes de cette épreuve. Combien de temps lui faudra-t-il avant de commencer à m'en vouloir d'avoir tout gâché ?

2
Natalie

Je me suis maintes fois demandé ce que ça me ferait si mes secrets étaient révélés, mais rien n'aurait pu me préparer à quelque chose d'aussi soudain et brutal.

C'est comme si j'étais de nouveau violée.

Flocon se comporte aussitôt avec sollicitude et lèche mes larmes comme elle l'a toujours fait depuis le commencement de mon long cauchemar. Je suis heureux de voir Leah, mon amie et colocataire, mais je vois bien qu'elle ne sait absolument pas quoi me dire.

– Je… euh… sache que tout le monde est furieux contre Mme Heffernan de t'avoir virée, dit-elle. Je reçois sans arrêt des textos de l'école. Sue a menacé de démissionner si tu n'étais pas réembauchée.

Sue est l'assistante d'administration de l'école Emerson où Leah et moi sommes institutrices.

Du moins, où je l'étais jusqu'à ce que je sois licenciée ce matin pour avoir menti sur mes antécédents et pour avoir troublé le calme de l'établissement. Comme si j'avais invité la foule de journalistes qui a assiégé l'école dans l'espoir de m'apercevoir en pleine humiliation.

– Je sais que tu ne veux pas en parler et je respecte totalement ton choix, hésite Leah, mais je tiens à ce que tu saches que je suis désolée de tout ce que tu as subi et que je regrette de m'être moquée tant de fois de ta pruderie. Je ne pouvais pas savoir, Nat.

Sa voix se brise, et je vois bien qu'elle est au bord des larmes. Je lui prends la main.

– Je t'en prie, ne t'excuse pas. Tu ne savais pas parce que je n'en ai parlé à personne. Je voulais oublier tout ce qui s'était passé, mais j'ai découvert aujourd'hui avec quelle facilité le passé peut vous rattraper.

– Flynn doit être dans tous ses états.

– Il s'en veut. Mais ce n'est pas sa faute.

– C'est logique qu'il le pense. C'est vrai, avant que tu fasses sa connaissance, personne ne se souciait de ton passé.

– Ce n'est quand même pas sa faute. Il est presque plus contrarié que moi.

– Peut-être que tu vas devoir lui répéter que tu ne lui en veux pas.

Je suis épuisée. Ce que le médecin m'a donné pour m'aider à dormir est en train de faire effet, et j'ai du mal à garder les yeux ouverts.

– Je vais te laisser dormir. Je peux t'appeler demain ?

– Bien sûr, dis-je en serrant sa main entre les miennes. Merci d'avoir amené Flocon.

– Ça m'a fait plaisir de pouvoir te rendre service.

– Leah… (Je me force à garder les yeux ouverts pour la regarder.) Tu es la meilleure copine que j'aie eue depuis que ma vie s'est écroulée. Je voulais te remercier.

– Oh mon Dieu, Nat, j'ai toujours été une copine affreuse, à te taquiner constamment…

– Non, tu as été merveilleuse, et presque tout ce que tu disais est vrai. Nous sommes de vraies amies, malgré nos différences. Tu n'imagines pas à quel point j'adorais la vie normale et monotone que nous menions dans cet appartement.

– Tu ne vas plus pouvoir y revenir, alors ? demande-t-elle en essuyant ses larmes.

– Je ne sais absolument pas ce que je vais faire. Tout est sens dessus dessous. Je ne sais pas comment je pourrais assurer le loyer maintenant que je suis sans travail.

– Le loyer a été payé pour toutes les deux jusqu'à la fin de l'année, dit Flynn depuis la porte. Et j'ai également veillé à la sécurité de Leah jusqu'à ce que la situation se tasse.

Je n'en crois pas mes oreilles.

– Tu… tu as payé le loyer pour *un an ?*

– Oui, et ne viens pas me dire que je n'aurais pas dû. Rien de tout cela ne serait arrivé si tu ne m'avais pas rencontré. Payer votre loyer et vous faciliter la vie, c'est le moins que je puisse faire après tous les ennuis que je vous ai causés.

– Viens là, dis-je en lui tendant la main. (Leah se lève pour lui laisser la place de s'asseoir sur le lit auprès de moi.) Ce n'est pas ta faute. Tu ne m'as rien fait.

– Je… euh… je vais vous laisser tranquilles, fait Leah en se raclant la gorge. Je peux t'appeler demain ?

– Bonne idée. Si tu vois mes élèves… dis-leur que je les adore.

La perspective de ne jamais les revoir est ce qu'il y a de pire dans cette journée déjà accablante.

– Je leur dirai. Et je récupérerai tes affaires dans ta salle. (Elle se retourne sur le seuil.) J'espère que tu sais que t'avoir virée pour ça, c'est suffisant pour lui intenter un procès. Elle n'avait pas le droit.

– Fais-moi confiance, dit Flynn. Mes avocats s'en occupent. S'il y a un moyen d'y parvenir, nous ferons réintégrer Natalie.

– Tant mieux. Essaie de te reposer. Je t'appelle demain.

– Merci encore de m'avoir amené Flocon.

En entendant son nom, ma chienne bien-aimée lève la tête pour voir ce qui se passe avant de se recoucher et ronfler béatement dans mes bras.

Leah partie, je me retourne vers Flynn.

– Merci de me laisser garder Flocon ici.

– Tu peux faire ce qui te plaît. Tu ne le sais pas, depuis le temps ?

– Oui, mais bon… Elle n'est pas très gentille avec toi. Et maintenant, la voilà dans ton lit.

– Tu y es bien, toi. Si je dois m'accommoder de l'une pour avoir l'autre…

Malgré sa tentative d'humour, il a l'air triste et dépité. Je m'en veux d'en être la cause. Je lui prends la main et enlace mes doigts dans les siens.

– Ce n'est pas si dramatique que la dernière fois.

– Comment ça ?

– Tout. La dernière fois que ma vie a été chamboulée, j'étais toute seule. Cette fois, je vous ai, toi, Leah, Addie et tous les gens qui nous aident.

– Tu es loin d'être seule, répond-il, le regard flamboyant. Je serais capable de tuer pour toi, Natalie.

– Ne fais pas ça, je t'en prie. J'ai besoin que tu restes auprès de moi, pas que tu sois en prison.

Il porte nos mains enlacées à ses lèvres et m'effleure les doigts. J'adore la sensation de sa barbe sur ma peau.

Il est si passionné et si beau, et il m'a montré à quel point il m'aime en s'occupant de moi ce soir.

– Viens te recoucher.

Flocon gronde d'un air menaçant et je ne peux m'empêcher de rire devant son comportement ridicule.

– C'est agréable de t'entendre rire.

Je soulève Flocon pour la mettre du côté opposé au sien.

– Je crois que c'est sans danger.

Il fait le tour du lit, enlève son jeans et se recouche.

Flocon se met à aboyer frénétiquement quand il se colle contre moi.

Je trouve cette grotesque petite comédie follement amusante et je ne peux plus m'empêcher de rire. Puis je me remets à pleurer en me rappelant que je n'ai nulle part où aller demain, que mes gamins ne comprendront pas pourquoi je ne suis pas là et que le monde entier va connaître mon sordide passé et traîner le nom de Flynn dans la boue avec le mien.

– Nat, soupire-t-il. Viens là.

Je laisse Flocon à ses fureurs et me tourne vers lui. J'ai beau adorer Flocon, c'est du réconfort de Flynn que j'ai besoin en cet instant. Il m'enveloppe de ses bras et je me blottis contre lui.

C'est alors qu'il sursaute et pousse un cri.

– *Merde !*

– Qu'est-ce qu'il y a ?

– Elle m'a mordu. Encore.

Il lève la main pour me montrer la marque rouge, mais heureusement, cette fois, il ne saigne pas.

– Flocon ! Non ! On ne mord pas ! (Je me redresse et me tourne vers ma petite chienne têtue.) Non, non ! (Elle me regarde d'un air qui signifie qu'elle ne regrette absolument rien et qu'elle recommencera dès qu'elle en aura l'occasion.) Je suis vraiment désolée.

Je me retourne vers Flynn et m'aperçois qu'il est en train de rire.

– Qu'est-ce qu'il y a de si drôle ?

– Elle t'a regardée genre va te faire foutre.

La justesse de son analyse me fait rire à mon tour.

– Elle est épouvantable ! On ne peut quand même pas avoir à redouter de se faire mordre dans son propre lit.

– Si tu savais ce que je pourrais te répondre…

– Flynn ! Je suis sérieuse. Elle est intenable.

– Elle te protège. Je respecte ça. (Il tend les bras vers moi.) Allez, viens.

– Et on ne mord pas ! dis-je en agitant un index menaçant devant Flocon. Sinon…

– Je suis incroyablement excité, là. Tu promets de me gronder, un de ces jours ?

Son irrévérence me fait rire et, un instant, j'oublie le cauchemar qu'est devenue ma vie.

Revenue dans ses bras, j'essaie de me calmer pour pouvoir dormir. Depuis ces derniers jours, son odeur est devenue pour moi celle du foyer familier, et sa poitrine l'endroit où je préfère poser ma tête. Dans la chaleur de ses bras, je suis rassérénée. Même au milieu de mon pire cauchemar, je me sens en sécurité et aimée grâce à lui.

Le médicament que je viens de prendre commence à faire son effet, mais je ne pourrai pas dormir tant qu'il ne saura pas ce que j'éprouve.

– Flynn ?

– Quoi, ma chérie ?

– Je veux juste que tu saches… J'ai longtemps craint que cela arrive. J'en ai toujours eu peur. Mais maintenant que je suis avec toi… je serais devenue folle si tu ne m'avais pas dit que tout allait s'arranger.

– Je te promets que tout va s'arranger. Pas question que tu t'inquiètes. Ferme les yeux et dors. Je reste avec toi.

J'ai envie de parler avec lui. D'être avec lui. Mais je ne peux plus lutter contre le médicament. Je lui chuchote :

– Je t'aime.

– Moi aussi. Plus que tout au monde.

FLYNN

Je veux retrouver le salaud qui lui a fait ça et l'étriper de mes propres mains, mais après l'avoir fait souffrir. Je déborde tellement de fureur que je ne sais pas comment l'évacuer. Et avec Natalie qui dort dans mes bras et son monstre de chienne qui ronfle de l'autre côté du lit, je ne peux rien faire d'autre que fulminer.

Je ne ferme pas l'œil de presque toute la nuit en songeant à ce qu'il va falloir faire. Quand mon cerveau épuisé n'en peut plus de penser à l'enfer que j'ai déchaîné sur la femme que j'aime, je laisse mon esprit vagabonder et me remémore les moments que nous avons passés ensemble. Depuis cette fatidique première rencontre dans le square de Greenwich Village jusqu'à ce dernier week-end à Los Angeles, cela n'a été qu'un tourbillon romantique de passion et de désir.

Jamais je n'aurais imaginé tomber amoureux ainsi. Après la fin de mon mariage, j'étais heureux d'être un playboy blasé et cynique qui passait d'une femme à une autre comme d'autres enchaînent les bières. Je travaillais comme un fou et je baisais autant et aussi souvent que je le pouvais. Les week-ends au Club Quantum étaient la récompense de mon dur labeur. Le club de BDSM que j'ai lancé avec quatre de mes amis les plus proches était au centre de ma vie jusqu'à ce que je décide que j'ai davantage besoin d'elle que de ce genre de vie.

Le week-end dernier, elle m'a raconté qu'elle a été violée. En l'apprenant, j'ai compris qu'il n'y avait aucune chance que je puisse lui faire connaître mon côté dominateur. Cela s'est donc résumé à un choix : elle ou mes fantasmes. C'est elle que j'ai choisie. Et je la choisirais encore si je devais recommencer. J'ai davantage besoin d'elle. C'est aussi simple que cela.

Elle est tout ce dont j'ignorais avoir besoin jusqu'à ce qu'elle me tombe littéralement dessus et bouleverse ma vie du tout au tout. Et maintenant, je lui ai rendu la pareille en bousillant la vie qu'elle s'est donné tant de mal à se construire.

Quand vient l'aube, je ne sais toujours pas comment arranger la situation. Natalie dort à poings fermés, mais j'ai besoin de faire quelque chose – n'importe quoi. Je me lève, prends une douche et enfile un jogging et un t-shirt à manches longues.

Addie, qui a passé la nuit sur le canapé de mon bureau, est déjà levée et a préparé le café. Elle me tend un mug avec du lait et un rien de sucre, exactement comme je l'aime.

– Il faut que tu voies ça, dit-elle en me passant son téléphone.

J'ai peur de regarder.

– Ne me dis pas que la situation a empiré du jour au lendemain.

– Lis, c'est tout.

C'est un tweet de mon meilleur ami et associé, Hayden Roth : *Certains sujets ne sont pas vos oignons. #TeamNatalie #Pasvosoignons*

Je suis incroyablement touché par son geste. Il n'est pas le plus grand fan de Natalie étant donné qu'il a peur que je m'implique trop avec une femme dont les goûts sexuels sont si différents des miens. Il a connu la dégradation de mon mariage lorsque ma femme a découvert mes fantasmes et a rendu la monnaie de sa pièce à son mari « dépravé » en couchant avec le réalisateur avec qui nous tournions à l'époque. La fin a été hideuse, et j'ai évité de m'engager depuis.

Jusqu'à maintenant. Jusqu'à Natalie.

– Clique sur le hashtag, dit Addie. Il y en a d'autres.

De ma plus proche amie Marlowe Sloane : *Bisous et affection à mes chers amis @FlynnGodfrey et Natalie. #TeamNatalie #Pasvosoignons.*

De ma sœur Ellie : *Toute mon affection à @FlynnGodfrey et à celle qu'il aime, Natalie. #TeamNatalie #Pasvosoignons*

De l'un de mes associés de Quantum, Jasper Autry : *Ces enfoirés de paparazzis ont dépassé la limite. Foutez le camp ! #TeamNatalie #Pasvosoignons*

Un autre associé de Quantum, Kristian Bowen : *C'est dégueulasse de faire ça à quelqu'un qui a déjà été une victime. Assez ! #TeamNatalie #Pasvosoignons*

Je suis bouleversé par cette démonstration de soutien de ma famille et de mes amis. Beaucoup d'autres gens que je ne connais pas s'y ont mis également et accusent les médias d'être allés trop loin en publiant l'histoire de Natalie.

– Les gens sont furieux, dit Addie. TeamNatalie est à la hausse.

– Tant mieux. Il faut que les gens soient furieux. Toute cette affaire est scandaleuse.

– Emmett a appelé tard hier soir. Il a contacté l'avocat de l'école de Natalie. J'ai peur que les nouvelles ne soient pas très bonnes de ce côté-là. Son contrat stipule qu'elle peut être licenciée « pour faute » à tout moment, et que c'est sans appel.

– Tu rigoles.

– J'aimerais bien. Je n'ai pas jugé utile de vous réveiller pour vous l'annoncer.

– Et quelle est la faute qu'ils invoquent, alors ?

– Dans les faits, elle a menti sur ses antécédents en déclarant n'avoir jamais été connue sous aucune autre identité.

– Elle l'a fait pour une bonne raison !

– Nous le savons tous les deux et, selon Emmett, l'avocat convient qu'elle avait une bonne raison, mais la directrice est inébranlable.

– Je n'en reviens pas. Natalie ne va jamais me pardonner.

– Flynn, arrête. Elle sait bien que ce n'est pas de ta faute.

– En quoi ça ne l'est pas ? Si je ne l'avais pas emmenée aux Globes, nous n'en serions pas là.

– Tu savais ce qui lui était arrivé ? Avant le week-end dernier ?

– Non. Je savais qu'elle avait été agressée dans son adolescence, mais pas le reste.

– Alors comment pouvais-tu la protéger de quelque chose que tu ignorais ? (Avant que j'aie pu répondre, elle poursuit.) Tu ne pouvais pas. Ce n'est pas ta faute. C'est celle de l'homme qui l'a agressée. De celui qui l'a trahie pour se faire un peu d'argent. Ce n'est pas *la tienne*.

– Tu devrais l'écouter, Flynn, dit Natalie derrière moi.

Je fais volte-face et je la vois, vêtue de mon peignoir, serrant Flocon sur sa poitrine. Elle est d'une pâleur inhabituelle, et des cernes noirs sous ses yeux ternissent son teint sans défaut.

– Bonjour, ma chérie, dis-je en lui tendant la main.

– Addie a raison, dit-elle en venant vers moi. Rien de tout cela n'est de ta faute. Je suis allée avec toi le week-end dernier en sachant ce qui était en jeu. J'ai fait confiance à quelqu'un qui ne le méritait pas. S'il avait fait son travail et fermé son clapet, rien de tout cela ne serait arrivé.

– Et si j'allais promener Flocon ? propose Addie.

– Merci, dit Natalie, qui repère la laisse avec les jouets de Flocon sur un comptoir et la met à la chienne.

Dieu merci, Flocon n'a pas l'air de s'inquiéter d'aller se promener avec quelqu'un d'autre que sa chère Natalie. Je fais un sourire reconnaissant à Addie. Promener la chienne de ma petite amie ne fait pas partie de ses attributions.

– Si on ne t'avait pas vue avec moi, dis-je à Natalie quand nous nous retrouvons seuls, ton histoire n'aurait eu aucune valeur pour la presse.

– Encore une fois, ce n'est pas de ta faute. La semaine dernière, j'ai fait une recherche en ligne sur mon nom et je n'ai rien trouvé d'autre que l'université où je suis allée et mon boulot ici. Du coup, je ne craignais pas d'être vue en public avec toi. (Elle vient poser ses mains sur ma poitrine.) Ce n'est pas de ta faute. Je veux t'entendre le dire.

Je répète, avec un sourire forcé :

– Ce n'est pas de ta faute.

– Flynn…

Je lui donne en soupirant ce qu'elle demande :

– Ce n'est pas de ma faute.

– Continue de te le répéter jusqu'à ce que tu le croies. (Elle se hausse sur la pointe des pieds et m'embrasse.) Je n'échangerais contre rien au monde une minute de notre week-end. Il a été le meilleur moment de ma vie.

– Pour moi aussi, ma chérie, dis-je en la serrant dans mes bras. Et pas parce que j'ai remporté un Globe. (Le soir où j'ai reçu la plus grosse récompense de ma carrière et fait l'amour à Natalie pour la première fois me semble remonter à des mois plutôt qu'à quelques jours. Après avoir savouré le plaisir de la serrer contre moi un moment, je recule pour contempler son sublime visage.) Tu as l'air d'aller un petit peu mieux.

– Sans doute, répond-elle sans conviction.

– Hayden a lancé un hashtag TeamNatalie sur Twitter qui est en pleine hausse.

– Ah bon? C'est vrai?

– Oui. Le déferlement de soutiens est stupéfiant. Tout le monde est furieux de ce qu'on t'a fait.

– C'est gentil de sa part, surtout qu'il ne m'aime pas beaucoup.

– Ce n'est pas vrai. Il ne te connaît pas. Vous êtes partis du mauvais pied le jour où nous nous sommes rencontrés. Tout ira bien quand vous ferez vraiment connaissance.

Comme elle semble aller nettement mieux qu'hier soir, je m'en veux d'avoir à lui dire ce qu'Emmett a conclu concernant son licenciement.

Comme toujours, elle a lu dans mes pensées mieux que quiconque.

– Peu importe ce que c'est, dis-le.

– Mon avocat a étudié le problème de ton licenciement.

– Et?

– Le contrat tient debout. On peut te licencier pour «faute». Sans préciser ce qui constitue une faute. Apparemment, c'est à la directrice de juger.

– Alors, cette face de porte de prison de Mme Heffernan peut se débarrasser de moi sans que je puisse rien faire.

– En gros oui, lui dis-je prudemment, ne voulant pas la contrarier de nouveau. Tu le savais quand tu as signé?

Elle se mord la lèvre en hochant la tête.

– Jamais je n'imaginais que je commettrais une faute qui me vaudrait d'être licenciée. Les gosses vont tellement me manquer, dit-elle, les yeux embués.

J'essuie ses larmes et une idée me vient. Mais il me faut son téléphone pour la réaliser.

– Veux-tu du café ?

– Oui, s'il te plaît. (Je lui prépare une tasse exactement comme pour moi. C'est l'un de nos nombreux points communs.) Je vais faire quoi, maintenant ? Tout le monde sait qui je suis, mon boulot s'est envolé et je ne peux pas retourner chez moi parce que mon immeuble est assiégé par les médias.

– J'ai ma petite idée.

– J'écoute.

– Retournons à L.A. traîner à la plage en attendant que ça se tasse.

– Tu ne blagues pas ?

– Non. Hayden a une maison pas très loin de chez Marlowe à Malibu. Je sais qu'il nous la prêtera aussi longtemps qu'on en aura besoin. Personne ne songera à aller nous chercher là-bas.

– Alors, on prend juste un avion pour aller en Californie ?

– Pourquoi pas ? Si nous restons ici, nous allons devoir nous cloîtrer chez moi. Si nous allons là-bas, au moins nous pourrons profiter du soleil et de la plage.

– Ça me fait bizarre de n'avoir à aller nulle part.

– Je sais, ma chérie. Je me range à ton avis. C'est toi qui décides.

Elle me regarde.

Ses grands yeux bruns m'anéantissent et me tétanisent, comme d'habitude.

– Je peux emmener Flocon ?

– Évidemment que oui.

– C'est très gentil de ta part, surtout qu'elle t'a mordu dans ton propre lit.

– Elle ne me fait pas peur. (Je la prends par les épaules et plonge mon regard dans le sien.) La seule chose que je redoute, c'est de te perdre maintenant que je t'ai trouvée.

– Tu ne vas pas me perdre, Flynn. N'oublie pas que c'est toi qui te rends responsable de tout ça. Je ne t'accuse pas, moi.

Rempli de gratitude, je pose mon front contre le sien.

– Alors c'est L.A. ? Oui ?

– Oui, allons-y.

3
NATALIE

JE SUIS PROFONDÉMENT TRISTE de quitter la ville que j'ai fini par aimer, mais Flynn m'a convaincue que cela vaut mieux. Il me demande de lui prêter mon téléphone pour pouvoir consulter Leah concernant l'appartement. Je le lui tends.

– Tu veux que je relève tes messages ?

– Tu n'es pas obligé. Je m'en occuperai quand je me sentirai d'attaque.

– Nat… Il vaut sûrement mieux que tu évites de te connecter.

– Fais-moi confiance, je n'ai aucune envie de lire ce qui se raconte en ligne sur mon petit enfer personnel. J'ai déjà donné il y a huit ans. Une fois m'a suffi.

– Je m'en veux que ça recommence. Je m'en veux tellement.

– Je sais, mais d'une certaine manière… c'est un soulagement. Tout le monde est au courant, maintenant. Il n'y a plus de secrets à garder.

– C'était à toi de décider si tu les dévoilerais et quand. Ça n'aurait pas dû arriver comme ça.

– Peut-être, mais je refuse de laisser ce monstre me voler plus de ma vie qu'il n'a déjà pris. Si je baisse les bras, c'est lui qui gagne. Pas question que ça arrive.

– Je t'admire, tu n'imagines même pas à quel point, dit-il en prenant mon visage dans ses mains. Je n'ai jamais connu personne d'aussi fort que toi.

– Je ne suis pas forte.

– Si, tu l'es. Cette horreur t'est arrivée quand tu étais trop jeune pour comprendre et tu as été obligée de l'affronter absolument toute seule…

– Je n'étais pas complètement seule. J'ai eu de la chance qu'à l'époque où il m'a agressée, Stone se soit déjà fait des tas d'ennemis. Ils ont été ravis de me soutenir du moment que ça permettait de l'abattre.

– Tes parents t'ont vraiment laissée tomber ?

Je hausse les épaules et le regarde comme s'il était évident qu'il connaisse tous les détails de ce qui m'est arrivé.

– Stone était leur gagne-pain. Mon père travaillait pour lui. Ils m'ont dit qu'il fallait que je me préoccupe plutôt de la famille que de moi-même.

– Putain, c'est inimaginable.

– Ce qu'ils n'ont jamais compris, c'est que je l'ai fait pour mes sœurs. Candace à quatre ans de moins que moi. Si je n'avais rien dit, elle aurait pu être sa prochaine victime.

– Quel courage.

– J'avais tellement peur. Il m'a dit qu'il me tuerait si j'en parlais à quiconque. (Quand Flynn me prend dans ses bras, je le sens trembler.) Depuis tout ce qui est arrivé, je ne me suis sentie en sécurité, vraiment, que lorsque je t'ai rencontré…

– Natalie… (Il enfouit son visage dans mes cheveux.) Personne ne te fera plus jamais de mal. Je le jure.

Je me raccroche à lui et à ses promesses rassurantes, alors même que j'ai le cœur brisé de perdre ma vie heureuse à New York.

♦♦♦

Sur la route de l'aéroport de Teterboro, plus tard dans la journée, Flynn m'annonce que nous devons faire un petit arrêt avant de quitter la ville. Nous sommes dans l'un des deux 4x4 remplis de gardes du corps qu'il a engagés pour veiller sur moi. Je suis surprise d'apprendre que nous nous arrêtons alors qu'il a tellement hâte de me faire quitter New York, où des reporters enragés assiègent son appartement et le mien.

Addie nous accompagnera jusqu'à L.A. dans l'avion que Flynn a affrété pour le voyage. Elle nous a discrètement soutenus toute la journée en passant des coups de fil et en s'occupant des détails, comme faire prendre chez moi les sacs que Leah a préparés.

C'est un soulagement de ne pas devoir songer à la logistique dans des moments comme celui-ci.

– Merci de tout ce que tu as fait pour nous aujourd'hui, Addie.

Flocon se débat dans mes bras, mais je la tiens fermement.

– Je suis heureuse de vous aider.

L'attachée de presse de Flynn, Liza, voulait venir discuter, mais Flynn l'a remise au lendemain. Plus tôt dans la journée, il a passé une heure avec elle au téléphone, durant laquelle il y a eu beaucoup d'éclats de voix. Je m'en veux qu'il soit à ce point contrarié et qu'il continue de culpabiliser.

Nous nous arrêtons dans une rue que je ne reconnais pas. Flynn me prend pas la main et me fait descendre. Les gardes du corps ne nous quittent pas d'une semelle, nous entrons dans un restaurant qui a des airs de petite affaire familiale et qui est presque désert avant l'affluence du dîner. Nous traversons l'établissement derrière Addie pour gagner une arrière-salle.

Je m'apprête à demander à Flynn ce qui se passe quand je suis assaillie par des gamins. Tous babillent en même temps et me prennent dans leurs bras. Leah est là aussi, ainsi que plusieurs autres institutrices de notre école. J'aperçois également Sue, de l'administration, et des parents d'élèves, dont ma chère amie Aileen et son fils, Logan, l'un de mes élèves préférés.

Aileen me serre dans ses bras dès qu'elle me retrouve. Nous sommes toutes les deux en larmes.

– C'est vraiment n'importe quoi, cette histoire, murmure-t-elle.

Elle est amaigrie par le combat qu'elle mène contre le cancer du sein, mais le ton est ferme.

– Je n'en reviens pas que vous soyez tous là.

Je suis tellement bouleversée que j'en ai le souffle coupé.

– C'est une idée de Flynn. Son assistante et Leah ont tout arrangé pour que vous puissiez voir les gosses avant de partir.

Je jette à Flynn un regard plein d'affection et de gratitude. Il me sourit, mais je vois bien qu'il est toujours préoccupé par la situation qui nous a contraints à organiser cette rencontre. Cependant, les gamins réclament mon attention et je me retourne vers eux, ne sachant dans combien de temps je pourrai les revoir. Ils ont des tas de questions auxquelles il n'y a pas de réponse facile.

– Pourquoi tu ne peux plus être notre maîtresse ? demande Clarissa.

Des larmes me montent aux yeux, mais je suis déterminée à leur laisser de moi un souvenir agréable, surtout pas larmoyant.

– C'est très compliqué, mon petit lapin, mais ce n'est pas parce que je ne veux pas. C'est ce que je désire plus que tout, mais parfois, on ne peut pas avoir ce que l'on veut.

– Comme à Noël, dit Micha. Quand le Père Noël t'apporte certains des jouets que tu as demandés, mais pas tous.

– Exact. Mais je veux que vous me rendiez fier et que vous travailliez bien avec votre nouvelle maîtresse pour lui montrer tout ce que vous avez déjà appris cette année. J'espère que vous serez très sage.

– Je suis triste de ne plus te voir tous les jours, dit Logan.

J'ai le cœur brisé de me séparer de lui. Le pauvre enfant a déjà bien assez de soucis avec sa mère. Je le serre dans mes bras, sachant que je le reverrai probablement, car j'ai l'intention de rester en contact avec sa mère.

Flynn a fait préparer des spaghettis pour tous les invités et nous nous attablons tous comme pour un grand repas de famille. Si seulement je ne m'efforçais pas de retenir mes pleurs, je parviendrais à me convaincre que c'est une soirée comme les autres et que demain je serai de nouveau en classe, là où est ma place. Au lieu de quoi, je serai planquée à Malibu dans une maison en bord de mer en attendant que les médias perdent tout intérêt pour moi.

La main de Flynn sur mon dos me calme et me soutient. Il ne me quitte pas durant toute la soirée, me rappelant que je ne suis pas seule et que je suis aimée. Je sens son amour dans chaque regard, chaque mot qu'il prononce pour moi ou à mon propos. Je le connais depuis douze jours seulement et ma vie a changé du tout au tout – en grande partie pour le mieux.

Je me passerais bien de la folie qui s'est déchaînée dans la presse et en ligne, mais Liza nous a assuré que ça ne pourra pas durer : la plupart des gens, dit-elle, sont horrifiés que l'on viole ainsi mon intimité.

Le hashtag d'Hayden est apparemment devenu viral, et tous ceux qui comptent à Hollywood se joignent à l'indignation générale pour dénoncer les médias. J'ai hâte d'avoir l'occasion de remercier le meilleur ami et associé de Flynn de son soutien quand nous serons à L.A.

– Alors, qu'est-ce que vous comptez faire, maintenant ? me demande Aileen.

– Nous partons à L.A. ce soir. L'ami de Flynn a une maison sur la plage. L'idée est de nous cacher pendant un certain temps. Et ensuite, nous verrons.

– Je sais que c'est un cauchemar pour vous, mais j'espère que vous essaierez de savourer cette escapade avec cet homme merveilleux.

Je me force à sourire pour lui faire plaisir.

– Il a le don de vous faire voir les choses du bon côté, c'est vrai.

– Oh oui, c'est sûr, opine Aileen avec un sourire coquin qui me fait rire. Je vais vous donner un conseil, même si vous ne m'avez rien demandé, dit-elle en me prenant la main. Vous êtes en pleine santé, Natalie. Vous avez un homme fou de vous et des amis qui vous adorent. Ne laissez pas cette histoire faire dérailler votre vie. Promettez-le moi.

– Je vous le promets.

– N'oubliez pas ce qui est le plus important.

Je la serre dans mes bras, reconnaissante de cette sagesse.

– Vous me promettez qu'on restera en contact ?

– Certainement. Sachez aussi que beaucoup des autres parents vont aller voir la direction d'Emerson demain soir. Nous ne resterons pas les bras ballants pendant qu'ils font ce qui leur chante.

– Vous… Vous…

– Oui, nous nous battons pour vous, Nat. Des institutrices comme vous, qui aiment les enfants comme vous, on doit leur laisser le bénéfice du doute, surtout quand on voit ce que vous avez déjà subi. On devrait vous traiter comme l'héroïne que vous êtes et non pas vous reprocher d'avoir voulu avoir une nouvelle vie. Et d'ailleurs, en tant qu'amie, je suis vraiment fière que vous ayez tenu tête à ce monstre.

J'essuie les larmes qui m'aveuglent. Ça fait huit ans que je n'ai pas pleuré comme ça.

– Je ne sais même pas quoi dire.

– Vous n'avez pas besoin de répondre. Nous sommes avec vous et nous ne serons heureux que lorsque vous aurez retrouvé la place qui est la vôtre.

– Ça fait longtemps que je n'ai pas eu de vrais amis, dis-je en l'étreignant de nouveau.

– Il y a des tas de gens qui se démènent pour vous. Ne vous habituez pas trop à la Californie.

Je ris à travers mes larmes, émerveillée par cette démonstration de soutien des parents de mes élèves.

Après les cupcakes au chocolat et la glace, les enfants commencent à dire au revoir. Je passe plusieurs minutes avec chacun d'eux, et je ne suis plus que larmes quand vient le tour de Logan, Aileen et sa fille Maddie.

– Merci beaucoup pour tout ce que vous avez fait pour nous cette année, Natalie, dit Aileen en me serrant dans ses bras. Malgré ce qui vous est arrivé, je veux que vous sachiez que Flynn et vous avez bouleversé notre vie.

– Ça représente énormément pour moi. Merci.

Aileen étreint également Flynn et se répand en remerciements pour l'énorme don au fonds que nous avons organisé à l'école pour sa famille.

– Je ne sais pas de quoi vous parlez, dit-il avec un clin d'œil et un sourire.

Il nie avoir versé un demi-million alors que nous savons tous que ça vient de lui.

– Mais bien sûr. Vous n'imaginez pas ce que cela signifie pour moi. (Elle jette un coup d'œil dans ma direction.) Prenez soin d'elle. Elle compte énormément pour nous.

– Je serai ravi de m'occuper d'elle, dit-il en passant son bras autour de ma taille.

Aileen s'évente ostensiblement et s'en va en riant avec ses enfants.

Sue, l'employée administrative de l'école, vient me serrer dans ses bras.

– Tenez bon. Si cela peut vous réconforter, tous les professeurs et la majeure partie du personnel en veulent à Mme Heffernan de sa décision. Nous trouvons tous que c'est ridicule.

– Merci de votre soutien. Cela me touche beaucoup.

– Je pense que vous serez contente d'apprendre que votre sexy petit ami a payé le petit déjeuner et le déjeuner de tous les enfants jusqu'à la fin de l'année, me chuchote-t-elle à l'oreille en me pressant le bras.

Je suis ébahie de cette révélation qui me laisse tout étourdie.

Leah est la dernière à partir.

– Ce que je peux détester ces trucs-là, dit-elle avec sa brusquerie habituelle.

– Et moi donc.

– Flocon et toi vous allez beaucoup me manquer.

– Toi aussi tu nous manqueras. Peut-être que tu pourras venir nous voir à L.A. ?

– J'adorerais. (Elle marque une pause et se racle la gorge.) Je voulais que tu saches… La manière dont tu gères la situation est admirable. Il m'en serait arrivé la moitié du quart, je serais roulée en boule dans un coin, alors que toi… Tu es stupéfiante, Nat. C'est ce qu'on pense tous, et je voulais que tu le saches.

Je la serre contre moi.

– Tu es ma meilleure amie depuis des années. Merci de m'avoir offert un petit coin de normalité dans ton charmant appartement. Je n'oublierai jamais.

– Moi non plus. Mais tu ne vas pas te débarrasser de moi aussi facilement. Je vais te rendre folle en t'envoyant des textos tous les jours.

– Ne te prive pas.

Je la lâche, et elle va étreindre Flynn.

– Vous êtes la star de cinéma la plus sympa que j'aie jamais rencontrée, et si je n'aimais pas Nat à ce point, je serais verte de jalousie.

– Merci pour tout ce que tu as fait aujourd'hui et d'être une telle amie pour Natalie, dit-il en riant de son effronterie. À très bientôt.

– J'ai hâte, dit-elle en me lançant un dernier baiser avant de partir.

Addie étant partie sortir Flocon, Flynn et moi restons seuls dans la salle.

– Merci pour tout ça, dis-je en posant les mains sur sa poitrine et en levant les yeux vers lui. Jamais on ne m'a fait un cadeau aussi adorable.

– C'était le moins que je pouvais faire.

Je le taquine :

– Tu ne continues pas à culpabiliser, quand même ?

Le profond soupir qu'il pousse en me serrant contre lui veut tout dire.

– Je voulais que tu puisses dire au revoir aux gosses si on n'arrive pas à te faire réintégrer.

– Je suis tellement contente d'avoir pu les voir et leur expliquer ce qui se passe. J'aurais détesté qu'ils croient que j'étais partie à cause d'eux ou pour je ne sais quelle raison.

– Tu es géniale avec eux. Ils ne t'oublieront jamais.

– J'espère bien que non. Et toi… qui as payé le petit déjeuner et le déjeuner de tous les gosses de mon école… Flynn, mon Dieu !

– Tu connais mon sentiment vis-à-vis des enfants qui ont faim, dit-il d'un ton bourru.

– Tu es fabuleux, vraiment. Je t'aime tellement d'avoir fait ça.

Enveloppée de ses bras, avec son front posé sur mon épaule, je sens la tension qui le parcourt. On dirait un fil électrique dénudé qui crépite. Je me demande ce qui va se passer quand cette fureur débordera. Mais je ne crains pas un instant pour moi-même. C'est surtout pour lui que j'ai peur.

– Vous êtes prêts à partir ? demande Addie en revenant avec Flocon.

Flynn m'interroge du regard.

Je balaie la salle où se trouvaient encore il y a peu des gens qui signifient tant pour moi. Puis je prends la main de l'homme qui a fini par être tout pour moi.

– Oui, allons-y.

En dehors des quelques amis avec qui je vais rester en contact, plus rien ne me retient ici.

FLYNN

Voir Natalie avec les enfants m'a convaincu d'arranger la situation pour elle d'une manière ou d'une autre. Je n'ai pas l'habitude qu'on me dise qu'on ne peut rien faire. Il y a toujours *une possibilité* et je vais lutter de tout mon pouvoir contre l'injustice qui a été faite à Natalie. Je reconnais que j'ai dû faire tourner en bourrique mon ami et avocat avec la vingtaine de coups de fil que je lui ai passés pour demander où il en était.

Il a contacté le barreau du Nebraska concernant cette ordure d'avocat, David Rogers. Emmett a également lancé un détective privé sur la piste du type, et pour l'instant, il a découvert que l'avocat était submergé de dettes jusqu'à ce qu'une grosse somme ait été virée sur son compte.

Il a dû voir Natalie avec moi aux Golden Globes et se dire qu'il avait trouvé le moyen de sortir de cette impasse. Eh bien, il s'est attaqué à la star de cinéma qu'il ne fallait pas s'il s'imagine qu'il va pouvoir gâcher la vie de Natalie pour améliorer la sienne. Je vais l'anéantir.

En entendant le petit cri de douleur de Natalie, je me rends compte que je suis en train de lui broyer la main.

Blottie sur les genoux de la jeune femme, Flocon lève la tête et me montre les dents.

– Pardon, ma chérie.

Natalie pose la tête sur mon épaule pendant que l'un des gardes du corps nous conduit à l'aéroport. Addie est montée dans une autre voiture pour nous laisser un peu d'intimité.

– Tu es tendu.

Comme conduire est l'une des rares libertés que la célébrité me permet, je ne supporte pas que quelqu'un d'autre tienne le volant à ma place, mais tant que nous n'avons pas quitté New York, je fais le nécessaire pour veiller à sa sécurité. À la suite de sa remarque, je m'efforce de me détendre, même si tout mon être vibre d'un stress que j'ai rarement connu au cours de mon existence privilégiée.

– Flynn…

– Quoi, ma chérie ?

– Je sens que tu es prêt à exploser.

– Je n'y peux rien. Je ne tiens pas en place.

Je ne sais pas comment exprimer ce que je ressens en ce moment. Cependant, plus je suis sur les nerfs, plus elle paraît calme. Cela dit, je préfère nettement qu'elle soit sereine plutôt que sans expression comme hier soir. J'espère ne jamais la revoir ainsi.

– Ça m'ennuie que tu culpabilises.

– Je n'y peux rien.

– Est-ce que tu essaies de te raisonner ?

– Tu sais bien que oui.

– Alors, laisse les gens qui travaillent pour toi s'en occuper. Tu as fait tout ce que tu pouvais pour moi, et plus encore. (Elle me prend le bras à deux mains.) Aileen m'a donné un excellent conseil ce soir.

– Quoi donc ?

– Ne pas oublier que je suis en pleine santé et que j'ai un homme qui est fou de moi. Du moins, je crois qu'il l'est.

– Tu sais bien que oui.

– Elle m'a dit que je devais profiter de cette petite escapade pendant qu'on le peut et qu'il fallait essayer de nous concentrer sur tous les points positifs.

– Elle a vu juste.

– C'est dur pour moi de te voir aussi contrarié.

– C'est dur pour moi de voir ta vie bouleversée parce que nous sommes ensemble.

– Ce n'est pas à cause de ça que ma vie a été bouleversée.

C'est arrivé parce que quelqu'un en qui j'avais confiance s'est montré gourmand et sans scrupules.

– Et ce ne serait pas arrivé si je ne t'avais pas fait entrer dans ma vie.

Elle me surprend en déposant Flocon sur la banquette à côté d'elle et en détachant sa ceinture pour venir se glisser sur mes genoux. Flocon, très irritée par ce dérangement, grogne pour montrer son mécontentement.

Moi, c'est de plaisir que j'ai envie de grogner quand Natalie s'assied à califourchon sur moi et me force à la regarder.

– Je peux te dire quelque chose et tu voudras bien faire attention ? Écoute bien ce que je te dis et crois-moi : si on m'avait dit que j'allais perdre mon travail, mon logement et mon anonymat, mais qu'en échange, je serais l'amour de l'homme le plus extraordinaire qui soit, j'aurais choisi l'amour plutôt que n'importe quoi d'autre. Tu sais depuis combien de temps je n'ai pas été aimée ?

Je l'enlace dans mes bras et la serre de toutes mes forces.

– Bon Dieu, Nat.

Je voudrais lui offrir les étoiles, la lune, l'univers tout entier – tout ce que je peux pour compenser toutes ces années qu'elle a passées dans la solitude.

– Ce que tu as fait pour moi ce soir, en amenant les enfants, alors que tu sais à quel point ils me manquaient... personne n'avait encore jamais fait une chose pareille pour moi. Je sais que tu veux tout arranger, mais même toi, tu ne pourrais pas forcer le génie à rentrer dans la bouteille. Mon identité a été dévoilée et je vais devoir trouver le moyen de vivre avec ça. Mais savoir que tu es avec moi, que je n'ai pas à traverser cette épreuve toute seule... c'est énorme. Ça aurait pu arriver n'importe quand. Quelqu'un aurait pu faire le rapprochement avec la fille qui a abattu le gouverneur du Nebraska. Je ne veux pas imaginer ce que ça aurait été de vivre ça toute seule, sans toi ni Addie ou ton armée d'employés qui réclament vengeance pour moi. Tu arranges déjà les choses en ayant fait appel à tout ce personnel et en étant là, en me prenant dans tes bras et en m'aimant.

Elle me met sur les genoux. Elle me donne envie d'être encore meilleur afin de mériter encore plus cette confiance qu'elle place en moi. Je la serre contre moi en respirant l'odeur enivrante de ses cheveux qui me caressent le visage. Pour la première fois depuis qu'Addie nous a alertés hier et que j'ai appris ce qui était arrivé à Natalie, je respire un bon coup et commence à me détendre un tout petit peu.

Je suis le plus heureux des hommes en sachant que Natalie ne m'en veut pas de ce qui lui est arrivé. Au lieu de me repousser comme j'aurais pu le craindre, elle se tourne vers moi et me réclame encore davantage.

– Je t'aime tellement, Nat. Plus que je n'aurais jamais imaginé aimer quiconque.

– Moi aussi je t'aime. Chaque fois que je pense t'avoir vu donner toute ta mesure, tu te surpasses en organisant un dîner pour mes élèves et en finançant la cantine de l'école jusqu'à la fin de l'année !

– Dans les faits, c'est Addie qui a tout organisé.

– Mais qui a eu l'idée ?

– Moi, je crois.

– Tu vois ? Mon homme est le plus attentionné et merveilleux du monde.

Elle prend mon visage dans ses mains menues et me force à la regarder avant de m'embrasser. L'entendre m'appeler *son homme* me met dans un état qui n'a plus rien à voir avec le stress et tout avec le désir. Après le grand saut que nous avons fait l'autre nuit, je ne pensais pas passer les prochains jours à devoir affronter son pire cauchemar devenu réalité. J'espérais les passer enlacé avec elle sans cesser de lui faire l'amour.

Rien ne s'est passé comme prévu depuis notre retour de L.A. le lundi soir.

Nous arrivons à Teterboro, et la voiture s'arrête sur le tarmac au pied du Lear qui nous attend. Cette fois, j'ai demandé un jet avec un lit, et pas pour ce que l'on pourrait imaginer. Je veux que Natalie passe une bonne nuit de sommeil durant le vol. S'il se passe autre chose, eh bien, tant pis. Nos gardes du corps nous souhaitent un bon voyage et nous font monter dans l'avion où une hôtesse du nom de Miranda nous accueille.

Je constate qu'elle essaie de se comporter en professionnelle, mais qu'elle a surtout envie de pousser des cris comme toutes les femmes qui me croisent. Heureusement, elle se retient. Natalie, Addie et moi attachons nos ceintures pour le décollage, et une fois en altitude, je me lève et tends la main à Nat.

– Nous allons dormir un peu, dis-je à Addie. Ça ne t'ennuie pas de rester seule ?

– Pas du tout. J'ai une tonne de boulot à terminer et ensuite, je piquerai un petit somme sur le canapé. On se retrouvera à L.A.

– Ne travaille pas trop quand même.

Elle me fait un petit sourire plein de compassion pour ce que nous traversons. Elle est presque aussi contrariée que nous et elle tient à nous venger.

J'entraîne Natalie dans la chambre située à l'arrière de l'avion.

– Nom d'un chien ! s'exclame-t-elle en voyant le grand lit. C'est la grande vie.

– Je suis content que tu le penses, parce que ça va être ta vie à partir de maintenant.

– Je ne m'y suis pas encore habituée.

Je lui dépose un rapide baiser sur les lèvres.

– Prends tout le temps qu'il te faut pour ça. Tu veux passer la première à la salle de bains ?

– Oui, merci.

Elle emporte son sac à main dans le minuscule cabinet de toilette voisin.

Pendant ce temps, j'enlève ma chemise ainsi que mon t-shirt. Puis je défais mon jeans et je ramasse le tout pour que Natalie ne se prenne pas les pieds dedans. Quelques minutes plus tard, elle sort de la salle de bains, seulement vêtue d'un t-shirt. Elle s'est brossé les cheveux et autour d'elle flotte l'odeur mentholée du dentifrice.

Je profite à mon tour de la salle de bains. Après quoi, je prends le temps de me répéter que je dois n'être que douceur avec elle ce soir et maîtriser la fureur qui couve en moi. Elle n'a rien à faire dans notre lit, surtout maintenant que je sais ce que Natalie a subi autrefois.

Quand je me sens assez calme pour être celui dont elle a besoin, je vais me glisser dans le lit auprès d'elle.

– Ça commence à devenir ma place préférée.

– Un lit dans un avion ?

– Non, un lit avec toi dedans. (Je tends la main vers elle et je suis accueilli par un grondement et un aboiement qui me rappellent que nous ne sommes pas complètement seuls.) Flocon, toi et moi devons parvenir à un accord. (Le petit monstre me montre ses pathétiques petites dents.) Peut-être demain, tout bien réfléchi.

Natalie glousse comme une gamine, ce qui me détend considérablement. Si elle peut rire comme ça, peut-être que je peux me relaxer jusqu'à demain, lorsqu'il faudra que je me joigne au combat qui a déjà commencé. Natalie se redresse pour installer Flocon au pied du lit.

La chienne proteste en gémissant. Je dois dire que je ne peux pas lui reprocher de vouloir dormir blottie contre Natalie.

– Pas bouger ! ordonne-t-elle. (Son ton autoritaire m'excite. Bon, tout m'excite, chez elle. Constatant que la chienne obéit, elle se tourne vers moi.) Comment ça va, vous ?

Je lui caresse la joue en laissant ses cheveux glisser entre mes doigts.

– C'est moi qui devrais te le demander.

– Ce n'est pas moi qui suis sur le point d'exploser de fureur et de tout un tas d'autres émotions déplaisantes.

– Comment peux-tu rester aussi calme ?

– Je ne sais pas vraiment. (Elle se mordille la lèvre, ce qui est adorable.) Je crois que lorsqu'on s'est inquiété qu'arrive quelque chose d'horrible et que ça arrive vraiment, on n'a plus à s'en inquiéter. Ça tient debout, pour toi ?

– Totalement. C'est presque un soulagement de ne plus s'inquiéter.

– Oui, exactement.

– Je suis tellement désolé que tu aies perdu ton travail et tes élèves. Je ne sais pas si je me remettrai d'avoir été la cause de tout ça.

Elle me gratifie du regard sévère qu'elle réserve habituellement à Flocon.

– Ce n'est pas ta faute. Je vais le répéter jusqu'à ce que tu le croies aussi.

– Ça risque de prendre un moment, ma chérie.

– Eh bien, on dirait qu'on n'a rien d'autre à faire que passer notre temps ensemble.

J'ai un million de choses qui m'attendent, entre le nouveau film qui entre en phase de postproduction, les décisions à prendre sur les projets à venir et une quantité de réunions pour la fondation contre la faim dans le monde que j'ai lancée. Mais rien ne compte plus qu'elle et ce dont elle a besoin.

Je vais tout mettre de côté jusqu'à ce que cette crise soit terminée, quand je serai certain que tout va réellement bien pour elle et qu'elle ne fait pas simplement semblant pour me faire plaisir.

Sa main sur ma poitrine réclame toute mon attention quand elle la laisse glisser jusqu'à mon ventre.

– Qu'est-ce que tu as derrière la tête ?

– Je te caresse, c'est tout. Je peux ?

– Bien sûr que tu peux, oui.

En souriant, elle se met à genoux et se penche sur moi pour semer sur ma poitrine baisers et petits mordillements qui me donnent une érection en moins de deux secondes.

– Nat… qu'est-ce que tu fais ?

– Je te caresse.

– *Putain…*

Elle se met à rire et mon cœur s'emballe dans ma poitrine. Je suis prêt à accepter tous les supplices qu'elle a en tête du moment que ça la fait sourire et rire. Elle referme les dents sur mon téton et je ne pense plus à rien. J'empoigne ses cheveux en essayant de me maîtriser, mais elle refuse de se laisser faire.

Bon sang…

Elle suit du bout de la langue les creux et les bosses de mes abdos. Je remercie le Ciel de tout le temps que je passe à la salle. Mes peines sont récompensées, en ce moment. Son menton frôle mon sexe à travers l'étoffe de mon boxer et je manque tout lâcher. Il n'en faut pas plus.

– Je peux… Pourrais-je…

– *Nat*, dis-je dans un gémissement.

Elle pose sa joue sur mon ventre tout tremblant, ses cheveux caressent ma peau enfiévrée.

– Je suis nulle.

– Oh, mon Dieu, mais non ! Tu es sur le point de me faire jouir rien qu'en *pensant* à ce que tu as envie de faire.

Elle se redresse pour me regarder, le menton dans la main.

– C'est vrai ?

– *Oui*, dis-je, les dents serrées.

Un sourire éclaire son visage, faisant pétiller ses yeux. Je suis submergé d'amour pour elle. Elle est tellement adorable.

– Tu es toute contente de toi, c'est ça, ma chérie ?

– Je dois avouer que faire trembler un type comme toi procure une certaine satisfaction.

– Un type comme moi… Qu'est-ce que je suis censé comprendre ?

– Costaud, dit-elle en embrassant le creux entre mes pecs. Sexy. (D'autres baisers et coups de langue et, putain… de dents.) Autoritaire.

Elle fourre son nez dans la ligne de poils qui descend sous mon nombril, et mon sexe s'émeut, voulant participer. Je ne sais pas ce dont j'ai le plus envie – qu'elle me caresse à l'endroit où je brûle le plus ou l'entendre me dire comment elle me voit.

Qu'elle me caresse. C'est vraiment ce que je veux en cet instant.

– Natalie… un peu de pitié pour moi, s'il te plaît.

Elle glisse les doigts dans la ceinture de mon boxer et le fait lentement descendre, si lentement qu'elle m'achève presque en frôlant avec l'élastique ma queue dressée. Jamais je n'ai bandé à ce point de toute ma vie.

J'empoigne le bas de son t-shirt et le soulève.

– On peut l'enlever ?

Elle hésite à peine une seconde avant que le t-shirt vole sur le sol. Ses magnifique et généreux seins tombent dans mes mains impatientes, mais elle se dérobe à moi.

– Non ! Pas question que tu me voles la vedette !

– Quoi ?

Un bref instant, j'oublie qui je suis et c'est tout juste si je ne lui rappelle pas qui commande ici. Dieu merci, je me retiens juste à temps, mais il s'en est fallu de peu.

– Détends-toi et laisse-moi te faire l'amour.

Je laisse échapper un long soupir et rassemble toute ma volonté pour me maîtriser sans chercher à la dominer elle aussi. Je ne me laisse jamais faire par personne. Mais Natalie n'est pas n'importe qui. Elle est devenue toute ma vie et si elle veut me dominer, je la laisserai faire. Plus ou moins.

En se mordant la lèvre, elle saisit la base de mon sexe et commence à le caresser. Elle observe, fascinée, une perle de liquide qui se forme à son sommet. Et, m'offrant le plus excitant spectacle de ma vie, elle se penche et la fait disparaître d'un coup de langue.

– Nat ! dis-je dans un hoquet. Attends une seconde. (Elle lève les yeux vers moi.) La dernière fois que nous avons fait ça… Ne le fais pas si tu n'as pas envie.

Je n'oublierai pas le flash-back qui l'a brusquement saisie la première fois qu'elle a tenté de me prendre entièrement dans sa bouche.

– J'ai très envie, dit-elle.

Ses lèvres se referment sur le gland et sa langue l'enveloppe d'une caresse délicieuse.

Je parviens à peine à me retenir de pousser sa tête pour qu'elle m'engloutisse. C'est ce que je ferais avec toute autre femme, mais Natalie n'est pas n'importe laquelle. Elle est *la* femme. Aussi, au lieu de la toucher, j'empoigne la couette et m'y cramponne tandis qu'elle entreprend de me rendre fou avec sa petite expérimentation.

– C'est agréable ? demande-t-elle.

– Oui. C'est hallucinant.

Elle est ravie de l'entendre et redouble d'efforts, me prenant un peu plus loin cette fois. J'ai envie de lui dire quoi faire. De lui dire de me sucer, de caresser mes testicules et de me branler plus fermement. Je suis forcé de me mordre la langue pour me retenir de lui hurler des ordres alors qu'il importe bien davantage qu'elle s'habitue à me prendre dans sa bouche plutôt qu'à procéder exactement comme je le désire.

D'ailleurs, apparemment, peu importe la manière dont elle procède, car en un rien de temps, elle a réussi à m'amener au bord de l'orgasme.

– Chérie… (Le spectacle de ses lèvres sensuelles qui s'écartent pour accueillir mon sexe me fait frôler la jouissance.) *Natalie*.

Ne comprenant apparemment pas mon insistance, elle se retire si lentement que c'est un supplice.

Je saisis mon sexe et me tourne dans un sursaut pour éviter d'éjaculer sur son visage.

– *Putain*. (L'orgasme se déchaîne en moi dans toute sa violence. Je me retrouve haletant et tout tremblant pendant que Natalie me regarde avec un air encore plus satisfait que moi.) Mon Dieu.

– C'était bien ? demande-t-elle.

– « Bien » n'est peut-être pas un mot suffisamment fort pour décrire comment c'était.

– C'est vrai ?

J'ai envie de la prendre dans mes bras et de la couvrir de baisers et de caresses.

– Passe-moi ma chemise, veux-tu ? (Je m'en sers pour éponger la flaque sur mon estomac et ma poitrine et je la jette.) Viens là.

Je lui tends les bras et elle vient s'y lover. Le contact de ses seins sur ma poitrine suffit à m'exciter à nouveau.

Flocon laisse échapper un ronflement qui nous fait rire.

– Je n'en reviens pas qu'elle ne soit pas venue m'arracher la bite d'un coup de dents quand tu y as consacré toute ton attention.

– Jamais je ne l'aurais laissée te mordre à cet endroit.

– Si je n'étais pas déjà fou amoureux de toi, je le serais, maintenant.

– Flynn ?

– Oui ?

– Tu veux bien me faire l'amour ? Comme l'autre fois ?

– Tu n'as plus mal ?

– Je n'ai pas mal, dit-elle en me caressant le ventre du bout de l'index. Mais j'ai des courbatures.

C'est comme si elle m'avait électrocuté. Sa manière de me regarder, de me toucher… ça ne peut pas être vrai. Je lui caresse le visage et je l'attire vers moi pour l'embrasser.

– Qu'est devenue la Natalie si timide et réservée ?

– Elle a eu un avant-goût du paradis dans tes bras, alors maintenant elle en veut davantage.

– Tu es sûre ? Avec tout…

– Je suis sûre.

– J'ai tellement peur de faire quelque chose qui va t'effrayer.

– Mais non. Tu n'as absolument rien de commun avec l'homme qui m'a fait du mal.

Je me retiens de lui rappeler que je partage un point commun avec lui : l'envie de la pénétrer plus que tout au monde.

– Il faut que tu me promettes que tu m'arrêteras si tu as peur, que tu es angoissée ou…

Elle m'entraîne dans un baiser qui commence délicatement et devient tout autre chose en quelques secondes. Ses bras entourent mon cou et me clouent au matelas. Cette Natalie entreprenante et passionnée me fascine. Peut-être que je pourrais… que nous pourrions… Des visions de Natalie attachée à la tête de lit, les fesses dressées, dansent dans mon esprit. Non. Pas question. Il faut que je maîtrise mes désirs les plus vils en sa présence.

Je la fais rouler sous moi et la regarde. Avec son visage qui a pris des couleurs, ses yeux immenses et ses lèvres gonflées de m'avoir sucé, elle est tout simplement magnifique.

– Qu'est-ce qu'il y a ? demande-t-elle. Quelque chose ne va pas ?

– Non, mon amour, tout va très bien. (Je l'embrasse avant de me lever.) Les préservatifs sont dans mon autre sac que j'ai laissé en cabine. (J'enfile mon jeans et parviens je ne sais comment à remonter la fermeture Éclair sur mon érection galopante.) Je reviens.

– Dépêche-toi.

Son excitation et son empressement ne font que m'exciter encore plus. Dans le salon, Addie est plongée dans ses dossiers sur son portable. Le verre de vin rouge posé à côté d'elle m'indique qu'elle essaie de se détendre. Elle me jette un coup d'œil quand j'empoigne le sac à dos que j'ai laissé sur l'un des fauteuils.

– Tu es censé dormir, dit-elle.

– Toi aussi.

– Ne veille pas trop tard.

– Dis-moi, Flynn…

– Oui ?

Je me retourne en cachant ma braguette derrière le sac.

– J'ai échangé quelques e-mails avec Liza. Elle veut organiser une interview pour que Natalie puisse raconter son histoire…

– Pas question.

Cette simple pensée me met hors de moi.

– Pour Liza, si Natalie donne sa version, les médias se calmeront bien plus rapidement.

– Pas. Question. Tu peux le répéter mot pour mot à Liza.

Addie me jette un regard de défi que je ne connais que trop bien. Je laisse échapper un profond soupir, et mon érection fond immédiatement.

– Qu'est-ce que tu as à me dire ?

Addie est toujours franche avec moi et je l'y encourage systématiquement car elle est pleine de bon sens et a mes intérêts à cœur.

– À mon avis, tu devrais réfléchir au conseil de Liza. Tu la paies largement pour te dire quoi faire en pareille situation. Il se trouve que je suis d'accord avec elle. Si Natalie s'exprime elle-même sur le sujet, plus personne d'autre ne pourra raconter l'histoire à sa place. Ça mettra fin à tous les sous-entendus obscènes qui courent partout sur Internet.

– Tu sais ce que je déteste le plus dans cette affaire ?

– Quoi donc ?

– Jusqu'à la fin de ses jours, chaque fois que son nom sera prononcé, cette histoire y sera liée. C'est pour ça qu'elle avait changé d'identité.

– Je déteste ça aussi. Nous le détestons tous. Mais l'affaire s'est ébruitée et tu as beau en avoir envie, tu ne peux pas faire comme si de rien n'était.

Elle a raison, et Liza aussi, mais je ne peux penser qu'à Natalie, et lui demander d'aller à la télévision sur une chaîne nationale parler de l'épisode le plus douloureux de sa vie me donne la nausée.

– Va dormir un peu, Addie.

– Bonne nuit, Flynn. Et bonne chance pour demain matin, même si tu n'en as pas besoin.

– Merci.

Sa remarque me rappelle que les nominations pour les Oscars seront annoncées demain matin, et que ce sujet devrait être ma principale préoccupation. Mais je ne suis pas en mesure de penser à autre chose qu'à Natalie.

Je retourne dans la chambre, où elle m'attend, appuyée sur un coude. Le spectacle de son épaule nue me rappelle ce que nous étions sur le point de faire avant que je quitte la pièce. Je sors la boîte de préservatifs, laisse tomber mon jeans et me glisse de nouveau dans le lit avec elle.

– Qu'est-ce qui ne va pas ?

Je lui montre la boîte.

– Tout va bien, maintenant.

– Ne me mens pas, Flynn. Il s'est passé quelque chose dans le salon. Je le vois rien qu'en te regardant.

– Comment tu as fait pour me connaître à ce point aussi rapidement ?

– Comme toi pour me connaître.

Elle m'effleure la joue, et sa caresse me fait fondre.

Je l'aime tellement et je veux la protéger de tout ce qui pourrait lui faire du mal.

– Addie a discuté avec Liza. Elles pensent que nous devrions donner une interview pour que tu aies la possibilité de raconter toi-même ton histoire afin de mettre un terme à toutes les spéculations.

Je vois son regard s'assombrir.

– Ah.

– Je lui ai dit qu'il n'en était pas question. Jamais je ne te demanderai de parler de quelque chose d'aussi douloureux à la télévision. Cette simple idée me rend malade. Je ne peux qu'imaginer ce que tu ressens.

– Si nous faisons ça, l'interview, je veux dire… Selon elles, les gens arrêteront de parler de moi ? De nous ?

– Il se peut que les gens cessent de parler de ce que tu as vécu il y a des années. Et il est à peu près certain qu'ils continueront à parler de nous.

– Alors, je le fais.

– Quoi ? Non. Tu ne le feras pas, et c'est tout. Je le leur ai dit.

– Flynn… dit-elle en me forçant à la regarder.

– Tu ne le feras pas.

– Sûrement que si.

– Non ! Pas question ! Point final.

Elle me sourit ! De ce magnifique sourire angélique qui m'achève à chaque fois.

– Pourquoi tu souris comme ça ?

– Ce que tu es mignon quand tu es autoritaire !

Elle n'imagine pas à quel point je peux l'être. La pensée de lui montrer combien je peux être dominateur réveille mon entrejambe.

– Je vais donner l'interview.

– Non.

– Si.

Je l'embrasse pour la faire taire et je m'empare de ses lèvres et de sa bouche dans le baiser le plus passionné que nous ayons jamais partagé. Je m'attends à ce qu'elle me repousse, choquée que je puisse l'embrasser aussi profondément, mais elle accompagne ma langue de la sienne. Elle me rend fou de désir et je n'ai jamais éprouvé d'envie plus intense que celle qu'elle éveille en moi.

Je détache mes lèvres des siennes et descends le long de son corps en prenant ses seins entre mes mains pour lui mordiller les tétons. Alors que je m'attends toujours à ce qu'elle m'arrête, elle m'encourage en se cambrant et en enroulant ses jambes autour de mes hanches.

Je suis perdu, elle m'a totalement vaincu.

4
Natalie

Quelque chose a changé. Il est plus sauvage, plus vorace. C'est parce que je l'ai défié concernant cette interview ? Quelle que soit la raison, je ne vais pas me plaindre. Je l'aime bien comme ça, un peu déchaîné et succombant au désir. Alors que ses dents se referment sur mon téton, j'ai envie de le supplier de se hâter, de me prendre, de me soulager de cette tension douloureuse entre mes cuisses, mais je n'arrive pas à trouver les mots. Il me les a volés, tout comme il m'a coupé le souffle.

Je suis en feu. Mes tétons maintenant dressés et douloureux, il les abandonne pour semer des baisers tout au long de mon corps. Ses mains sont partout, elles me caressent, me frôlent et me titillent sans apaiser mon désir.

Il s'installe entre mes cuisses qu'il écarte de ses larges épaules.

Chaque cellule de mon être est aux aguets en attendant la suite. La première fois qu'il m'a fait ça, j'en ai presque perdu la tête. Même si je sais à quoi m'attendre, je ne suis pas préparée à son premier coup de langue ni à ses doigts qui s'insinuent en moi.

– Mon Dieu, que j'aime la saveur de ta délicieuse chatte, dit-il dans un grognement sourd qui lance une vague brûlante en moi. Je pourrais rester là éternellement sans jamais rien désirer d'autre. (Ses doigts s'enfoncent plus profondément.) Tu es si chaude et si serrée.

Je ne sais pas ce qui produit le plus d'effet, de ses paroles ou de ses gestes, mais le mélange est incontestablement explosif. Je suis au bord d'un orgasme déchaîné alors qu'il a à peine commencé.

– Flynn…

– Quoi, ma chérie ? Dis-moi ce que tu désires.

– Je…

Je n'ai plus de mots.

Il commence à me suçoter, et un orgasme me déchire et m'incendie. Il m'accompagne jusqu'au bout en me caressant jusqu'à ce que je m'apaise.

Puis il s'enfonce en moi et me dilate pour que je puisse accueillir son imposante érection. Nos corps s'unissent intimement, je n'ai jamais rien éprouvé d'aussi indescriptible tandis qu'il se penche sur moi et guette sur mon visage le moindre signe d'inconfort.

Mes mains descendent de son dos à ses flancs puis s'arrêtent sur ses fesses fermes. Avec un grognement sourd, il s'enfonce en moi et m'arrache un cri.

Il se fige.

– Oh, mon Dieu, Nat. Excuse-moi. J'ai été un peu brutal.

Je l'attire contre moi et j'enroule mes jambes sur ses hanches pour l'empêcher de se retirer.

– Ne t'arrête pas. S'il te plaît, ne t'arrête pas. C'est si bon.

Il passe la main sous moi, m'empoigne les fesses et nous retourne pour que je me retrouve sur lui et que je voie son magnifique visage qui me fixe de ses yeux bruns.

– Ce que tu es sexy.

– Je… je ne sais pas ce que je dois faire. Dis-moi ce que je dois faire.

– Chevauche-moi, chérie ! Bouge les hanches. *Oui*, siffle-t-il entre ses dents serrées. Exactement comme ça. *Oh, putain.*

Jamais je n'ai éprouvé une telle sensation. C'est incroyable. Il est profondément enfoui en moi et je suis totalement dilatée tellement il est imposant. C'est alors qu'il touche un point sensible en moi qui déclenche quelque chose… Oh mon Dieu… Ses doigts s'insinuent entre mes cuisses et la combinaison des deux provoque un nouvel orgasme. Cette fois, il m'accompagne et s'enfonce encore plus en moi tout en jouissant.

Je me mords la lèvre pour ne pas hurler.

Il m'attire vers lui, et nos bouches réunies retiennent mon cri et son râle.

– Nom de Dieu, chuchote-t-il contre mes lèvres en m'enlaçant tout contre lui.

Ma tête posée sur sa poitrine, j'entends son cœur tambouriner. Ses doigts qui s'enfouissent dans mes cheveux me picotent le cuir chevelu. Jamais je n'aurais pensé que mon crâne puisse être une zone érogène. Et tandis qu'il continue de palpiter en moi, je frissonne encore de mon explosion de plaisir.

Sans nous séparer, Flynn tire la couette sur nous.

Les souvenirs de l'homme qui m'a fait du mal ne sont jamais loin de ma conscience, mais Flynn ne les laisse pas approcher. Quand nous sommes ensemble ainsi, il n'y a pas de place pour autre chose que pour le présent.

– C'est toujours comme ça ? Comme entre nous deux.

– Ce n'est jamais comme ça. Jamais, répond-il avec une véhémence qui me fait sourire.

– Je vais donner l'interview.

– Pas question.

– Certainement que si.

Il me tire gentiment les cheveux.

– Tu te comportes en petite fille gâtée.

– Et toi, tu es entêté. Je mène ma vie toute seule depuis un bon bout de temps. Je ne vais pas m'arrêter sous prétexte que tu en fais partie maintenant.

– C'est différent. J'ai beaucoup plus d'expérience que toi vis-à-vis de ce genre de choses et je sais à quel point ça peut très, très mal tourner.

– Comment veux-tu que ce soit pire que ça ne l'est déjà ?

Il s'apprête à répondre, mais il se ravise.

– Tu serais surprise de la manière dont ça peut dérailler.

– Je ne veux pas passer ma vie à me cacher en m'inquiétant de tout ce qui peut m'arriver. Je veux affronter cette épreuve et la surmonter une bonne fois pour toutes.

– Je sais que je te l'ai déjà dit, mais ta force m'ébahira toujours, Nat, dit-il en enroulant une mèche de mes cheveux autour de son doigt.

– C'est ton amour et ton soutien qui me rendent plus forte que jamais.

– Je ne sais pas pourquoi, mais j'en doute.

– Donc je vais donner cette interview.

– Nous en parlerons demain, soupire-t-il. Dors.

– Je la donnerai.

J'entends un gloussement résonner dans sa poitrine et je m'endors un sourire sur les lèvres.

♦♦♦

Je me réveille beaucoup plus tard en sentant une intense pression entre mes cuisses et, sur mon ventre, la main de Flynn qui me maintient pendant qu'il me pénètre par-derrière. Nom d'un chien, c'est sacrément excitant !

– Ça te fait mal ? demande-t-il.

– Non, mon Dieu, non. C'est génial.

– Il faut que tu prennes la pilule pour qu'on puisse laisser tomber ces fichus préservatifs. J'ai envie de sentir ta petite chatte brûlante et serrée sans aucun obstacle entre nous.

– Flynn… dis-je en couvrant son autre main qui est en train de me titiller le sein.

– Tu n'aimes pas que je dise ce genre de choses ?

– Non… Ça n'a jamais été mon mot préféré, mais quand tu le dis…

– Tu mouilles vraiment énormément quand je te dis des cochoncetés.

La gêne m'empourpre le visage et les seins.

– Oui, comme ça.

Il s'enfonce plus encore et je sens les poils de son pubis frotter contre mes fesses – une autre partie de mon corps qui semble elle aussi être une zone érogène. Bon sang, mais tout mon corps n'est plus qu'une vaste zone érogène quand il me touche.

Comme s'il lisait dans mes pensées, la main qu'il avait posée sur mon ventre glisse sur mes fesses et les caresse. Ses doigts s'insinuent entre les deux, titillent mon anus et me font sursauter de surprise et de plaisir.

– C'est trop ? demande-t-il.

– Non, dis-je d'une voix étranglée.

Il passe les doigts à l'entrée de ma chatte et les ramène, ruisselants, sur mon anus. Mon Dieu… La combinaison de son énorme sexe qui me dilate et de ses doigts qui me taquinent est presque insoutenable. Puis il passe l'autre main entre mes jambes et me fait jouir si intensément que je dois mordre l'oreiller pour m'empêcher de pousser un hurlement de plaisir.

Je reprends mes sens après cet incroyable orgasme pour découvrir que son doigt est à présent en moi, pas assez loin pour me faire mal, mais suffisamment pour que je prenne conscience du plaisir obscur que recèle une autre partie de mon corps maintenant éveillée à la passion.

– J'ai envie de te baiser par là, me grogne-t-il à l'oreille tout en enfonçant encore son doigt.

Je n'imagine pas un instant comment je pourrais l'y accueillir, mais je lui fais confiance pour me montrer à quel point ça peut être fabuleux. J'ai envie de tout lui donner, lui offrir chaque parcelle de mon corps.

Totalement enfoncé en moi, me dilatant jusqu'à mes limites physiques et émotionnelles, il ne bouge plus que son doigt qui va et vient entre mes fesses.

– Tellement brûlante et serrée... Je suis impatient de sentir ton cul se refermer sur ma bite.

Je suis en train de perdre la tête petit à petit. Il joue de moi comme un virtuose attentif à son instrument. Et je jouis de nouveau, plus violemment et intensément que la première fois. Il m'accompagne une fois de plus d'un râle, en me labourant simultanément de son doigt et de son sexe.

Après ça, je ne suis plus qu'une chose toute tremblante et frissonnante. Mon cœur bat si vite que j'ai l'impression qu'il va exploser.

Une annonce du pilote me ramène à la réalité et me rappelle que nous sommes dans un avion.

– Bonjour M. Godfrey et Mme Bryant. Nous espérons que vous avez bien dormi.

Flynn ricane en me caressant délicatement la poitrine.

– Merveilleusement bien, me chuchote-t-il à l'oreille.

– Nous sommes à quarante-cinq minutes de notre arrivée à LAX et nous prévoyons un atterrissage en douceur. Il est actuellement 11 heures à L.A. et nous commencerons notre descente sous peu.

– J'ai besoin d'une douche, dit Flynn. Tu m'accompagnes ?

– C'est trop petit pour deux. Vas-y le premier.

– Tu es sûre ?

– Oui, va.

Avec un baiser sur mon épaule, il se retire précautionneusement de moi.

Les muscles de mes jambes se contractent dans un spasme qui me convulse. Je ne sais pas comment je vais pouvoir le regarder en face après ce que nous venons de faire. Il y a une semaine, l'idée de faire l'amour avec un homme était impensable, et voilà qu'à présent, je fais des cochonneries avec Flynn, et j'adore ça.

FLYNN

Je ne suis qu'un animal. C'est la seule explication possible à ce qui vient d'arriver. Qu'est-ce qui m'a pris ? Cette femme a été sexuellement agressée quand elle était adolescente. Je suis son tout premier amant. Et voilà que je la pousse à des choses largement en dehors de la zone de confort de la majorité des femmes, plus encore d'une femme qui a été agressée. J'aurai de la chance si elle ne me quitte pas dès la seconde où nous aurons débarqué.

Je me lave, les mains tremblantes. Je pensais que j'étais capable de me maîtriser, mais je viens de prouver – à moi comme à elle – que je ne maîtrise rien si je ne contrôle pas tout. Si je lui montre cette facette de ma personnalité, elle me quittera, c'est certain, tout comme l'a fait mon ex-femme en me traitant de monstre dépravé.

Si Natalie me considère jamais comme l'a fait Valerie, je n'y survivrai pas. Je vois bien le parallèle entre les deux. La situation actuelle est similaire à celle de l'époque, sauf que j'aime Natalie plus que je n'ai jamais aimé la femme que j'avais épousée. Si Natalie me quitte, je sais déjà que je ne m'en remettrai jamais.

Ce qui s'est passé ne peut pas se reproduire. Il faut que je fasse attention à ce que je dis en sa présence et à mesurer mes gestes. Il y a beaucoup trop en jeu pour risquer de la faire fuir en lui montrer les tréfonds de mon désir pour elle.

J'ai envie de te baiser par là. Bon Dieu, mais ai-je vraiment dit ça en lui enfonçant le doigt dans le cul ? Une nausée aigre me monte dans la gorge quand j'imagine ce qu'elle doit penser en cet instant. Elle s'est enchaînée à un fauve qui a systématiquement chamboulé sa vie si ordonnée durant le peu de temps que nous avons été ensemble.

Elle va me détester avant longtemps si je ne fais pas attention. Tout en me savonnant, je me rends compte que je bande à nouveau et j'étouffe un juron. J'ai l'habitude d'assouvir mes besoins sexuels qui sont supérieurs à la moyenne, pas de les refouler. Mais je les réprimerai plutôt que d'effrayer une femme que les hommes et le sexe ont déjà suffisamment terrifiée.

En plus, je ne sais même pas précisément ce qu'elle a subi et je la pousse déjà à faire des choses que même les femmes les plus aguerries sexuellement estiment souvent répugnantes. Et si ce monstre de Stone l'avait sodomisée ? Et si ce que je viens de faire avait réveillé en elle de douloureux souvenirs ? Il faut que je sache. Tout de suite. Je me rince rapidement, je prends une serviette et je me sèche tout en sortant.

Natalie est toujours allongée sur le côté et me tourne le dos. Ses épaules dénudées laissent voir la marque rouge de la morsure que je lui ai infligée dans le feu de la passion.

Je suis horrifié et paralysé par la peur. Je me force à contourner le lit pour venir m'asseoir auprès d'elle.

– Ça va ?

– Mmm-mmm, dit-elle sans me regarder. Tu en as fini avec la salle de bains ?

– Oui. Nat…

– Mieux vaut que je file me doucher avant qu'on nous demande de regagner nos sièges pour l'atterrissage.

Elle s'enveloppe dans le drap et va à la salle de bains. La porte se referme et le déclic du verrou est comme une balle en plein cœur.

Je suis foutu.

NATALIE

Quelque chose ne va pas du tout. Flynn est complètement stressé. J'ai peur même de lui poser la question, car on dirait qu'il est au bord de la crise cardiaque quand nous descendons de l'avion pour monter dans le 4x4 qui nous attend sur le tarmac. Je porte Flocon, et Flynn a son téléphone collé à l'oreille, mais je n'ai pas entendu un seul mot de la conversation. Addie est partie dans une autre voiture en disant qu'elle nous retrouverait plus tard.

– Très bien, dit-il finalement. Donne-moi deux jours et on en reparle. (Un silence.) Ça me va.

Il coupe et range le téléphone dans sa poche.

– Qu'est-ce qui ne va pas ?

– Quoi ? Rien du tout. C'était mon partenaire, Jasper. Les nominations aux Oscars seront annoncées dans la matinée et il est à cran.

– Je te connais suffisamment bien maintenant pour savoir quand quelque chose ne va pas, Flynn. Tu as tellement les nerfs à vif que tu pourrais exploser.

– Ce n'est pas à cause de Jasper.

– Oh. À cause de quoi, alors ? Des Oscars ?

– Non. (Après un long silence, il reprend.) Pourquoi tu ne me regardes pas ?

– Quoi ?

– Tu ne m'as pas regardé depuis qu'on s'est levés.

Je tourne la tête et plonge délibérément mon regard dans le sien.

– Comme ça ?

– Oui, exactement comme ça.

– Où veux-tu en venir ?

– Je suis désolé pour tout à l'heure.

– De quoi tu es désolé ?

– De ce que j'ai dit et fait… C'était excessif et beaucoup trop tôt. Je n'aurais pas dû…

– Flynn, dis-je, soulagée. Arrête. J'ai adoré tout ce que nous avons fait. Et si je ne pouvais pas te regarder, c'est seulement parce que j'étais gênée d'avoir adoré ça à ce point.

– Tu as adoré ? répète-t-il en me fixant.

– Oui, et tu l'aurais entendu si j'avais pu hurler autant que j'aurais voulu. Mais avec ton assistante de l'autre côté d'une porte épaisse comme une feuille de papier, j'ai estimé qu'il fallait que je me retienne.

Ses doigts se crispent sur ses cuisses.

– Il faut que tu me racontes ce qui t'est arrivé, Nat. Je dois le savoir, de façon à ne pas déclencher un flash-back.

Je baisse les yeux vers mes mains croisées sur mes genoux.

– Je ne sais pas si j'en serai capable.

– J'ai tellement peur de faire quelque chose de mal.

– Rien de ce que tu fais n'est mal, puisque tu m'aimes.

– Je t'aime plus que la vie. Tu es mon obsession. J'ai envie de te serrer dans mes bras, t'embrasser, te caresser et te faire crier, mais à la simple pensée de faire quoi que ce soit qui t'effraie… je perds la tête, Nat.

Je m'appuie contre lui et il me prend par l'épaule, arrachant à Flocon un grondement sourd qui nous fait rire tous les deux.

– Au moins, elle ne te mord plus.

– Je me suis rendu fou à force de penser à ce que j'ai fait et dit…

– J'ai adoré. Je veux aller plus loin.

– *Natalie…*

Je glousse en entendant sa manière de prononcer mon prénom, comme s'il parvenait à peine à se contenir. Même dans mes rêves les plus fous, jamais je n'aurais imaginé trouver un homme tel que lui. Nous nous connaissons depuis quelques jours et pourtant, je suis convaincue, au plus profond de moi, qu'il m'aimera jusqu'à la fin de nos jours. Et que je l'aimerai tout aussi longtemps.

– Tu te moques de moi ? demande-t-il.

– Un petit peu, peut-être.

– Tu sais ce qui arrive à une vilaine fille qui rit au nez de son amant ?

– Non, dis-je dans un souffle. Qu'est-ce qui lui arrive ?

Il se penche pour chuchoter à mon oreille :

– Elle a droit à une fessée jusqu'à ce que ses jolies petites fesses soient toutes rouges.

J'ai la bouche sèche et les mains moites.

– Tu n'oserais pas…

Mais je sais déjà que si et que j'adorerai probablement ça autant que tout ce que nous avons déjà fait ensemble.

– Chiche. (Il me fait un suave baiser d'une douceur bien éloignée du feu de notre conversation.) Mais je ne poserai le doigt sur toi qu'une fois que je saurai ce qui t'est arrivé. Je ne peux pas me permettre de t'effrayer. Il faut que je sache, Nat.

Il a raison, et je le sais. S'il ne veut pas m'effrayer, de mon côté, je ne veux pas qu'il ait à le craindre.

– Nous en parlerons bientôt.

– Demain.

– D'accord.

Il me prend la main, enlace ses doigts aux miens et ne les lâche plus jusqu'à Malibu.

La maison d'Hayden n'a rien à voir avec celle de Marlowe Sloane, et c'est un peu décevant. Alors que celle de Marlowe est un bungalow douillet, la sienne est de style contemporain, toute en angles, verre et bois blond. Elle n'a rien de ce qui m'a charmée chez Marlowe, mais qui suis-je pour me plaindre qu'on ait mis à notre disposition à la dernière minute une propriété en bord de mer qui vaut des millions de dollars ? J'ai hâte d'être à demain matin pour voir ce que donne la vue.

J'interroge Flynn alors que nous nous préparons à nous coucher :

– Pourquoi tu n'as pas de maison ici ?

Pendant ce temps, Flocon prend ses aises et furète dans tous les coins.

– J'en ai eu une pendant un moment, mais je ne viens pas suffisamment ici pour que ça en justifie le coût. Je l'ai vendue à Marlowe.

– Oh ! Alors c'était ta maison ? Je l'ai *adorée*.

– Moi aussi, mais je n'y venais presque jamais. Elle en avait envie, alors je la lui ai vendue.

– C’est une maison magnifique.

– Mais celle-ci, moins ?

– Non, elle est géniale !

Je ne veux surtout pas qu’il pense que je suis ingrate envers lui ou ses amis qui se sont tous totalement dévoués pour moi depuis que ma vie a été anéantie. Malgré des débuts difficiles, Hayden s’est révélé ces derniers jours un véritable ami pour nous deux.

Flynn rit devant mon air désemparé.

– Ce n’est pas ce que je choisirais non plus.

– Dieu merci.

Nous sourions tous les deux.

– Nous mettons le réveil pour nous lever à temps pour l’annonce des nominations ? demande-t-il.

– Bien évidemment que oui.

Il règle l’alarme de son téléphone et se glisse dans le lit avec moi.

– Tu réussiras à dormir avec les nominations qui arrivent ?

– Oui. C’est excitant, mais ce n’est pas ce qu’il y a de plus important dans ma vie en ce moment.

Il me pince gentiment et j’ai à peine le temps de me rendre compte que le réveille sonne et que j’entends Flynn qui gémit.

– Allez, lui dis-je en lui tirant le bras. Allons voir ta nomination pour un Oscar.

– Ne le dis pas ! Tu vas me porter la poisse.

J’adore son côté superstitieux. Ça le rend incroyablement humain. Même s’il sait que sa nomination ne fait aucun doute, il ne la prend pas pour argent comptant.

– Je meurs de faim, dit-il.

– Je mangerais bien un peu aussi.

Nous pillons le réfrigérateur d’Hayden pour préparer un énorme petit déjeuner et savourer nos cafés pendant que le soleil se lève sur le Pacifique. La vue dont jouit Hayden est exceptionnelle. À 5 heures 25, nous allumons la télévision pour regarder les nominations qui commencent à déferler pour *Camouflage* et culminent avec sa sélection comme meilleur acteur et le film comme meilleur long métrage.

Nos cris enthousiastes font aboyer Flocon à tue-tête, mais nous sommes trop absorbés pour la gronder.

Je l'étreins en essayant de ne pas lui pleurer dessus. Je suis follement fière et heureuse pour lui et j'adore pouvoir partager ce moment spécial avec lui.

Le téléphone de Flynn vibre avec l'arrivée d'un texto avant de sonner. Il met l'appareil sur haut-parleur pour prendre l'appel d'Hayden.

– Flynn ! Debout ! Tu es nominé aux Oscars, tout comme moi, Jasper et le film ! Nous avons recueilli le plus grand nombre de nominations. Tu m'écoutes ?

– Je suis réveillé et je t'écoute. (Il me fait un clin d'œil et écoute Hayden comme s'il n'était pas au courant du total.) Waouh ! C'est incroyable. Le plus grand nombre, alors ?

– Douze ! Nous avons raflé tout : adaptation du scénario, maquillage, bande originale, photographie. On a foutu le feu, Flynn ! Bravo !

– C'est super cool. Je n'en reviens pas.

– Il était temps, mon vieux. Jusqu'à notre dernier jour, on sera des nominés aux Oscars et probablement lauréats.

– Hayden ! Arrête ! Ne le dis pas.

– Bon Dieu, Flynn ! Toi et tes superstitions. Va te recoucher. Je vais me bourrer la gueule.

– Il est 6 heures du matin et tu as les trophées des Critics Choice ce soir.

– Je serai dégrisé d'ici là. Et j'accepterai en ton nom quand tu gagneras. Oh, et appelle tes parents ! Ils seront contents d'apprendre la nouvelle.

– D'accord. Merci de ton coup de fil, et félicitations à toi aussi. *Camouflage* n'aurait jamais vu le jour sans toi.

– Sans nous deux. Va fêter ça.

Je le serre de nouveau dans mes bras.

– Je suis tellement ravie pour toi et tellement fière.

– Merci. Waouh ! Je n'imaginais pas que ce serait aussi agréable.

– Je l'ai déjà dit, mais je vais le répéter : tu mérites toutes les récompenses qu'on te décerne pour le travail que tu as fait sur *Camouflage.*

– Merci, ma chérie.

Son téléphone ne cesse de sonner entre les appels de ses parents, ses sœurs, amis et confrères. Après quoi, c'est son attachée de presse, Liza, qui appelle pour des demandes d'interviews qui le retiennent pendant les quelques heures suivantes. Pendant qu'il passe presque toute la matinée au téléphone, je nous alimente en champagne. Nous sommes tout étourdis quand le téléphone cesse enfin de sonner aux alentours de 11 heures.

Il me prend dans ses bras et me serre contre lui. Je lui demande :

– Comment tu te sens ?

– C'est irréel. Mes parents étaient tout excités. J'adore ça.

– Ils sont tellement fiers.

– C'est tout ce qui m'a importé pendant longtemps, qu'ils soient fiers. Mais maintenant, je veux que tu le sois aussi.

– Je le suis tellement que je pourrais exploser. Et eux aussi.

Il sourit et m'embrasse.

– Merci pour ça. Ça compte énormément. (Il m'embrasse de nouveau.) On va faire un tour sur la plage ?

– Tu serais d'accord si on restait sur la terrasse, plutôt ?

Malgré les gardes du corps qui nous ont accueillis à LAX et qui entourent la maison, je ne suis pas encore prête à me montrer en public.

– Comme tu veux, ma chérie, dit-il en me déposant un baiser sur le front. Viens, allons nous changer.

– Flynn ?

– Mmm ?

– Merci de m'avoir amenée ici et de savoir ce qu'il me faut avant même que je le sache. Merci pour tout.

– Je n'en reviens pas que tu me remercies alors que j'ai l'impression d'être le mec le plus veinard du monde parce que je vais pouvoir passer la journée, la soirée, le lendemain et le jour suivant avec toi.

– Nous avons tous les deux de la chance.

– Oh que oui ! opine-t-il en me serrant dans ses bras robustes et tendres.

5
NATALIE

NOUS PASSONS UNE JOURNÉE MAGIQUE et reposante au bord de la piscine d'Hayden. La gouvernante, Connie, nous sert un délicieux repas accompagné d'un chardonnay en provenance du vignoble Quantum de Napa. Après quoi, Flynn dit à Connie de prendre quelques jours de congés payés et lui annonce qu'Hayden la rappellera quand il aura de nouveau besoin d'elle.

– Merci beaucoup, M. Flynn. Amusez-vous bien.

Quand nous nous retrouvons seuls, je lui demande :

– Qui paie ses vacances ? Toi ou Hayden ?

– Hayden, évidemment, dit-il avec un air effronté qui me fait rire.

– Il ne sait pas ?

– Ce qu'il ignore ne peut pas lui faire de mal.

Quand il débouche une deuxième bouteille, je l'interroge :

– Il y a un rapport entre le vignoble Quantum de Napa et ta boîte de production ?

Nous sommes allongés ensemble sur une double chaise longue au bord de la piscine qui domine l'océan en contrebas. Entre le paysage éblouissant et l'homme magnifique serré contre moi, je suis tout étourdie. Pelotonnée entre mes pieds, Flocon se prélasse au soleil.

– Oui. Il est à nous.

– Qu'est-ce que Quantum possède d'autre ?

– Des tas de propriétés, pour la plupart à New York et à L.A., quelques restaurants, quatre stations de radio, six chaînes de télé. Je crois que c'est tout.

– Waouh ! Moi qui pensais que vous vous contentiez de faire des films.

– C'est notre principale activité, oui, mais nous sommes partisans de la diversification.

– Tu as une vie qui me fascine, et pas parce que tu es célèbre. C'est l'étendue de ce que tu fais qui me dépasse. À peine je crois tout savoir que je découvre du nouveau.

Une curieuse expression passe sur son visage, mais il la fait rapidement disparaître derrière l'un de ses célèbres sourires.

– Nous sommes aussi partisans de vivre à fond.

– Comment vous vous êtes réunis tous les cinq pour fonder l'entreprise ?

– Je travaille avec Hayden depuis le début. Nous avons tourné six films ensemble et produit cinq autres. Marlowe était dans deux des premiers films et s'est intéressée à la production. Jasper, qui est directeur photo, et Kristian, un producteur qui est arrivé plus tard, étaient faits pour nous parce que nous avons la même conception des films que nous voulons tourner et produire. Ça s'est fait tout seul, pour ainsi dire. (Il remplit nos verres.) C'est un milieu difficile. C'est agréable de travailler avec des gens en qui j'ai confiance et vice versa.

– J'ai hâte de faire la connaissance de Jasper et de Kristian.

– Tu vas tomber amoureuse de son accent anglais. On l'appelle le mouilleur de culottes.

– Vais-je oser demander pourquoi ?

– On plaisante qu'il fait mouiller toutes les culottes dès qu'il ouvre la bouche.

– L'accent anglais est extrêmement sexy.

– Oh, je t'en prie, pas ça. Mes sœurs sont totalement folles de lui. À Noël dernier, Ellie lui a demandé de lire un conte de Noël et s'est ridiculisée, en l'écoutant, en gémissant et en haletant à cause de son accent. Les gosses ont cru qu'elle faisait un malaise ou je ne sais quoi. C'était horriblement gênant. (Je ris tellement que je manque d'avaler de travers.) Tu sais, continue-t-il en faisant tourner son vin dans son verre, j'adore parler de mes amis et de mon métier, mais je préférerais parler de toi et de ta famille. (En un rien de temps, j'ai l'estomac noué et je me retrouve paralysée.) Nat ?

– Oui ?

– Regarde-moi, ma chérie.

Je me force à soutenir son regard impérieux.

– Je veux te connaître. Te comprendre. Et plus que tout, je veux te protéger pour qu'il ne puisse rien t'arriver de mal.

– Même toi tu n'as pas autant de pouvoir.

– Tu serais surprise de ce que je peux faire quand quelqu'un que j'aime souffre.

– Tu m'as déjà montré de quoi tu es capable.

– Tu n'as fait que l'entrevoir.

Je ne peux pas indéfiniment remettre ça à plus tard, si j'espère avoir une relation significative avec cet homme fantastique qui m'a maintes fois ouvert son cœur. Il ne mérite rien moins que la vérité en échange.

– Raconte-moi ton enfance. Je veux tout savoir.

– À l'époque, je m'appelais April. On m'a donné ce prénom parce que je suis née le 15 avril et on plaisantait toujours que je finirais par travailler aux impôts parce que c'est la date où on doit remettre sa déclaration.

– Beurk, les impôts, ça n'a rien de drôle. Chez nous, on dit que je finance à moi tout seul le Pentagone avec ce que je paie en impôts.

– Oh, pauvre petit chou !

– Je sais, la vie est dure.

– À l'époque, avant que tout arrive, j'étais très branchée danse et gymnastique et j'étais pom-pom girl. Les trucs habituels.

– Tu étais pom-pom girl ? demande-t-il en ouvrant de grands yeux intéressés.

– Mmm… mmm…

– Est-ce que tu accepterais, un de ces jours…

Je ne pensais pas que parler de mon passé me ferait rire, mais Flynn me facilite la tâche.

– Si tu es très sage.

– Je vais être sage, tu n'imagines pas à quel point.

– Quoi qu'il en soit, dans mon enfance, Oren Stone et sa famille occupaient une place importante dans notre vie. Mon père et Oren étaient amis depuis leur enfance. D'après ma mère, qui les connaissait déjà à l'époque, Oren avait une bizarre influence sur mon père. Je ne m'en rendais pas compte quand j'étais gosse, mais rétrospectivement, je vois que leur relation était effectivement curieuse. Mon psy m'a dit qu'Oren était l'exemple même du pervers narcissique. Lui seul comptait, et mon père était son larbin. Ce qu'Oren voulait, Oren l'obtenait… boulot, argent, femmes, pouvoir. Mon père faisait le nécessaire pour que ça se réalise. L'épouse d'Oren, Stephanie… c'était une femme gentille qui ne se doutait pas de ce qui se tramait en coulisse. Mes parents se disputaient fréquemment à cause de ce que mon père faisait pour lui. Il disait toujours qu'il n'avait pas le choix s'il voulait garder son poste. Ma mère pleurait et le suppliait de trouver un autre boulot, mais il disait qu'Oren avait besoin de lui et qu'il ne pouvait pas le laisser tomber.

– Ils faisaient des trucs illégaux ? demande Flynn.

– Ils faisaient toutes sortes de choses. Tout a été révélé durant le procès. Mes accusations n'étaient que la partie émergée de l'iceberg. Mais j'anticipe. (Je respire un bon coup.) Même si ma mère n'avait pas une haute opinion d'Oren, elle aimait beaucoup Stephanie. Nous faisions toujours comme si nos familles étaient amies. Quand Oren est devenu gouverneur, ils ont beaucoup voyagé et ils m'ont demandé de les accompagner l'été et en vacances pour m'occuper de leurs gosses qui étaient beaucoup plus jeunes que moi. Comme je n'avais pas réussi à me trouver un job d'été, j'ai accepté. Mes parents étaient enthousiastes. Je me rappelle que ma mère avait dit qu'elle était ravie que je travaille pour des amis, des gens que nous connaissions et en qui nous avions confiance.

Quand il me caresse le visage, je me rends compte que des larmes ont commencé à couler sur mes joues. Il prend mon verre et le pose près du sien sur une table. Puis il me serre contre lui et me caresse le dos.

– Prends ton temps, ma chérie.

– Ça va aller. Ça fait longtemps, maintenant. Tellement que, parfois, c'est comme si ça ne m'était pas arrivé à moi, comme si je l'avais vu dans un film ou quelque chose de ce genre. (Je respire de nouveau un bon coup et je rassemble tout le courage nécessaire pour continuer.) J'ai passé des tas de week-ends avec eux, à m'occuper des gosses pendant qu'ils assistaient à des réceptions et toutes les occasions officielles qu'exige la fonction de gouverneur. Ce n'était donc pas rare qu'ils m'appellent pour que je reste tout un week-end. En revanche, c'était inhabituel que ce soit Oren qui m'appelle pour ça. Mais je savais que Stephanie avait eu la grippe et une extinction de voix, alors je n'ai pas cherché plus loin.

Mes mains commencent à trembler et j'ai mal au ventre.

– Ma mère m'a déposée chez le gouverneur après les cours un vendredi. Elle m'a dit que nous nous retrouverions le dimanche et m'a recommandé de veiller sur les gosses. Ce qu'elle me disait à chaque fois. C'était bien la centième garde que je faisais, donc ça n'avait rien d'extraordinaire. Sauf que… quand je suis entrée dans la maison, il n'y avait personne d'autre qu'Oren. Il m'a dit que Stéphanie et les enfants allaient arriver sous peu.

– Prends ton temps, ma chérie. Voilà… Si c'est trop difficile, tu n'es pas obligée de me le dire.

C'est là que je remarque qu'il a lui aussi les larmes aux yeux. Ça le tue d'entendre cette histoire autant que moi de la raconter. Savoir que Flynn est à mes côtés et que ça l'émeut presque autant que moi me donne le courage de poursuivre.

– Il était en train de boire quand je suis arrivée. Au bout d'environ une heure, il m'a dit que Stephanie et les gosses étaient à New York chez ses parents pour le week-end. Ça m'a décontenancée. J'ai commis l'erreur de demander pourquoi j'étais là. Il… il m'a giflée violemment en disant que je savais pertinemment ce que je faisais là, que je l'avais « aguiché » pendant des années, que j'étais « une chaudasse » et toutes sortes de choses que je n'ai pas comprises sur le moment.

– Quel fils de pute ! gronde Flynn. C'est une bonne chose qu'il soit mort, sinon je l'aurais tué moi-même.

– Il a déchiré mes vêtements. J'ai essayé de résister, mais il était beaucoup plus grand et costaud que moi. Pendant tout ce temps, je n'arrivais pas à croire ce qui m'arrivait. Cet homme que je connaissais depuis toujours, le plus proche ami de mon père… je n'en revenais pas qu'il me fasse subir ça. Il m'a frappée et étranglée et il m'a dit qu'il me tuerait si je faisais le moindre bruit.

– L'enfoiré, chuchote Flynn en essuyant mes larmes et les siennes.

– La première fois, c'était dans le salon. J'ai eu tellement mal que je me suis évanouie. Je crois qu'il m'a droguée à un moment, parce que je n'ai pas toujours été consciente et que j'ai découvert seulement après que ça avait duré deux jours. Chaque fois que je revenais à moi, il était en moi et il me faisait mal.

– Dans l'avion, dit-il d'une voix hésitante. Quand je t'ai réveillée comme ça, ça t'a rappelé ton agression ?

– Non. J'étais tellement excitée. Je n'y ai pas pensé.

– Ça me tuerait si je faisais quoi que ce soit qui te rappelle ce qui t'est arrivé.

– Je sais. (Je serre sa main dans les miennes et je reprends mon souffle avant de poursuivre.) Quand j'essayais de me débattre, il me frappait. Il m'a attachée, frappée avec une ceinture… j'ai cru que ça ne finirait jamais. Et quand je pensais que ça ne pouvait pas empirer, il me l'a enfoncée dans la gorge et j'ai cru que j'allais mourir parce que je ne pouvais plus respirer.

– Ça suffit, Nat. (Il m'enlace dans une étreinte d'acier, et ses larmes coulent sur mon visage et mon cou.) Tu n'as pas besoin d'en dire plus.

– Je vais bien et je veux te raconter le reste pour qu'on n'ait plus jamais à en reparler.

Il frissonne et prend une profonde inspiration. Je sens combien il souffre et, en cet instant, je suis absolument certaine qu'il m'aime vraiment autant qu'il l'affirme.

– Le dimanche après-midi, il m'a dit de me lever et de prendre une douche. J'avais mal partout. Il est venu dans la douche et il m'a récurée avant de me violer encore une fois après s'être lavé. Ensuite, il m'a empoignée par les cheveux et a collé son visage au mien. Il m'a dit que si je racontais à quiconque ce qu'il avait fait, il virerait mon père. Que Papa irait en prison pour les trucs qu'il avait faits et que notre famille serait à la rue. Que personne ne croirait une petite salope de quinze ans face à un gouverneur et que si je disais quoi que ce soit, il me tuerait. Je l'ai imaginé faisant la même chose à mes sœurs. Quand il m'a dit de prendre mes affaires et de ficher le camp, je suis allée directement au commissariat, qui était à cinq cents mètres de chez lui. J'étais terrorisée à cause des menaces qu'il avait prononcées contre moi et ma famille, mais je savais que je devais protéger mes sœurs, sinon elles subiraient le même sort que moi, et il n'était pas question que ça arrive.

– Bon sang, Nat. Tu es incroyable d'avoir été lucide à ce point après ce qu'il t'avait fait.

– Je n'ai cessé de penser à Candace et Olivia quand j'ai raconté aux policiers ce qui m'était arrivé. C'est parce que j'avais peur qu'il s'en prenne à elles ou à d'autres filles de leur âge que j'ai pu le dénoncer. Au début, j'ai vu que les flics ne me croyaient pas. C'est vrai, quand on y pense, j'étais une gamine de quinze ans qui accusait le gouverneur du Nebraska de l'avoir violée – et à plusieurs reprises. Mais il avait laissé des traces qui les ont forcés à me prendre au sérieux. Ils m'ont conduite à l'hôpital… Ça a été presque pire que ce qu'Oren m'avait fait. Ils m'ont fait prendre un traitement au cas où j'aurais été enceinte, et l'examen… m'a affreusement fait souffrir. J'ai pleuré du début à la fin. Il a fallu qu'on me fasse des points de suture et… c'était horrible. (Je prends la serviette en papier qu'il me tend pour m'essuyer les yeux et me moucher.) À part le Dr Richmond l'autre soir, je n'ai vu aucun médecin depuis.

– Et moi qui suis là à te demander de prendre la pilule. Jamais je ne t'aurais demandé si j'avais su.

Je passe les doigts dans ses cheveux, j'ai besoin de le toucher, de le réconforter.

– Tu entends ce récit pour la première fois. N'oublie pas que pour moi, c'est de l'histoire ancienne. Je n'y pense plus tous les jours.

– Il va s'écouler longtemps avant que je n'y pense plus chaque jour.

– Est-ce que ça va changer quelque chose entre nous ?

Il relève la tête qu'il avait posée sur ma poitrine.

– Quoi ? Mais bien sûr que non.

– Si tu me traites différemment maintenant que tu connais les détails horribles, ça me fera du mal.

– Nat… Mon Dieu… La seule chose que ça pourrait changer, c'est que je t'aimerais encore plus.

– Ce n'est pas fini. (Comme je suis déterminée à aller jusqu'au bout, je continue.) Les flics ont appelé mes parents. Ils sont venus à l'hôpital et, avec ma permission, l'inspecteur chargé de l'affaire leur a tout raconté. Mon père m'a regardée comme si j'étais folle. Il m'a dit texto : « Est-ce que tu as perdu la tête ? » Il refusait totalement de croire que son cher Oren avait pu faire ce dont je l'accusais. Et il avait l'air terrorisé. J'ai compris plus tard pourquoi. Il était plongé jusqu'au cou dans les saloperies qu'il faisait pour Oren et il allait devoir déposer contre lui pour pouvoir éviter la prison. Je ne sais pas comment il a réussi à garder son poste dans l'administration de l'État.

– Et ta mère ?

– Elle m'a crue. Je l'ai vu dans ses yeux, mais elle était totalement soumise à mon père. C'était lui qui commandait et elle faisait ce qu'il lui disait. Il a déclaré que si je persistais dans mes accusations, j'étais morte pour eux.

– Comment a-t-il pu faire une chose pareille à sa propre enfant, surtout après ce qu'elle avait souffert ?

– Je ne sais pas. Je n'ai jamais compris la dynamique de sa relation avec Oren. Les flics lui ont dit que ce n'était plus de mon ressort. Oren m'avait récurée, mais il n'avait pas pu faire disparaître toutes les traces de son ADN sur moi. La police l'avait recueilli et il allait être inculpé. « À l'heure où je vous parle, a dit l'inspecteur, on est en train d'arrêter Stone. » En entendant ça, mon père a entraîné ma mère hors des urgences et je ne les ai plus jamais revus depuis, ni eux ni mes sœurs, et nous ne nous sommes pas reparlé non plus.

– Mon Dieu, Natalie.

– Le plus triste, c'est que je n'étais même pas surprise qu'il prenne le parti d'Oren contre moi. Au moins, il était cohérent.

– Qu'est-ce que tu as fait ? Où tu es allée ?

– J'ai eu beaucoup de chance. L'un des inspecteurs m'a recueillie dans sa famille en attendant le procès. Ils ont été très gentils avec moi. À bien des égards, ils m'ont sauvé la vie en me faisant suivre une thérapie et en m'aidant à terminer mes études avec des professeurs particuliers. Le pire a été de perdre mes sœurs. Je me suis toujours demandé ce qu'on leur avait raconté et ce qu'elles savent. Je me demande si je leur manque, si elles pensent à moi ou si mon père leur a raconté pis que pendre sur mon compte. Candace est à l'université à présent, je pense, mais je n'ai jamais eu le courage de la recontacter. Si elle me hait, je préfère ne pas le savoir.

Sa tristesse est encore bien présente après tout ce temps.

– Ça a été vraiment dur pendant deux ans, mais je m'en suis sortie grâce à la famille qui m'a accueillie et au soutien financier de donateurs anonymes qui détestaient Stone et voulaient m'aider à l'abattre. L'argent a permis de payer ma nouvelle identité et les deux premières années d'université. L'autre moitié… eh bien, je ne suis pas sûre de ce que je vais faire, maintenant que mon contrat a été annulé.

– Je m'en occuperai. Ne t'inquiète pas de ça.

– Je m'en inquiéterai et c'est moi qui m'en occuperai, pas toi.

– Tu rigoles ou quoi ? Pour quelle raison tu es dans ce pétrin, pour commencer ?

– Je suis dans ce « pétrin », comme tu dis, parce qu'Oren Stone m'a violée quand j'avais quinze ans. Je me débrouille toute seule depuis et je continuerai.

– Tu n'es plus seule, ma chérie, souffle-t-il, si bas que je l'entends à peine. Tout a changé à présent, et la dernière chose que je veux, c'est que tu te préoccupes de prêts étudiants que je pourrais rembourser demain sans même le sentir passer.

Je secoue la tête alors qu'il n'a pas achevé.

– Je ne veux pas que tu fasses ça. Je me débrouillerai comme je l'ai toujours fait. Je trouverai un autre job.

Il s'apprête à répondre, puis il secoue la tête et se redresse.

– Qu'est-ce qu'il y a ?

– Je vais aller prendre une douche.

– OK.

Il se lève et rentre dans la maison sans se retourner. Je le suis du regard, en redoutant que, bien qu'il ait affirmé le contraire, avoir entendu mon histoire ait tout changé entre nous.

6

FLYNN

J'AI ENVIE DE TAPER sur quelque chose. De passer mes nerfs sur le père de Natalie et de secouer sa minable mère pour qu'elle revienne à la réalité. D'exhumer Oren Stone et de le tuer une deuxième fois pour ce qu'il lui a fait.

La douche du rez-de-chaussée est assez grande pour six personnes. Sous les jets pulsants, je tente de contenir ma fureur, mais je ne peux retenir le désespoir que j'éprouve après avoir entendu ce qu'a subi ma précieuse Natalie. Je donne un coup de poing sur le carrelage de la paroi. Et comme ça ne me réconforte pas, je recommence.

Puis elle arrive, me tire en arrière et me prend dans ses bras. Je me rends compte que je suis en train de sangloter. Je ne me rappelle pas la dernière fois où j'ai pleuré avant de connaître Natalie, mais j'ai le cœur littéralement brisé pour la fille que Natalie a été naguère et pour la femme qu'elle est aujourd'hui grâce à son opiniâtreté et sa détermination.

– C'est bon, Flynn, dit-elle en me caressant le dos.

Pourquoi me réconforte-t-elle ? C'est moi qui devrais le faire, mais je ne tiens pas debout. Je n'arrive pas à maîtriser mes émotions, et c'est très nouveau pour moi qui me contrôle toujours. Toujours.

– Ça va. C'était il y a des années et aujourd'hui j'ai tout laissé derrière moi.

Je voudrais en faire autant, tout laisser derrière moi et aller de l'avant avec elle, mais je ne sais pas si je vais pouvoir. Comment ne pas penser à ce qui lui est arrivé, à ce qu'on lui a fait, chaque fois que je la toucherai ? Et si je n'arrive pas à me retenir ? Et si le désir impérieux que j'éprouve pour elle me fait oublier, même l'espace d'un moment, ce qu'elle a enduré dans le passé ? Je ne serai pas capable de me regarder en face si je lui fais le moindre mal.

Chacun de nos ébats me revient en mémoire avec ce nouveau contexte. L'ai-je déjà poussée trop loin ou trop brutalement. L'ai-je effrayée avec mon désir ? Tout mon corps tremble de la peur et de la rage qui résonnent en moi.

– Mon Dieu, mais tu saignes ?

Elle lève ma main droite blessée et la met sous la douche.

Le contact de l'eau chaude sur mes phalanges meurtries me tire brutalement de ma stupeur.

– Ce n'est rien.

– Bien sûr que non. Tu es blessé.

Je retire ma main et coupe l'eau.

– J'ai besoin… Il faut que j'aille courir.

– Ne me fuis pas, Flynn. Je t'en prie.

– J'ai peur de ne pas être l'homme dont tu as besoin en cet instant.

– Tu *es* ce dont j'ai besoin. Je n'imaginais pas à quel point j'avais besoin de toi jusqu'à ce que tu t'insinues dans ma vie et me fasses tomber amoureuse de toi.

– Nat…

Elle me tue avec sa douceur rayonnante. Comment peut-elle être aussi lumineuse alors qu'elle a connu des moments aussi sombres ? Je l'admire autant que je l'aime.

Elle me prend dans ses bras et attire ma tête sur son épaule.

– Tu es exactement ce dont j'ai besoin. Ne t'en va pas, je t'en prie. Reste avec moi. Sois avec moi. Serre-moi dans tes bras.

Je tremble comme une feuille.

– J'ai peur de te toucher.

Elle prend mes bras et les fait passer autour de sa taille.

Nous restons ainsi pendant de longues minutes dans la vapeur de la douche. Je ne sais pas combien de temps passe, mais je commence à me détendre légèrement. Les tremblements diminuent, et il ne reste bientôt plus qu'une sensation douloureuse dans tous mes membres.

Natalie me fait sortir de la douche et m'enveloppe d'une serviette. Je me sèche machinalement. Elle plonge dans le dressing et en ressort vêtue d'un t-shirt « J'♥ NY » trop grand qui rappelle une fois de plus ce qu'elle a perdu à cause de moi.

Elle me prend par la main et m'entraîne devant le lavabo, où elle rince le sang sur mon poing. Je suis tellement engourdi que je sens à peine la douleur de ma main blessée. Elle ferme le robinet et m'emmène dans la chambre.

– Assieds-toi, dit-elle en désignant le lit. Je reviens tout de suite.

Mais qu'est-ce qui cloche chez moi ? C'est moi qui devrais m'occuper pas d'elle et pas le contraire. Mais je suis incapable de bouger. Je ne pense à rien d'autre qu'à la tempête qui fait rage en moi après ce qu'elle m'a raconté.

Elle revient avec une trousse de premiers soins et un sachet de glaçons. Après avoir tamponné la blessure avec un antibiotique, elle l'enveloppe de gaze qu'elle maintient avec du sparadrap. Puis elle m'installe sur les oreillers et pose les glaçons sur mes phalanges meurtries.

– Je suis désolé, dis-je quand elle vient me rejoindre et se pelotonne contre moi.

– Tu n'as pas de raison.

– C'est moi qui deviens le centre de l'attention alors que ça devrait être toi.

– Plus maintenant. C'est toi-même qui l'as dit. C'est de *nous* qu'il s'agit, à présent.

– Oui.

– J'ai réfléchi à tout ça, tu sais.

– Qu'est-ce que tu veux dire ?

– À ce que ce serait de raconter ce qui m'est arrivé à l'homme dont je tomberais amoureuse. Je savais que je devrais le faire un jour et j'ai pensé à ce que j'éprouverais.

– Et qu'éprouves-tu ?

– En fait, c'est libérateur de le partager avec toi, de ne plus être seule avec ce poids comme je l'ai été si longtemps. Pour la première fois depuis une éternité, je me sens libre.

Elle arrange le sachet de glaçons sur ma main.

– Tu es libre, Natalie, libre d'avoir et d'être ce que tu veux, mais il faut que tu me laisses t'aider. J'ai besoin de t'aider. Laisse-moi rembourser tes prêts pour que tu n'aies plus à t'en soucier. Laisse-moi m'occuper de toi jusqu'à ce que tu aies décidé quoi faire. Tu ne peux pas me demander d'être quelqu'un que je ne suis pas. J'ai plus d'argent que je ne pourrai en dépenser toute ma vie. Laisse-moi l'utiliser pour faciliter la tienne. Je suis comme ça. C'est ma manière de t'aimer : j'ai *besoin* de veiller sur toi.

– Tu es tellement adorable de vouloir faire ça pour moi.

– Je ne suis pas adorable, dis-je d'un ton grognon qui la fait éclater de rire.

– Bien sûr que si.

– Sûrement pas.

– Nous pouvons convenir que nous ne serons pas d'accord sur ce point. Quant aux prêts… je vais y réfléchir.

– OK.

– Est-ce que c'était notre première dispute ?

– Ah non. Ce n'était pas une dispute. C'est moi qui me suis mal conduit. Quand nous nous disputerons, tu n'auras pas à poser la question.

Elle sourit et se penche sur moi, ses lèvres effleurent les miennes.

– Je t'adore même quand tu t'imagines que tu te tiens mal.

– Je me suis mal tenu.

– Mais non, tu m'as montré à nouveau à quel point tu m'aimes en prenant sur toi ma souffrance.

– Je t'aime bien plus que je ne pourrai te le montrer.

– Je t'aime tout autant.

J'enfouis mes cheveux dans la masse de cheveux encore humides qui encadrent son sublime visage.

– Ça fait de moi un sacré veinard.

– On l'est tous les deux. Peu importe ce qui arrivera, ce qui est déjà arrivé, nous sommes ensemble. Et je n'ai jamais connu ça jusqu'ici.

– Ni moi, ma chérie.

Je l'attire pour lui donner un doux baiser qui n'est qu'amour et affection. Mais elle passe sa langue sur ma lèvre et je l'embrase. Je recule brusquement comme si j'avais touché quelque chose de brûlant.

– Qu'est-ce qu'il y a ?

– Je suis tendu, ma chérie. Ce serait mieux si nous faisions une petite sieste. Si je te touche…

– Quoi ? Qu'est-ce qui se passera si tu me touches ?

– Je ne sais pas, et ça me fait peur. Tu m'es si incroyablement précieuse. Tu n'imagines pas à quel point. J'ai très peur de ne pas pouvoir te témoigner douceur et délicatesse alors que c'est ce qu'il te faut et que tu mérites.

– C'est *toi* qu'il me faut et que je mérite.

– Pas comme ça.

Le sachet de glaçons glisse de ma main et tombe par terre.

– Flynn.

Elle s'agenouille juste à côté de moi.

J'ai peur de la regarder tellement je la désire, mais en cet instant… en cet instant, je la désire désespérément. Je veux réparer tous les torts qui lui ont été causés. Réaliser tous ses rêves. Et plus que tout, je veux qu'elle soit mienne de toutes les manières possibles.

Elle glisse les doigts sous l'ourlet de son t-shirt, puis elle le soulève et le passe par-dessus sa tête, ne laissant plus qu'une petite culotte en soie sur son corps nu.

J'ai la bouche sèche, et mon esprit se vide instantanément pour ne plus penser qu'à son exquise beauté. C'est une véritable déesse, et même si je ne comprends pas très bien pourquoi elle m'aime. Elle m'a fait ce cadeau incroyable, sa confiance, et je culpabilise de continuer à lui cacher certaines choses. Je ne la mérite pas. Je n'en ai jamais douté, mais je la désire quand même.

– Dis-moi ce que je dois faire. Qu'est-ce que tu veux ?

Elle me regarde comme si j'étais exceptionnel, attendant que je lui dise ce que je désire. Si je lui disais ce que je veux vraiment – sa soumission complète –, je la perdrais et ce serait bien mérité. Je réprime donc ces envies et je l'attrape pour l'installer sur moi. Elle pousse un cri quand elle se retrouve sur ma bite dressée dont seule la mince culotte en soie la sépare.

Je l'empoigne par les hanches en essayant de rassembler toute la douceur qu'elle mérite de la part du premier homme qu'elle autorise à la toucher ainsi. Elle m'a fait le précieux cadeau de son amour et de sa confiance, et je tiens à en être digne.

– Les autres fois… ai-je fait quoi que ce soit qui t'ait effrayée ?

– Non, jamais je ne pourrai avoir peur de toi.

Je serre les dents pour ne pas lui dire que je pourrais la terrifier si je le voulais. Mais je ne le veux ni ne le dis. Ces désirs et ces envies n'ont pas leur place dans ce lit et cette relation.

– Quand je t'ai dit l'autre fois que je voulais te baiser par là… (Je serre ses fesses entre mes mains.) Est-ce qu'il t'a fait ça ?

– Non. Il en a parlé, il m'en a menacée, mais heureusement, il ne l'a pas fait.

Je ferme les yeux et poussant un profond soupir.

– Je suis désolé d'avoir dit ça, Nat. Je n'ai pas réfléchi. Je me suis laissé emporter…

Elle me fait taire d'un baiser.

– Je veux tout faire avec toi, Flynn. Je veux que tu me montres, que tu m'apprennes. Fais-moi tienne de toutes les manières possibles.

Si elle savait toutes les manières dont je la désire, elle ne me le proposerait pas.

– Tu es mienne. Quoi qu'il arrive entre nous, ça ne changera jamais. J'ai su dès le premier instant où tu as levé vers moi tes magnifiques yeux bruns qui ont plongé jusqu'au plus profond de mon âme… j'ai su que tu étais mienne.

– À ce sujet…

– Quoi ?

– Je n'ai pas les yeux bruns. (Je ne sais absolument pas quoi lui répondre.) Je porte des lentilles de couleur. J'ai les yeux verts. Et ma couleur de cheveux naturelle est beaucoup plus claire. Je ne voulais pas qu'on reconnaisse April.

– Tu veux redevenir April, à présent ?

– Non, elle est mon passé. Natalie est mon présent et mon avenir.

– Tu n'as plus besoin de te dissimuler. Tu peux être qui tu veux, ce que tu veux.

– Je suis très heureuse d'être Natalie avec toi.

Je l'attire contre moi pour un profond et torride baiser. Nos langues se mêlent dans une danse sensuelle qui me fait rapidement perdre la tête. Elle est comme le plus capiteux des vins, le plus subtil des chocolats, la plus puissante des drogues. J'ai envie de la retourner et de la baiser à fond jusqu'à ce que cette envie que j'ai en moi soit apaisée.

Mais je n'en fais rien. Au contraire, je me force à rester immobile et à caresser sa peau soyeuse avec révérence plutôt qu'envie et l'embrasser avec amour plutôt que désir de domination. Je prends ses seins dans mes mains et lui titille les mamelons. Quand ses yeux se ferment et qu'elle renverse la tête en arrière, je profite de l'occasion pour me redresser et engloutir un téton rose entre mes lèvres.

Elle pousse un cri de plaisir et me tire les cheveux si violemment qu'elle me les arrache presque. Mais une poignée de cheveux serait un bien mince sacrifice en échange de la certitude que je lui fais du bien.

– Crie tout ton saoul, ma chérie. À pleins poumons. Personne ne peut t'entendre à part moi.

Du bout de la langue, je fais le tour de son mamelon avant de le reprendre dans ma bouche et de l'aspirer en le mordillant, l'entraînant au bord de la douleur sans aller trop loin.

Elle ondule des hanches sur mon sexe dressé. Je passe la main entre nous et je découvre que sa petite culotte est trempée.

– *Putain.*

Je meurs d'envie de la sentir m'emprisonner dans cette chaleur moite. Je voudrais arracher cette culotte, lui clouer les bras au mur et la prendre. La posséder entièrement. Mais je ne peux pas faire ça.

– Nat.

Je glisse les doigts sous l'élastique à la rencontre de cette moiteur entre ses cuisses.

– Mmm.

Je m'empresse de la débarrasser de sa petite culotte et de prendre un préservatif avant de la réinstaller sur moi.

– Tu es partante ? (Elle acquiesce en se mordant les lèvres. Si j'avais eu voix au chapitre, je ne l'aurais pas touchée aujourd'hui tant que je ne me serais pas ressaisi. Mais si j'avais repoussé ses avances, j'aurais fait plus de mal que de bien.) C'est toi la chef, ma chérie.

Ça va à l'encontre de toutes mes certitudes, de tout ce que je suis en tant que dominateur, mais je mets les mains derrière ma tête et je lui accorde tout le pouvoir, je reste passif pendant qu'elle dirige les opérations. Je fais ça pour elle.

Elle se soulève juste assez pour placer ma bite là où elle veut. Puis elle redescend lentement, expirant à mesure qu'elle me prend en elle, les lèvres entrouvertes, les seins gonflés. Elle est putain de sexy.

– C'est bien ? Je m'y prends bien ?

– Tu es parfaite. C'est tellement bon.

Je suis forcé de me mordre la lèvre pour me concentrer sur cette douleur et oublier ce que je suis en train de faire. Pour elle, il faut que je reste calme et que je ne sois que tendresse et douceur.

Il lui faut cinq bonnes minutes, peut-être davantage, pour me prendre tout entier en elle. Elle est tellement serrée et brûlante que ma bite durcit encore plus dans mes efforts pour me maîtriser et rester immobile.

Natalie pose les mains sur ma poitrine et baisse les yeux vers moi. Son expression concentrée est adorable.

– Bouge les hanches, ma chérie. Comme la dernière fois. Chevauche-moi.

Elle pivote les hanches et je la sens se resserrer sur moi afin de pouvoir m'accueillir. C'est une sensation absolument incroyable, mais je ne peux m'empêcher de penser aux innombrables manières dont j'aurais pu rendre ce moment encore plus incroyable pour nous deux.

– Flynn… j'ai envie de tes mains… Caresse-moi.

Je me redresse et l'enlace étroitement, écrasant ses seins contre ma poitrine.

– Oui, dit-elle dans un soupir en me prenant par le cou. C'est tellement mieux.

La nouvelle position me permet d'entrer plus profondément en elle et d'atteindre un point qui la fait miauler de plaisir. Nous adoptons un rythme de plus en plus accéléré et ses ongles s'enfoncent dans mes épaules tandis que ses hanches ondulent. J'adore la sensation de son corps, son odeur, ses cris, sa manière de s'accrocher à moi quand nous faisons l'amour.

L'amour, je m'en aperçois, c'est ce qui fait toute la différence. J'en suis capable. Je peux être un homme comme un autre avec elle, tellement je l'aime. Je glisse la main entre nous et le léger frôlement de mes doigts sur son clitoris la fait jouir et hurler. Je pourrais faire durer ça encore une heure ou davantage si je le voulais, mais comme elle n'est pas prête, je cède et je jouis avec elle.

Elle frissonne dans mes bras et nos bouches s'unissent dans un profond baiser passionné. Je l'embrasse longuement, jusqu'à ce que je sente ses tremblements diminuer, puis je nous retourne afin de pouvoir être sur elle et la regarder.

Elle ouvre de grands yeux et ses joues sont rosies par la chaleur que nous avons fait naître ensemble.

– Que c'était bon, murmure-t-elle. (J'opine.) C'était bien pour toi, aussi ?

– Nat, évidemment que oui. C'était génial.

– Tu n'es pas obligé de me dire ça si ce n'est pas vrai. Je sais que tu as connu tellement d'autres femmes…

Je l'embrasse avant qu'elle ait pu achever.

– Jamais je n'ai connu une femme que j'aime autant que toi. C'est là toute la différence. (Je l'embrasse de nouveau et me retire délicatement.) Je reviens tout de suite.

Dans la salle de bains, je me débarrasse du préservatif et je frémis quand ma main blessée me rappelle la crise qui m'a saisi tout à l'heure.

Je suis sur la corde raide dans cette relation et j'avance avec précaution pour éviter une catastrophe, mais je suis constamment déséquilibré par cette difficile situation. D'un côté, je n'ai jamais été aussi heureux de ma vie que depuis l'arrivée de Natalie, qui me donne l'impression d'avoir enfin trouvé ma moitié. Mais de l'autre… C'est de l'autre côté que réside le problème. C'est celui où vit l'autre moitié de ma personnalité, celle que je lui dissimule de peur de l'effrayer et la faire fuir.

Appuyé au lavabo, je m'asperge le visage d'eau froide. Ma main blessée commence à me faire souffrir, mais je ne peux pas perdre du temps à m'en occuper alors que Natalie m'attend à côté. Il faut que je reste concentré sur elle et ce dont elle a besoin dans ce voyage que nous avons entrepris ensemble.

Elle est la seule chose qui compte.

Natalie

Après le dîner, Flynn débouche une autre bouteille de vin et nous nous installons pour regarder la cérémonie des Critics' Choice Awards.

Au bout d'une heure, je lui demande :

– Tu aurais voulu y assister ?

– Non, ce n'est pas important. J'ai la meilleure excuse du monde pour manquer ça.

Je réprime un bâillement.

– Pourquoi faut-il que ta catégorie soit toujours la dernière ?

– Parce que c'est la plus importante, répond-il avec un clin d'œil.

Je dors à moitié quand on lui décerne le titre de Meilleur Acteur. Hayden monte sur scène pour le recevoir.

– Je suis heureux d'accepter cette récompense pour le compte de mon ami Flynn, qui n'était pas en mesure de venir ce soir. (Il ne précise pas pourquoi, ce n'est pas nécessaire.) Flynn m'a demandé d'exprimer ses remerciements à l'Association des critiques de cinéma pour l'honneur exceptionnel qui lui est fait. Le tournage de *Camouflage* a été une expérience fantastique pour tout le monde chez Quantum, et je dois dire en toute objectivité que vous ne vous êtes pas trompés en lui décernant cette distinction. Flynn a donné le meilleur de lui-même dans ce film. Merci d'avoir récompensé son exceptionnelle performance que je suis heureux d'accepter pour lui.

– C'était très sympa, dis-je à mi-voix, ravie et touchée par les compliments sincères d'Hayden.

– Effectivement.

Nous regardons encore suffisamment longtemps pour voir *Camouflage* remporter le titre de Meilleur Long Métrage avant que Flynn n'éteigne la télévision.

– C'est dingue, murmure-t-il. Nous avons tellement bossé sur ce film, nous y avons mis tout ce que nous avions. Voir ce travail reconnu comme ça…

– Il mérite toutes les récompenses, tous les compliments. Je pourrais le voir cent fois sans me lasser.

– Tu le préfères à *La mélodie du bonheur ?*

– Oh, zut, c'est un dilemme, là…

– Je suis épuisé, dit-il en riant.

C'est vrai que la journée a été très longue pour nous deux.

– Allons nous coucher.

Une fois que nous nous retrouvons blottis dans les bras l'un de l'autre avec Flocon pelotonnée à nos pieds, je laissc échapper un soupir de contentement.

– C'était en quel honneur ?

– C'était un soupir ravi. La journée a été tellement merveilleuse pour toi…

– Pour *nous.*

– Oui, c'est vrai. Je suis contente que tu saches tout, à présent.

– Moi aussi, mais je donnerais tout ce que je possède pour réécrire l'histoire afin que tu n'aies pas à vivre ces horreurs.

– Ça signifie beaucoup pour moi que tu penses ça.

– Je ne pense qu'à toi, Natalie.

Et je m'endors en écoutant ses doux mots d'amour.

7
NATALIE

NOUS FAISONS LA GRASSE MATINÉE, puis nous passons un après-midi à paresser au bord de la piscine. Je n'imaginais pas qu'il était possible d'être heureuse à ce point. J'ai constamment envie qu'il me touche, et il est toujours prêt à me satisfaire. J'ai l'impression de m'être éveillée d'un long sommeil et d'avoir découvert la femme que j'aurais toujours dû être. Flynn a ouvert la porte de la prison que je m'étais imposée.

Blottis comme nous le sommes dans notre petit paradis privé, il est facile d'oublier ce qui se passe dans le monde autour de nous. Des gens parlent de moi, de mon douloureux passé et de ma toute récente histoire d'amour avec Flynn. Je n'en reviens pas de m'en moquer à ce point. Qu'ils parlent. Ils ne peuvent me toucher que si je les laisse faire. Je refuse de sacrifier une seconde de ce bonheur tout neuf à ceux qui sont prêts à disséquer la vie d'une victime de viol dans l'espoir de gagner des points d'audience ou des clics ou de vendre du papier. Je n'ai pas de temps à perdre avec eux, et Flynn non plus.

Cependant, son attachée de presse Liza a de nouveau suggéré que nous donnions une interview pour que je raconte une bonne fois pour toutes ma version de l'histoire. Flynn s'y oppose toujours autant, mais j'estime que nous devrions le faire. Il m'a promis qu'il y penserait, mais je ne suis pas optimiste.

Il est très tendu et pensif depuis que je lui ai raconté mon histoire. Je vois bien qu'il fait des efforts pour détendre l'atmosphère entre nous et qu'il est très précautionneux avec moi au lit. C'est très agréable, mais l'ambiance a changé depuis qu'il sait tout. Croyez-moi, je ne me plains pas. Faire l'amour avec Flynn est fantastique, même quand il se retient. Mais c'est différent.

Je continue d'espérer qu'il finira par accepter ce qui m'est arrivé il y a des années et tourner la page. En attendant, j'essaie d'être patiente avec lui et de lui laisser le temps de tout digérer. J'ai eu huit ans pour ça. Il n'a eu qu'une journée.

Le deuxième jour, pendant que je mange des céréales, Flynn est au téléphone avec Addie. J'essaie de ne pas écouter, mais c'est difficile, étant donné qu'il crie. Je n'ose imaginer ce qui peut l'énerver à ce point pour parler ainsi à Addie.

– Je ne veux pas en parler. Je n'irai pas. (Il se passe la main dans les cheveux tout en arpentant la terrasse.) Hayden peut le recevoir pour moi, si nécessaire. (Il baisse la tête.) Je sais, Addie. Je sais que ce sont mes confrères et que c'est important. Il faut que je te laisse. On se rappelle plus tard.

Il fourre le téléphone dans la poche arrière de son bermuda et rentre me retrouver.

– Qu'est-ce qui ne va pas ?

– Rien.

– On n'aurait pas dit.

– Les SAG Awards ont lieu à la fin du mois, soupire-t-il en s'appuyant au comptoir. Et elle est submergée de coups de fil depuis que j'ai dit que je n'irai pas.

– Et pourquoi tu n'y vas pas ?

– Tu sais très bien.

– Non, Flynn. Nous n'allons pas nous cacher comme si nous avions fait quelque chose de mal. Nous sommes innocents.

– Pas question de t'exposer à ce cirque. Absolument pas. Et je n'irai pas sans toi.

Je posa ma cuiller et repousse mon bol. Puis je vais le retrouver et je l'enlace par-derrière en posant ma tête sur son dos.

– Tu t'es donné tellement de mal, Flynn. Le film est si important pour toi. Tu ne peux pas manquer la cérémonie.

– Mais si, je peux.

– Pas question que tu n'y ailles pas. Si tu t'inquiètes pour moi, je resterai à la maison et je t'applaudirai depuis le canapé.

– Je ne te laisse pas ici et je refuse de t'infliger d'autres horreurs.

– Tu veux bien me regarder ? S'il te plaît, dis-je en le tirant par l'épaule pour le forcer à se retourner. (Il se laisse faire à contrecœur.) On ne peut pas se cacher constamment. Ce n'est pas comme ça que je veux vivre.

– Je ne peux pas te protéger de ce qu'on dira, des questions qu'on posera. Ce sera un nouveau viol pour toi.

– Alors, laisse-moi donner cette interview avant pour pouvoir raconter mon histoire selon mes propres termes. Il ne restera plus rien à dire après.

– Ça ne me plaît pas.

– Je sais, mais je veux mettre un terme à cette histoire pour que nous puissions vivre tranquillement.

– Et si ça a l'effet inverse ? Si c'était comme jeter de l'huile sur le feu et aggraver la situation ?

– Si nous précisons clairement que nous ne discuterons plus jamais de ce sujet, ça devrait y mettre un terme. D'autres pourront dire ce qu'ils veulent, mais le chapitre sera clos de notre côté.

Il se crispe en réfléchissant à ce que je viens de dire. Après une longue pause, il finit par répondre :

– Carolyn Justice. C'est la seule que j'estime capable de gérer ça convenablement.

Carolyn Justice est une déesse et je suis fan de son émission depuis des années.

– D'accord.

– Tu en es sûre, Nat ? Ne fais pas ça pour moi. Ça ne changera rien pour moi ni pour ma carrière si nous ne parlons jamais de tout ça à personne.

– J'en suis sûre et je le fais pour nous, pour mettre un terme à ce cirque et avoir la paix. Si nous donnons l'interview et que nous répondons à toutes les questions, peut-être que les médias passeront à autre chose et que nous pourrons aller aux SAG Awards sans avoir à craindre qu'on nous bombarde de questions.

– Je vais demander à Liza de tout organiser, dit-il après un autre long silence.

– Tu es fâché contre moi ?

– Fâché contre toi ? dit-il en ouvrant de grands yeux surpris. Mais pourquoi je serais fâché contre toi, enfin ?

– Parce que je te force à faire quelque chose qui ne te plaît pas.

Il pose les mains sur mes épaules et m'attire contre lui.

– Je ne suis pas fâché contre toi. Jamais je ne pourrais. Je trouve que tu es intrépide et merveilleuse et tu me stupéfies chaque jour par ton courage, ta force et ta résistance. Je suis fâché que tu aies été mise dans cette situation. J'en veux à ces gens qui se repaissent de la souffrance d'autrui. Je ne comprendrai jamais comment quelqu'un à qui tu as confié une affaire intime ait pu te vendre au plus offrant. (Il baisse les yeux et m'embrasse sur le front.) Je ne suis *pas* fâché contre toi.

– Tu es tellement tendu, dis-je en me serrant contre lui.

– J'ai beaucoup de choses en tête, ma chérie. Mais c'est tellement agréable de passer du temps avec toi, de me détendre, sommeiller, et tout ça. (Son « tout ça » me fait rire.) Mais il va falloir que je retourne travailler un jour ou l'autre.

– Je me demandais quand, justement.

– Nous avons une réunion prévue pour la fondation et, à un moment, il faudra que je voie Hayden. Il est en train de faire la postproduction du nouveau film dont nous n'arrivons pas à trouver le titre. Et il faut que je prenne des décisions concernant des projets à venir. Ça fait beaucoup.

– Je suis désolée de te détourner de ton travail.

– Pas du tout. J'ai adoré chaque seconde que nous avons passée ensemble et je compte bien que ça continue.

– Je me demandais… pour la fondation.

– Oui, quoi donc ?

– Ce serait possible… Mais n'hésite pas à dire non si ce n'est pas une bonne idée…

Un sourire pétille dans ses yeux et je suis de nouveau frappée par sa beauté. Je n'en reviens toujours pas de pouvoir le serrer dans mes bras, l'embrasser et faire l'amour avec lui quand bon me semble.

– Quelle idée as-tu, ma chérie ?

– J'aimerais m'impliquer dans ta fondation. Si tu veux bien.

– Mais évidemment que je veux bien. J'aurais dû penser à te le proposer.

– Je n'aurais pas demandé si je ne pensais pas pouvoir me rendre utile.

– J'adorerais que tu t'impliques de la manière qui te plaira.

– Merci, dis-je, étourdie du même genre de joie que j'ai éprouvée la veille de mon premier jour d'école.

– Je suppose qu'il faut que j'appelle Liza. Elle sera ravie, et Carolyn aussi. Tu es sûre de vouloir le faire ?

– Certaine. Et pendant que tu y es, appelle Addie aussi. Dis-lui que nous allons aux SAG Awards parce que mon petit ami est censé gagner et que j'ai besoin d'elle et de sa copine styliste Tenley pour me préparer.

– Très bien, ma chérie, dit-il avant de m'embrasser et de sortir passer ses coups de fil.

FLYNN

Il faut que je m'occupe. Je ne supporte pas de rester à attendre que ça se passe. Je suis quelqu'un d'actif, et cette situation me force à être réactif. Je ne suis pas loin de perdre la tête.

Liza et Natalie m'ont convaincu de faire l'interview avec Carolyn alors que je sais que c'est imprudent. Même si tout s'est toujours très bien passé avec Carolyn jusqu'ici, j'ai peur que l'interview ne fasse qu'empirer les choses au lieu du contraire. Je sais que c'est irrationnel, parce que Carolyn est une grande professionnelle, mais je ne peux m'empêcher de le redouter.

Je vais m'enfermer dans le bureau. Je me laisse tomber dans le fauteuil et je pose les pieds sur la table en essayant de me ressaisir. Perdre mes moyens, ce n'est pas ce qui va arranger la situation pour Natalie.

Il me faudrait un psy, mais comme je n'en connais aucun que je pourrais appeler de but en blanc, je me rabats sur la meilleure solution : j'appelle mon père. Je ne crains pas de le déranger, car il prend toujours les appels de sa famille, même s'il est occupé.

Il répond dès la deuxième sonnerie.

– Allô, toi.

– Salut, Papa. Je ne t'appelle pas au bon moment ?

– Pas du tout. Qu'est-ce qui ne va pas ?

– Qu'est-ce qui peut te faire croire que quelque chose ne va pas ?

– Tu es mon fils depuis trente-trois ans. En entendant ton « salut, Papa », j'ai su que quelque chose n'allait pas.

Malgré la gravité de la situation, il me fait sourire. Je m'accoude au bureau et me passe nerveusement une main dans les cheveux.

– Flynn, dis-moi ce qu'il y a.

– Je l'aime tellement.

– Je sais, mon garçon. Ta mère et moi avons tout de suite compris en te voyant avec elle que c'était la femme de ta vie.

– Je ne supporte pas de la voir subir tout ça parce qu'elle a commis l'erreur de me fréquenter.

– Qu'est-ce qu'elle en dit ?

– Plus je suis énervé, plus elle a l'air calme, c'est rageant.

– Ça n'a rien d'étonnant, s'esclaffe mon père. N'oublie pas qu'elle a déjà vécu tout ça, malheureusement, et qu'elle sait probablement mieux le gérer que toi.

– Une fois, c'était déjà bien suffisant.

– Certes, mais ça recommence, et elle s'en sort très bien. C'est ce qui compte.

– Liza et elle m'ont convaincu que si nous donnons une interview à Carolyn Justice, ça va arranger les choses.

– Ce n'est pas ton avis ?

– J'ai peur que ça les fasse empirer, en fait.

– Je sais que tu aimes bien tout diriger, Flynn. Mais dans le cas présent, j'ai bien peur que tu sois obligé de te plier aux décisions de Natalie. Elle sait ce qu'elle peut supporter ou pas. Si elle tient à donner cette interview, laisse-la faire. Cela l'aidera peut-être de raconter elle-même son histoire plutôt que ce soit quelqu'un d'autre qui le fasse pour elle.

Je n'avais pas vu les choses sous cet angle.

– Et si ça aggrave la situation ?

– Comment veux-tu que ce soit pire ? De quoi as-tu vraiment peur ?

– Qu'elle souffre encore une fois et que je n'aie pas été en mesure de le prévoir.

– Tu sais ce qui a été le plus difficile dans ma vie de père ?

Je suis pris de court par ce changement de sujet.

– Non, quoi ?

– Ne pas pouvoir protéger mes enfants de toute peine ou souffrance. Nous aimerions tous avoir une boule de cristal pour voir l'avenir et éviter tout ennui à ceux que nous aimons. Faute de quoi, nous faisons de notre mieux et nous essayons de les soutenir quand cela ne se passe pas comme nous l'aurions souhaité.

– Je n'ai pas coutume d'attendre que les choses arrivent. Je suis bien plus habitué à les *faire* arriver.

– Je sais, mon garçon, glousse-t-il. Et je sais aussi que c'est pénible pour toi de devoir prendre tes décisions en fonction de quelqu'un d'autre. Mais laisse-moi te poser une question : fais-tu tout le nécessaire pour arranger les choses ?

– Évidemment que oui.

– Tes avocats sont tous mobilisés contre l'école qui l'a licenciée et le type qui l'a trahie ?

– Oui, dis-je, les dents serrées.

– Alors, dis-moi ce que tu n'as pas fait.

– Je pourrais aller à Lincoln et dérouiller le type qui l'a dénoncée.

– Je t'en prie, évite. Ne mets pas en danger ta personne, la sienne ou ta réputation impeccable en faisant une sottise qui te soulagera sur le moment mais qui fera définitivement empirer la situation. (Il a raison. Je le sais, mais ça ne veut pas dire que ça me convient.) Flynn ? Dis-moi que tu as entendu et que tu ne feras pas de bêtise.

– Je n'en ferai pas.

– Natalie a besoin que tu sois fort pour elle, que tu la guides dans cette nouvelle existence de célébrité et tout ce qui l'accompagne.

– Je sais. Je fais de mon mieux.

– N'oublie pas qu'il n'en sera pas toujours ainsi. Il y aura un autre scandale sur lequel les médias se jetteront aussitôt.

– Vivement que ça arrive.

– Je tiens à ce que tu te rappelles que, même si la situation est pénible, tu l'as auprès de toi, et elle t'a auprès d'elle. C'est la seule chose qui compte vraiment.

– Merci, Papa. Tu m'as dit ce que j'avais besoin d'entendre.

– J'espérais que tu appellerais. Je ne voulais pas t'embêter, avec tout ce que tu as déjà comme soucis.

– C'était toi ou un psy.

– Tu as bien fait de me choisir, dit-il en éclatant de rire.

– Et moi donc.

– Tu viens nous voir bientôt ?

– Oui, sans faute.

– Tiens bon, mon garçon. On vous embrasse et on est là si vous avez besoin de nous.

– Merci, je vous embrasse aussi.

Je raccroche, nettement apaisé de lui avoir parlé. Ses conseils m'ont permis de traverser bien des épreuves dans ma vie et c'est lui qui m'a aidé sur le difficile chemin du métier d'acteur et de producteur. C'est toujours la voix de la raison, et j'en avais besoin aujourd'hui.

Maintenant, il faut simplement que je mette son conseil en pratique et que je laisse Natalie décider. J'en suis capable. En tout cas, je peux essayer.

NATALIE

C'est fantastique comme tout va vite quand la plus grande star de cinéma du monde s'en mêle. Carolyn Justice prend le dernier vol de nuit de New York à L.A. et l'interview est prévue au siège de Quantum à midi. Je porte ma fidèle robe noire. Je n'ai pas attaché mes cheveux et comme je suis bronzée d'avoir paressé au soleil, je n'ai mis que du mascara et du gloss.

J'espère que je ne vais pas avoir l'air d'une plouc à la télévision.

Flynn porte un costume gris ardoise avec une chemise blanche sans cravate. Lui aussi est bronzé et resplendissant, mais il faut dire que c'est toujours le cas. Il s'est montré taciturne et replié sur lui-même depuis que nous avons pris la décision hier, et j'espère qu'il redeviendra comme d'habitude une fois que ce sera terminé.

Quand nous arrivons à l'immeuble Quantum, je fais enfin la connaissance de Liza, qui est plus jeune que je m'y attendais. Elle est menue, avec des cheveux courts noirs et luisants, un magnifique tailleur et des talons aiguilles vertigineux. Malgré son allure professionnelle et élégante, elle est chaleureuse et amusante, et je l'apprécie aussitôt.

Flynn nous présente, et elle me serre dans ses bras.

– Je suis tellement heureuse de vous connaître, Natalie.

– Merci de nous aider pour tout ça.

– C'est un plaisir – et c'est mon boulot. Travailler pour ce garçon n'est pas vraiment un calvaire.

– Il est génial, dis-je en prenant Flynn par le bras.

– Je ne peux pas dire le contraire. Et je tiens à vous dire que vous avez pris la bonne décision pour aujourd'hui et que vous avez choisi la meilleure personne à qui parler.

– Tout le mérite en revient à Flynn.

Nous parlons de lui comme s'il n'était pas là. Je le sens vibrer de la tension qui s'est emparée de lui depuis que j'ai insisté pour donner cette interview.

– Il a bien choisi.

Ellie, la sœur de Flynn, qui travaille pour Quantum, est venue nous saluer et elle me serre dans ses bras comme si nous étions de vieilles copines.

– C'est trop nul, ces histoires, dit-elle.

– Oui, c'est vrai, mais espérons que cette interview arrangera les choses.

– Toute la famille est avec vous, Natalie. J'espère que tu le sais.

– Merci beaucoup.

Sa gentillesse me ferait presque pleurer. Ça fait si longtemps que je n'ai pas eu une famille qui me soutienne, et les Godfrey sont de sacrés alliés.

Carolyn entre dans la salle de réunion à midi pile avec une équipe de producteurs, cameramen, coiffeurs-maquilleurs et toute une cour de gens qui papillonnent de tous côtés, pendus au téléphone, aboyant des ordres et se donnant des airs importants. Carolyn est une blonde aux yeux bleus et avec un sourire chaleureux sans lequel elle paraîtrait inaccessible. Elle est connue pour être une excellente intervieweuse qui pose toujours les bonnes questions et peut faire fondre en larmes le plus coriace des bonshommes en l'interrogeant sur les sujets les plus intimes.

Un technicien vient nous équiper de micros. Flynn repousse sa main et s'occupe de fixer le mien sur ma robe. Ce geste possessif me fait presque pouffer de rire, mais il n'est pas d'humeur à plaisanter.

Les micros en place, Carolyn vient nous rejoindre et étreint Flynn.

– Quel plaisir de vous revoir.

– Vous aussi, Carolyn. Merci de faire cela.

– C'est *moi* qui vous remercie. C'est l'interview de l'année. Tout le monde la voulait. Je suis incroyablement honorée que vous m'ayez choisie.

– C'est parce que vous avez toujours été juste avec moi. J'espère que vous le serez aussi avec Natalie.

Il est charmant et aimable comme toujours, mais il la met quand même en garde.

– Bien sûr. (Elle se tourne vers moi et me tend la main.) C'est un plaisir de faire votre connaissance, Natalie.

– Pour moi aussi. (Je suis totalement sous le choc. Je regarde l'émission quotidienne de Carolyn Justice depuis l'université.) Je suis une grande fan.

– Merci beaucoup ! C'est agréable à entendre. Avant que nous commencions, est-ce qu'il y a des sujets totalement interdits ?

Je jette un regard à Flynn. La crispation de sa mâchoire m'indique qu'il est particulièrement tendu et que ça ne va pas s'arranger durant l'heure qui va suivre.

– Rien n'est interdit, mais je ne donnerai pas de détails sur l'agression.

– Je comprends, et je ne vous en aurais jamais demandé.

Je prends la main blessée de Flynn et la garde dans les miennes pendant qu'on nous conduit vers les fauteuils sous les vives lumières des projecteurs installés par l'équipe. Les câbles qui courent sur le sol me rappellent le jour de notre rencontre, et je m'en ouvre à Flynn.

Ses lèvres s'incurvent dans un sourire qui ne monte pas jusqu'à ses yeux. J'ai envie d'en finir au plus vite, autant pour lui que pour moi.

Une fois que nous sommes installés face à Carolyn, je continue de tenir sa main, car j'ai autant besoin de son réconfort que de lui offrir le mien.

Carolyn a préparé une introduction dans laquelle elle résume les événements de la semaine passée et nous présente, en soulignant que cette interview exclusive est la seule que Flynn et moi avons l'intention d'accorder.

– Je voudrais commencer en vous demandant à vous, Natalie, comment votre vie a changé depuis votre rencontre avec Flynn.

La question me prend de court, car j'aurais plutôt pensé que les changements dans ma vie étaient évidents. Je jette un coup d'œil à Flynn, qui regarde droit devant lui dans le vide, sans aucune expression.

– Ma vie a changé du tout au tout, dis-je. À quelques exceptions près, elle a changé pour le mieux. Je m'estime extrêmement chanceuse d'avoir rencontré Flynn, de faire partie de sa vie et qu'il fasse partie de la mienne.

Il presse doucement ma main dans la sienne.

– Nous sommes tous curieux de savoir comment vous vous êtes rencontrés. Vous voulez bien nous raconter ?

Nous échangeons un regard et il m'encourage d'un hochement de tête. Je raconte que j'ai couru derrière Flocon qui m'avait échappé dans Greenwich Village et m'a entraînée jusque sur le plateau où tournait Flynn.

– Je lui suis rentrée dedans et j'ai fini les quatre fers en l'air, le souffle coupé, pendant que Flocon mordait Flynn.

– La chienne vous a *mordu ?*

– Oui, dit-il en levant le bras où la marque est atténuée, mais encore visible. Elle a encore de l'énergie à quatorze ans.

– Et seulement dix dents qui lui restent !

Carolyn éclate de rire.

– Alors, qu'est-ce que vous avez pensé quand vous vous êtes rendu compte que votre chienne avait mordu *Flynn Godfrey* ?

– Elle a eu peur que je leur intente un procès et que je les saigne à blanc, intervient Flynn avec l'humour habituel que je lui connais.

C'est agréable de le voir de retour après avoir vécu avec un Flynn tendu et stressé.

– Il n'aurait pas récupéré grand-chose, dis-je. Évidemment, j'étais mortifiée. Flocon n'a jamais mordu personne et c'est avec *Flynn Godfrey* qu'elle décide de commencer ?

– C'était très amusant de bout en bout, dit Flynn.

– Je suis obligée de vous demander comment vous avez fait la transition entre vous faire mordre par son chien et l'emmener à la cérémonie des Golden Globes une semaine après.

Flynn me jette un regard.

– Il m'a suffi d'un coup d'œil à Natalie pour savoir que je voulais qu'elle fasse partie de ma vie.

– Waouh, fait Carolyn en s'éventant. Il va me falloir un remontant, et une cigarette.

Tout le monde se met à rire.

– Vous ne fumez pas, lui rappelle Flynn.

– Ce serait une bonne occasion de m'y mettre ! Et vous, Natalie, comment faites-vous pour sortir avec quelqu'un comme Flynn ?

– Avec beaucoup de précautions !

Ma réponse les fait rire tous les deux.

– Elle m'a donné du fil à retordre.

– Quand avez-vous compris que cela pourrait être une histoire d'amour ?

C'est à moi que la question est destinée.

– Flynn m'a montré à plusieurs reprises qui il est vraiment durant les premiers jours. Ce serait difficile de ne pas l'apprécier, surtout quand il déploie tout le charme des Godfrey.

– J'imagine que cela doit être tout à fait redoutable.

– Vous imaginez bien.

J'ai l'impression de bavarder avec une vieille copine, ce qui prouve combien Carolyn est douée et explique qu'elle soit aussi appréciée dans le milieu.

– Pourriez-vous nous décrire ce que vous avez éprouvé en apprenant que votre douloureux passé avait été rendu public après votre apparition avec Flynn aux Golden Globes ?

Je suis prête pour cette question, car Liza m'a mise en garde.

– Naturellement, c'est terriblement douloureux de revivre une période de ma vie que je préférerais oublier, mais d'une certaine manière, cela a été libérateur, aussi. Je n'ai plus à m'inquiéter que quelqu'un découvre qui j'étais. Le monde entier est au courant à présent et, étonnamment, la vie continue.

– Vous avez perdu votre travail à l'école Emerson de New York, cependant. C'est exact ?

– Oui.

J'ai un pincement de cœur en me rappelant ce que j'ai perdu.

– Nous étudions actuellement les options qui s'offrent à nous, dit Flynn. Y compris un procès.

C'est la première fois que j'entends ça. Je me racle la gorge.

– Les parents d'élèves ont adressé une pétition au conseil d'administration de l'école pour demander que je sois réintégrée. Nous attendons de savoir si le conseil reviendra sur la décision de la directrice.

– Si on vous rend votre travail, le reprendrez-vous ?

– Je… Je ne sais pas. Cela dépend de plusieurs facteurs.

– Pouvez-vous nous parler des recours dont vous disposez vis-à-vis de l'avocat qui a vendu votre histoire aux médias ?

Flynn intervient.

– Nous espérons tout, depuis la radiation du barreau jusqu'à une inculpation au civil et au pénal. Je ne serai satisfait qu'une fois qu'il aura souffert au moins autant que Natalie.

– Même ceux d'entre nous qui ont été consternés par la manière dont votre histoire a été divulguée ont eu du mal à ne pas être émus par votre courage et votre résistance. Pouvez-vous nous parler des décisions que vous avez prises après votre agression ? Est-il exact que votre agresseur a menacé la sécurité et le gagne-pain de vos parents ?

– C'est exact, mais il n'y a pas vraiment eu de décision. J'avais – je devrais plutôt dire : « j'ai » – des sœurs cadettes. J'étais absolument certaine que si je ne déposais pas plainte, il finirait par s'en prendre à elles tôt ou tard. Comme je ne pouvais pas laisser faire ça, il ne me restait plus qu'à aller chez les flics.

– Je crois savoir que vous n'avez plus aucun contact avec votre famille depuis cette décision ?

– En effet. Mon père travaillait pour le gouverneur et il a préféré un ami d'enfance à sa propre fille.

Bien que j'aie déclaré ça sans émotion, c'est tout de même douloureux, même après toutes ces années, de penser que mon père a entraîné ma mère hors de l'hôpital et de ma vie en me laissant seule, violée et traumatisée.

– Quel âge aviez-vous, Natalie ? demande Carolyn d'une voix douce, les yeux embués de larmes.

– Quinze ans.

– Qu'avez-vous fait ? Comment vous en êtes-vous sortie ? Avez-vous envisagé de retirer votre plainte contre Oren Stone ? Pardonnez-moi, cela fait trois questions d'un coup.

Je ris devant son air dépassé.

– J'ai eu la chance d'être recueillie par la famille de l'un des inspecteurs qui était chargé de mon dossier. Sa femme et lui ont été très charitables. J'ai également pu compter sur le soutien financier des adversaires de Stone qui désiraient m'aider à l'abattre. Et je n'ai jamais envisagé un instant de ne pas porter plainte ou de refuser de déposer. Ce qu'il m'a fait… Eh bien, personne ne devrait pouvoir se tirer impunément d'une chose pareille.

– Je voudrais bien savoir comment votre nom est devenu public. Vous étiez mineure, et généralement l'identité des victimes d'agressions sexuelles n'est pas communiquée aux médias.

– Nous pensons que c'est l'équipe de Stone qui a fait fuiter mon nom, en espérant que cela me dissuaderait de déposer, et au moment du procès, ce n'était plus un secret. Par ailleurs, j'étais la fille d'un de ses bras droits, et il n'a pas fallu bien longtemps pour faire le rapprochement.

– Et quand vous avez appris qu'il était mort en prison après avoir été violé… qu'avez-vous pensé ?

– Que c'était le karma. Les gens récoltent ce qu'ils sèment. Sincèrement, je pense que si on est quelqu'un de bien, il vous arrive de bonnes choses. Si vous êtes mauvais… eh bien, vous recevez ce que vous méritez.

– Je ne peux qu'être d'accord, répond Carolyn avec une véhémence qui m'indique qu'elle est sincèrement émue par mon histoire. Il faut que je vous pose la question… Revenons à la semaine précédant les Golden Globes. Vous venez de faire la connaissance de Flynn et vous êtes emportée dans le tourbillon d'une liaison romantique. Il vous demande de l'accompagner à une cérémonie très publique. N'avez-vous pas eu peur d'être reconnue alors que vous vous étiez donné le mal de changer de nom et d'apparence et de démarrer une nouvelle vie ?

– En toute franchise… Peut-être que j'ai été naïve de croire que l'avocat que j'avais payé des milliers de dollars – que je ne pouvais me permettre de gâcher – me protégerait parce que c'était son travail. La déontologie voulait qu'il garde le secret. Jamais je n'aurais imaginé qu'il me trahirait.

– Flynn, avant que cette histoire soit révélée, étiez-vous au courant du passé de Natalie ?

Je le sens se raidir. Il préférerait être ailleurs. Il ne veut pas parler de ça, mais il le fait parce que je le lui ai demandé, et je ne l'en aime que davantage.

– Je savais qu'elle avait été agressée. Je n'ai connu toute l'étendue de l'affaire que lorsque le reste du monde l'a appris. Notre relation était encore à ses balbutiements à l'époque et nous n'étions pas allés jusque-là.

– Natalie, auriez-vous confié votre histoire à Flynn tôt ou tard ?

– Je ne sais pas. À un moment, j'aurais probablement été obligée d'expliquer pourquoi ma famille ne fait plus partie de ma vie. Mes plus proches amis ne savaient pas, donc ce n'est pas quelque chose dont je parle – ou du moins dont je parlais – avant que tout le monde soit au courant. La famille qui m'a recueillie après l'agression me connaît toujours sous le prénom d'April. Mais je ne les ai pas vus depuis des années. Ils sont partis s'installer à Seattle après mon entrée à l'université.

– Le fait est, dit Flynn d'une voix sourde, que c'était à Natalie de décider quand elle m'en parlerait et jusqu'à quel point. Ce libre arbitre lui a été enlevé par quelqu'un en qui elle avait confiance, et cela n'aurait jamais dû arriver.

– Je ne peux qu'imaginer ce que vous avez dû éprouver quand cette histoire a été rendue publique, Flynn.

– Je ne me suis jamais imaginé capable de meurtre, mais en l'occurrence…

– On ne peut guère vous en vouloir, dit Carolyn. Tout le monde réagirait comme vous. Quels sont vos projets, à présent, Natalie ?

– Je n'en ai pas vraiment fait, à part passer un peu de temps ici à L.A. avec Flynn. Nous avons hâte qu'arrivent les SAG Awards.

– Vous comptez y assister ? J'ai entendu dire le contraire.

– Vous avez mal entendu, dis-je avant qu'il puisse répondre. Nous y serons, et j'applaudirai Flynn. Sa performance dans *Camouflage* était fantastique et il mérite tous les compliments qu'il reçoit.

– Ce n'est pas moi qui vous contredirai, dit Carolyn. Meilleur film de l'année, et de loin.

– Merci, dit Flynn d'un ton bourru.

– Et félicitations pour toutes les nominations aux Oscars pour *Camouflage*, Flynn. Un pronostic ?

– Non, répond-il d'un ton qui nous fait rire toutes les deux.

Carolyn pose le menton sur sa main et se penche en avant.

– Il faut que je pose la question… Qu'est-ce que cela fait de sortir avec la plus grande star de cinéma du monde ?

Je ris à cette question de gamine énamourée, car c'est aussi comme ça que je le vois.

– C'est… Quand j'ai commencé à fréquenter Flynn, ma colocataire à New York m'a demandé si je pensais que je le verrais jamais un jour comme autre chose que Flynn Godfrey, plus grande star de cinéma du monde. Pour moi, c'est simplement Flynn, l'homme le plus charmant, le plus gentil et le plus sexy et attentionné qui soit, et je suis plus que chanceuse de passer du temps avec lui, surtout ces derniers jours. Il m'a incroyablement soutenue durant tous ces moments.

– C'est un sacré compliment, dit Carolyn. Qu'en pensez-vous, Flynn ?

– C'est moi le plus chanceux.

Il porte ma main à ses lèvres, et j'imagine que toutes les Américaines doivent se pâmer en voyant son regard lorsqu'il effleure mes doigts de ses lèvres.

– Flynn, vous avez souvent déclaré que vous ne vous remarieriez pas. Avez-vous changé d'avis depuis que vous avez rencontré Natalie ?

– Absolument.

Manifestement, Carolyn ne s'attendait pas à une réponse aussi catégorique.

– Serais-je en train d'entendre les cloches du mariage ?

– Dès que nous le pourrons, répond-il sans me quitter des yeux.

– Aurais-je entendu votre déclaration ?

Carolyn ne tient plus en place. Il vient de lui offrir un énorme scoop sur un plateau d'argent.

– Non, ce n'en était pas une, dit Flynn en riant de sa réaction. Quand je demanderai Natalie en mariage, ce sera un moment très personnel et intime auquel personne n'assistera en dehors de nous deux.

– Et je serai la première informée ensuite ? demande Carolyn, pleine d'espoir.

– Après que j'en aurai informé mes parents, quand même.

– C'est normal. À propos de parents, Natalie, avez-vous fait la connaissance de Max et Estelle ?

– Oui, et ils sont en tous points aussi merveilleux qu'ils en ont l'air, tout comme les sœurs, beaux-frères, neveux et nièces de Flynn. C'est une famille géniale qui a su tout de suite me mettre à l'aise.

– Une dernière question avant que je vous libère. Après toutes ces années, si vous pouviez adresser un message à votre famille dans le Nebraska, que diriez-vous ?

Sans hésitation, je réponds :

– Je dirais à mes sœurs que je les aime et qu'elles me manquent énormément. Et que j'aimerais avoir de leurs nouvelles.

– Elles peuvent contacter Natalie par le biais de ma société, Quantum Productions, à L.A., ajoute Flynn. Elles sont les bienvenues, où que nous soyons.

Carolyn pose la main sur les nôtres.

– Merci beaucoup de m'avoir accordé cette interview aujourd'hui. J'espère que vous savez à quel point nous admirons et respectons votre courage et votre force. Je vous soutiens tous les deux, et je suis avec vous, Flynn, pour toute la saison des prix.

– Merci, Carolyn, répond-il.

– Oui, merci de nous avoir reçus.

– Tout le plaisir était pour moi.

– Et… coupez ! annonce le réalisateur.

– C'était parfait, dit Carolyn en se levant pour nous étreindre une fois qu'on nous a débarrassés de nos micros. (Elle me serre dans ses bras un peu plus longtemps que je ne m'y attendais.) Vous me stupéfiez, Natalie. Vraiment.

– Merci.

– Vous avez trouvé l'un des meilleurs.

Je souris à Flynn.

– J'en suis tout à fait consciente.

Il vient me prendre par la taille et m'embrasser sur la tempe.

– Nous sommes libérés, Carolyn ?

– Oui. Ce sera diffusé la semaine prochaine. Je vous préviendrai de la date exacte. Merci encore, et bonne chance pour les Oscars. Si tant est que vous en ayez besoin.

– Ne lui portez pas la poisse, dis-je. Il est affreusement superstitieux.

– Oh, je disais juste la vérité.

Flynn l'embrasse sur la joue.

– Vous avez été parfaite, aujourd'hui. Je n'oublierai pas. (Il m'entraîne hors de la salle de réunion.) Tu veux voir mon bureau ?

– Certainement.

Il est situé au bout d'un long couloir et donne sur l'immensité de Los Angeles.

– Regarde, dit-il en désignant le panneau Hollywood sur sa colline.

Plus loin à l'ouest, je distingue le Pacifique.

Son bureau est immense et moderne, avec trois murs vitrés qui offrent une vue exceptionnelle. Comme celui de sa maison, l'endroit est encombré de piles de dossiers.

– Laisse-moi deviner. Addie n'a pas le droit d'entrer ici non plus.

– C'est exact. Le bureau d'un homme est sacré.

– Et bordélique. J'adorerais m'occuper de tes trois prétendus bureaux. Ce serait en ordre en un rien de temps.

– N'y songe même pas ! me dit-il avec un air horrifié.

Je suis soulagée de voir revenir son côté joueur qui me manquait.

– Tu as intérêt à être gentil avec moi, sinon je serai tentée.

Il me prend dans ses bras par-derrière.

– Ma chérie, je suis toujours gentil avec toi.

– Oui, c'est vrai, dis-je en me laissant aller.

Il enfouit son nez dans mon cou, déclenchant une réaction en chaîne qui vient enflammer ce qu'il y a de plus intime en moi.

– À quoi tu penses, ma chérie ?

– À ce que tu as dit tout à l'heure à Carolyn.

– Je lui ai dit des tas de choses.

– C'est vrai.

– Laisse-moi deviner. Tu veux parler de cette question de mariage ? demande-t-il.

– Euh… oui.

– Ça t'a surprise ?

– Un petit peu.

Ses mains sur mes épaules, il me retourne face à lui.

– Où crois-tu que ça va nous mener ? Je t'épouserais aujourd'hui si je ne pensais pas que c'est trop tôt pour toi.

– Oh. C'est vrai ?

Il me prend le visage entre les mains et m'embrasse.

– Tu penses bien. Je veux que tu sois mienne, pour toujours. Je veux que tu saches que nous allons passer le restant de nos jours ensemble. Je ne pense pas que je pourrai vraiment me détendre tant que je ne t'aurai pas passé la bague au doigt.

– Flynn... Tu me coupes le souffle.

– C'est un oui ?

– Attends... C'était ta demande en mariage ?

Mon cœur se met à battre la chamade et je pose la main dessus, comme pour le calmer.

– Disons que c'était une première approche. La vraie demande sera beaucoup plus romantique et elle comprendra une bague absolument éblouissante, qui rendra justice à la femme que j'aime et avec qui je veux passer le reste de ma vie. Donc, non, ce n'était pas une demande officielle. Mais supposons que ça en ait été une... tu aurais répondu quoi ?

Je l'aime tellement quand il me dévoile combien il est vulnérable et qu'il pense qu'avec moi rien n'est jamais gagné.

– Ma réponse serait...

– Merde, Nat ! Tu me tues, là.

– Oui. je dirais oui, mille fois oui.

Il me soulève et m'embrasse.

– Mille seulement ?

– Cent millions.

– C'est un joli nombre, dit-il après un deuxième baiser, et ce sera à peu près ce que tu vaudras une fois que tu auras dit oui.

– Je m'en fiche de ça. J'espère que tu le sais...

Un autre baiser.

– Je le sais, ma chérie, je le sais. (Il me dépose sur le sol et me serre contre lui.) Est-ce qu'on a vraiment parlé de ce que je crois ?

– Il me semble, oui. Et malgré ce que tu penses, je t'épouserais aujourd'hui.

– Je t'aime, Nat. J'ai été tellement fier de toi pendant cette interview. Tu me stupéfies tous les jours et je ne pense qu'à une seule chose, te garder pour toujours dans mes bras, là où est ta place.

– Je n'imagine pas d'autre endroit au monde.

– Pas même à New York avec tes élèves ?

Je réfléchis, mais il ne me faut même pas une seconde pour décider :

– Même pas.

Il me serre si fort que je parviens à peine à respirer. Mais a-t-on besoin d'air quand Flynn Godfrey vous témoigne son amour éternel ?

Un coup frappé à la porte interrompt cet instant privilégié, mais il ne me libère qu'à peine et laisse un bras sur mon épaule.

– Entrez.

– Désolé de vous déranger, dit Addie en passant la tête par l'embrasure.

– Tu as réussi à l'avoir ? demande Flynn.

– Je t'en prie. Évidemment que oui.

– Désolé d'avoir douté de toi.

Je n'ai pas la moindre idée de ce dont ils parlent.

Addie entre et tend un paquet et un document à Flynn.

J'ouvre de grands yeux en voyant ma photo dessus.

– Qu'est-ce que c'est ?

– Ça, mon amour, c'est ton permis de conduire californien tout neuf. Aujourd'hui, tu vas apprendre à conduire.

8
Flynn

Elle est tellement nerveuse que ses mains tremblent quand elle prend le volant de la Mercedes argentée qu'elle admirait quand nous sommes venus ici pour les Globes. Je lui ai dit qu'elle pourrait la prendre quand nous serions à L.A., et c'est là qu'elle m'a répondu qu'elle ne savait pas conduire.

Ma pauvre et délicieuse Natalie est passée à côté de tant des rites de passage que nous considérons comme un dû qu'elle se rattrape, et je commence donc par lui apprendre à conduire.

– Et si je heurte quelque chose ou que j'endommage la voiture ? Tu adores tes voitures.

Je lui prends la main et j'attends qu'elle me regarde.

– Je ne les aime pas autant que je t'aime toi.

– Même la Bugatti ? s'étonne-t-elle.

Là, elle sort l'artillerie lourde. Je déglutis péniblement.

– Même la Bugatti.

Elle éclate de rire.

– Tu mens. Tu adores cette voiture plus que tout au monde.

– Non, ma chérie, c'est *toi* que j'aime plus que tout. Les voitures sont des objets. Elles peuvent être remplacées. Et elles sont assurées. *Totalement* assurées.

– Si tu l'affirmes.

– Parfaitement. Je veux que tu saches que c'est agréable de conduire et que tu puisses aller où tu veux quand ça te chante.

En attendant que la révélation du passé de Natalie soit remplacée dans les médias par un autre scandale, nos gardes du corps nous accompagnent dans un 4x4. Nous sommes sur le parking de Quantum, où nous avons toute la place nécessaire pour qu'elle apprenne les rudiments de la conduite.

Je passe en revue et explique les fonctions de la voiture.

– Conduire, c'est une question de prévision. Quoi que tu fasses, il faut que la voiture qui te suit s'y attende. Tu comprends la logique ? En d'autres termes, tu ne peux pas t'arrêter à un feu vert ou au milieu d'un virage ou quoi que ce soit qui risque de te faire emboutir par-derrière.

– OK… Quoi d'autre ?

– Roule lentement au début, jusqu'à ce que tu sentes bien la voiture et ce dont elle est capable.

– Je n'en reviens pas que la première voiture que je conduis soit une Mercedes.

– Moi, c'était une Jaguar. Mon père a été dans tous ses états du début à la fin. Je l'ai accusé de se préoccuper bien plus de la voiture que de moi. Il n'a pas nié.

L'anecdote la fait rire, comme je l'espérais.

– Faisons un petit tour. (Je désigne la clé de contact et elle la tourne pour démarrer le moteur.) Maintenant, passe en marche avant.

– Tu es sûr ?

– Certain. Allons-y, ma chérie.

Nous faisons une centaine de tours du parking et comme je m'y attendais, c'est une conductrice prudente et consciencieuse. Je suppose que c'est l'avantage d'apprendre à vingt-trois ans plutôt qu'à seize, âge où on est trop idiot pour savoir à quel point c'est dangereux. Natalie est adulte depuis ses quinze ans, et elle aborde la conduite avec une sensibilité mature.

Au bout d'une heure à tourner, je l'interroge :

– Qu'est-ce que tu en dis ? Tu veux essayer sur une route ?

– Une *vraie*, avec d'autres voitures ? Je ne crois pas que je sois prête pour ça.

– Mais bien sûr que si. Tu t'en sortiras très bien.

Je fais signe au 4x4 que nous allons partir.

– Flynn, sérieusement, ce n'est pas une bonne idée.

Je me penche pour lui faire un baiser.

– Mais si, c'est une excellente idée. Mes parents nous attendent pour le déjeuner et il faut que nous nous mettions en route, dis-je en lui désignant la sortie.

Elle serre les dents et suit la direction que je lui ai indiquée. Le trajet jusqu'à Beverly Hills qui devrait prendre vingt minutes dure le double, car Natalie conduit tellement lentement que j'ai peine à ne pas éclater de rire quand les voitures nous dépassent en klaxonnant furieusement et en nous faisant des doigts d'honneur.

– Les gens sont méchants par ici, dit-elle, brisant un long silence.

– Je crois que c'est plutôt parce qu'ils s'attendent à ce que les autres voitures roulent au moins à la vitesse minimum.

– J'ai bien compris que tu te moques de moi, et ne crois pas que je vais l'oublier tout à l'heure quand tu voudras me toucher.

– Jamais je n'oserais me moquer, ma chérie.

– … Dit l'homme qui veut ménager ses chances tout à l'heure.

Je l'adore. J'adore comment elle se chamaille avec moi et me remet à ma place sans se soucier de qui je suis ou de ce que je possède. Pour la première fois de ma vie d'adulte, j'ai trouvé une femme qui s'intéresse sincèrement à *moi* plutôt qu'à toutes les conneries qui m'environnent. Cette femme est un miracle. Mon petit miracle vivant personnel. Et la regarder suivre mes indications avec attention ne me fait que l'aimer plus encore.

– Arrête de me regarder.

– Je n'ai pas envie d'arrêter. Tu es tellement mignonne quand tu te concentres.

– Tu ne veux pas plutôt dire quand je suis terrifiée ?

– Pas besoin d'être terrifiée, et puis tu es mignonne tout le temps.

– D'accord… Comme tu voudras.

– Tu t'en sors très bien. Qu'est-ce que tu en dis, alors ?

– C'est effrayant.

– Mais non, c'est amusant. Attends que tu conduises une *vraie* voiture.

– Parce que ce n'en est pas une ?

– Celle-ci, ma chérie, c'est une *berline*. Nous avons bien mieux.

– Elle est largement assez vraie pour moi.

– Nous verrons… (Je la regarde, je ne me lasse pas de ce magnifique visage, de ces lèvres pincées dans une adorable petite moue.) Tu ne m'en veux pas d'avoir fait ça ?

– Quoi ? Me forcer à rouler dans la circulation alors que je n'ai jamais conduit de ma vie ?

– Oui, tout ça, dis-je en riant de sa réponse indignée. Le permis et tout ce qui va avec.

– Je me demande comment tu as réussi à me faire signer un accord avec l'État de Californie sans ma participation.

– Tout est possible quand on sait à qui demander.

– J'imagine que tu dois avoir un employé qui s'occupe de tout ce qui touche à tes voitures, puisque tu en as soixante.

– Je connais des gens dans l'administration.

Nous sommes arrêtés à un feu en attendant de tourner vers Beverly Hills quand elle me regarde avec ce délicieux sourire affectueux qui me fend le cœur à chaque fois.

– Merci.

– De quoi ?

– D'avoir fait le nécessaire pour que j'aie le permis, de me laisser conduire cette splendide voiture hors de prix, de m'emmener déjeuner chez tes parents et, surtout, de m'avoir accompagnée durant cette interview, alors que c'était le dernier endroit au monde où j'avais envie d'être.

Le feu passe au vert, et elle tourne, très concentrée. Je la guide dans le quartier de mes parents. Nous nous arrêtons devant les grilles et je lui donne le code à composer pour l'ouvre-porte.

– Je n'en reviens pas que tu me le dises.

– Pourquoi ? Je te fais confiance.

Au fond de moi, une voix me rappelle que je lui fais peut-être confiance mais que je ne lui ai jamais confié ma vérité. Quand l'énorme grille en fer forgé s'ouvre, elle s'avance dans l'allée.

– Où faut-il se garer ?

– Juste là, c'est très bien.

Nous nous arrêtons, et Natalie coupe le moteur en poussant un grand soupir de soulagement et en posant sa tête sur le volant.

Je lui laisse une seconde pour se remettre.

– Allez, Nat.

Elle lève la tête et me regarde.

– Ce que tu m'as dit concernant l'interview…

– Oui, quoi ?

Je remets une mèche rebelle derrière son oreille et j'en profite pour lui caresser la joue d'un doigt.

– Je ne voulais pas faire l'interview, mais ce n'était pas le dernier endroit au monde où j'avais envie d'être. Je veux être là où tu es, et si ça veut dire que je dois faire des choses qui ne me plaisent pas, tant pis.

Elle me dévisage.

– C'est vrai ? Tu ne plaisantes pas ? Tu ne vas pas te transformer brusquement en salaud, rassure-moi ?

Et j'éprouve à nouveau ce petit pincement coupable à cause de ce que je lui dissimule.

– Ce n'est pas au programme.

– C'est promis ?

– Oui, ma chérie, c'est promis.

Je m'apprête à l'embrasser quand on frappe à la vitre. Je grogne de dépit et me retourne pour trouver mon père qui lorgne l'intérieur de la voiture avec un grand sourire. Amusé, je descends la vitre électrique.

– Bonjour, Papa.

– Salut, mon garçon. Bonjour, Natalie.

– Bonjour, Max.

– Qu'est-ce que tu t'apprêtais à faire ? demande mon père.

– Eh bien, à embrasser ma petite amie avant d'être grossièrement interrompu.

Natalie glousse comme la gamine qu'elle a été avant qu'on lui vole son innocence. C'est une douce mélodie à mes oreilles.

– Ne te gêne pas pour moi, répond Max.

– C'est trop tard, dis-je avec un clin d'œil à Natalie. On remet ça à plus tard ?

– Tout à fait.

– Alors, tu laisses ta petite amie te conduire, mon garçon ? demande mon père une fois que nous sommes descendus et que nous entrons avec lui. Ce n'est pourtant pas ton genre.

– Natalie apprend à conduire et elle s'en sort très bien.

Je vois à la manière dont son expression s'adoucit que mon père comprend immédiatement qu'apprendre à conduire est quelque chose dont Natalie a été privée.

– C'est merveilleux.

Il la serre dans ses bras et l'entraîne dans la maison comme si c'était sa meilleure amie perdue de vue depuis une éternité. Je l'adore. Je ne connais pas plus génial que lui et, toute ma vie, j'ai tout fait pour qu'il soit fier de moi.

Natalie est stupéfaite par la maison. Elle essaie de ne pas le montrer alors que mon père la conduit de vastes pièces en immenses salons jusqu'à la terrasse où ma mère et la gouvernante, Ada, sont en train de dresser la table.

– Regarde qui est là, Stel, dit mon père.

Ma mère s'interrompt dans sa tâche et accourt prendre Natalie dans ses bras.

– Oh, ma chère enfant. Je me suis fait tellement de souci pour vous. (Elle recule pour regarder Natalie dans les yeux.) Comment vous vous en sortez ?

– Ça va, dit Natalie en me jetant un coup d'œil. Flynn s'occupe très bien de moi.

– Il a intérêt, dit ma mère en venant m'embrasser. Toute cette histoire est tout bonnement scandaleuse. J'espère que vous allez coller un procès aux fesses de ce type du Nebraska.

– On s'en occupe, Maman, ne t'inquiète pas.

– Je me suis fait un sang d'encre. Il y a de quoi se demander… Je ne comprendrai jamais comment des médias peuvent payer pour pouvoir publier une histoire pareille.

– Calme-toi, Stel, dit mon père en la prenant par l'épaule.

Ma mère se ressaisit.

– Je suis désolée. Je ne voulais pas gâcher ce moment que nous passons ensemble en m'étendant sur des questions que nous ne pouvons pas maîtriser.

– Je tiens à vous assurer que c'est énorme pour moi d'avoir votre soutien, dit Natalie à mon père et ma mère. Cela fait longtemps que je n'ai plus de parents sur qui m'appuyer, et votre indignation est finalement plutôt réconfortante.

– Vous avez des parents à présent, ma chère enfant, répond ma mère. Nous tiendrons ce rôle. Nous sommes plutôt doués pour cela, d'ailleurs. Demandez à nos gosses.

Natalie paraît profondément touchée par la gentillesse de ma mère. Elle la serre contre elle dans une étreinte qui nous émeut tous.

– Merci beaucoup.

– Comment s'est passée l'interview avec Carolyn ? demande ma mère.

– Très bien, répond Natalie. Elle a été très aimable et respectueuse. Je suis content que ce soit fait.

– Quand doit-elle passer à l'antenne ? demande mon père.

– Dans le courant de la semaine prochaine. Ils nous préviendront.

– Qu'est-ce que je peux vous offrir ? demande mon père d'un ton jovial qui détend considérablement l'atmosphère.

Nous passons une heure de détente en compagnie de mes parents, durant laquelle mon père m'apprend qu'il a entendu dire qu'au moment de passer sur le tapis rouge aux

SAG Awards, les célébrités entendent boycotter le magazine télévisé « hollywood Starz » qui a été le premier à rendre publique l'histoire de Natalie.

Je le lui annonce sur le trajet du retour. Cette fois, c'est moi qui conduis pour éviter à Natalie les embouteillages de l'heure de pointe.

– Waouh. Ils vont envoyer balader leurs journalistes à cause de ce qu'ils m'ont fait ?

– Oui, et quand ils feront ça en direct à la télé, ça enverra un message fort à la presse : si vous dépassez les limites, vous le paierez.

Comme elle ne répond pas, je lui jette un coup d'œil et je vois qu'elle se mord la lèvre.

– Qu'est-ce qui ne va pas, Nat ?

– Tu vas trouver ça idiot de ma part, moi qui ai tant insisté pour qu'on aille aux SAG.

– Qu'est-ce que je vais trouver idiot ?

– C'est juste que… tu t'es donné tellement de mal pour *Camouflage*, et tout le monde dit que tu vas gagner cette fois encore.

– Oh, mais ne me porte pas la poisse !

Elle sourit, mais je vois bien qu'elle est troublée.

– Je ne veux pas que cette soirée tourne autour de moi. Il faut que ce soit une soirée en ton honneur et en hommage à ce que tu as accompli.

Mon Dieu, elle est si délicieuse et si parfaite. J'ai envie de l'emmener au lit et de ne pas la laisser en sortir tant que je n'aurai pas réussi à éteindre le feu qu'elle allume en moi.

– C'est *notre* soirée, ma chérie. Tout tourne autour de *nous*, à présent. Quoi qu'il arrive, la seule chose qui compte pour moi, c'est de rentrer avec toi une fois la cérémonie terminée. Les récompenses, c'est très secondaire.

– Ça t'arrive de te demander comment tout ça a pu arriver aussi vite ?

– Tout ça ? Tu veux parler de ce coup de foudre que j'espère réciproque ?

– Oui, dit-elle en riant. C'est de ça que je parle, et tu n'as pas à t'inquiéter, c'est tout ce qu'il y a de plus réciproque.

– Je ne me demande pas comment c'est arrivé. Je le sais très précisément. Tu t'es précipitée sur moi, ta folle de chienne m'a mordu et m'a inoculé la rage de toi. Le reste, c'est de l'histoire, comme on dit.

– Pauvre Flocon. Elle a bien mauvaise presse, avec toute cette histoire.

– Elle le mérite.

La sonnerie de son portable interrompt cette « dispute ».

– Vérifie bien l'identité de ton interlocuteur avant de répondre.

Je suis toujours sur mes gardes à cause des paparazzis qui s'acharnent constamment. Je ne serais pas étonné qu'ils aient réussi à se procurer son numéro.

– C'est Leah. Salut, comment ça va ?

Je n'entends pas ce que lui dit Leah, mais Natalie est captivée et ne perd pas une miette de ce que lui dit sa colocataire.

– Quand penses-tu qu'ils décideront ? demande-t-elle. Waouh, eh bien, préviens-moi quand tu sauras et remercie Sue de l'info. (Un silence.) C'est génial. Il fait beau et soleil tous les jours. Aujourd'hui, j'ai appris à conduire… Et nous avons donné une interview à Carolyn Justice.

Cette fois, j'entends le piaillement de Leah qui me fait éclater de rire.

Elles bavardent encore quelques minutes avant de se décider à raccrocher.

– Quoi de neuf ?

– D'après notre amie Sue, qui travaille à l'administration, le conseil envisage sérieusement d'annuler la décision de Mme Heffernan. Aileen et les parents d'élèves leur ont apparemment fait valoir de sacrés arguments.

– C'est génial, Nat.

C'est vrai, et je suis heureux pour elle, mais la perspective qu'elle retourne à New York me déprime complètement.

– Oui.

– Ils doivent te réembaucher. C'est la bonne décision.

– Je sais.

Elle passe la main dans ses longs cheveux en contemplant le paysage. Je voudrais savoir ce qu'elle va faire si elle récupère son poste, mais je ne pose pas la question. J'ai trop peur de sa réponse.

De retour à la maison, je lui propose :

– Qu'est-ce que tu dirais d'une promenade sur la plage ?

Nous sommes restés presque constamment à la maison depuis que nous sommes ici, mais je me rappelle que Natalie a adoré la plage la première fois que nous sommes venus. Et comme Addie m'a donné le paquet que j'attendais, je peux réaliser mon plan. Mon cœur bat la chamade, mais c'est de bonheur et d'impatience.

– On peut y aller ? Tu n'as pas ta chapka de mafioso russe.

– Ici, elle attirerait trop l'attention. J'ai une casquette des Dodgers et des lunettes noires. Et nous les avons, eux, dis-je en désignant les gardes du corps qui se sont garés dans l'allée derrière nous.

– Très bien, alors, si tu penses que c'est faisable.

Une fois habillées, nous descendons avec Flocon, qui est tout excitée de nous avoir à nouveau avec elle. Enfin, elle est ravie de la présence de Natalie. Moi, elle me tolère. Comme la plage est pratiquement déserte à cette heure de la journée, nous l'avons pour nous tout seuls, à part les gardes du corps qui suivent à distance raisonnable. Je leur ai demandé de nous laisser un peu d'intimité pour ce que j'ai prévu durant notre petit tour.

Nous nous promenons tout au bord de l'eau en nous tenant la main tandis que les vagues glacées viennent nous lécher les pieds.

– L'eau est parfois chaude ? demande-t-elle.

– En été, elle est froide, mais c'est tolérable.

– C'est tellement joli. Si j'habitais ici, je passerais mes journées à contempler l'océan.

– Tu veux habiter ici ?

– Je ne sais pas, dit-elle avec un petit rire nerveux. Je ne sais plus du tout où est ma place.

Elle vient de me fournir la parfaite transition pour la conversation que je veux avoir avec elle.

– Moi si.

– Si quoi ?

Elle a le regard perdu sur l'océan, elle ne me voit pas la fixer, captivé par la brise qui fait flotter ses cheveux. Jamais je ne me lasserai de la regarder, de lui parler, lui tenir la main, lui faire l'amour ou toute autre activité en sa compagnie.

– Je sais où est ta place.

– Et c'est où ?

– Avec moi.

Je m'arrête et me retourne vers elle, un genou à terre.

Elle étouffe un cri et Flocon aboie.

– Flynn ! Mais qu'est-ce que tu fais ?

Je remonte mes lunettes de soleil sur ma tête.

– Natalie, je t'aime plus que je n'aurais jamais imaginé possible d'aimer quiconque. Quand j'ai entendu l'autre jour ce que la presse t'avait fait subir, j'ai eu le cœur déchiré.

Je ne pouvais plus ni penser, ni respirer, ni rien faire tant que je ne t'avais pas rejointe.

Elle essuie ses larmes.

– Ne fais pas ça simplement à cause de la presse.

– Tu crois que c'est la raison ? Ma chérie, c'est à cause de ce qui s'est passé dans le square quand toi et ton fauve m'avez renversé et avez bouleversé ma vie du tout au tout. Il m'a suffi d'un seul regard dans les plus beaux yeux du monde. Je le fais parce que chaque seconde que je ne passe pas avec toi est la torture la plus cruelle que j'ai jamais endurée. Et je le fais aussi parce que je ne peux tout simplement pas vivre sans toi. Alors penses-tu que tu pourrais avoir un peu pitié de moi ? Acceptes-tu de m'épouser, Natalie ?

– Tes parents… Tu es sûr qu'ils vont supporter tous les ennuis que j'apporte avec moi ?

– Tu les as entendus aujourd'hui. Ils sont ravis de t'accueillir dans notre famille. Et puis ils seront trop contents qu'une femme qu'ils ont eux aussi adorée dès le premier instant ait finalement réussi à me faire céder.

– Oui, Flynn, dit-elle en riant et en essuyant ses larmes. Oui, je veux bien t'épouser.

– Pourquoi ?

Elle penche la tête de côté, décontenancée.

– Comment, pourquoi ?

– Dis-moi pourquoi tu veux m'épouser.

– Parce que je t'aime si désespérément…

Elle n'a pas le temps de finir sa phrase, car je me relève pour l'embrasser.

– C'est tout ce que j'avais besoin d'entendre.

– Laisse-moi terminer.

Elle a pris mon visage dans ses mains et plonge son regard dans le mien, et j'ai l'impression qu'elle me dévoile son âme.

– Je ne t'aime pas pour les raisons que le monde entier a de t'aimer. Je t'aime pour tout ce que je suis la seule à pouvoir voir chez toi. Je t'aime pour ta gentillesse, ta générosité, ton humour, parce que tu ne te prends pas au sérieux, mais que tu prends ton travail très au sérieux. Je t'aime parce que tu t'occupes de ta grand-tante Sally…

– Comment tu es au courant ?

– Tu ne vas pas me dire que la presse a menti là-dessus, non ?

– Non, dis-je en riant. Là, c'est tout à fait exact.

– Je t'aime pour celui que tu es, pas pour ce que tu possèdes. Pour moi, c'est toi qui comptes le plus.

– Mon amour, c'est précisément pour ça que j'ai renoncé à mon vœu de ne jamais me remarier et que je suis prêt à en prononcer de nouveaux avec toi.

Je la soulève dans mes bras et la fais tourner avant de la reposer pour un baiser bien plus chaste que je ne voudrais, mais je suis conscient que les gardes du corps nous observent.

– Je n'en reviens pas de ce qui arrive. Nous allons vraiment nous marier ?

– Vraiment. Qu'est-ce que tu fais demain ?

– *Demain, c'est-à-dire le jour après aujourd'hui ?* Tu veux qu'on se marie *demain* ?

Je l'aime tellement. Je ne doute absolument pas que ce soit la bonne décision pour nous deux.

– Oui, demain. Nous avons regardé ce que nous pouvons organiser pour demain ou lundi.

– Nous, qui ça nous ?

– Addie et moi, évidemment.

– Je crois que je vais m'évanouir.

En riant, je l'enlace et l'embrasse.

– Oh mon Dieu ! J'ai oublié le plus important dans cette demande en mariage.

Je cherche dans ma poche de pantalon la bague que j'y ai fourrée avant de sortir de la maison. J'ai vérifié vingt fois qu'elle était bien là. Je lui prends la main gauche et je lui passe au doigt la bague que j'ai fait faire pour elle.

– Flynn ! Mais elle est magnifique !

Elle pleure franchement maintenant, en regardant le diamant de quatre carats unique en son genre que j'ai fait monter sur or blanc. Dans des moments comme celui-ci, c'est utile d'avoir un beau-frère dans la joaillerie. Ça fait des jours qu'Hugh et moi complotons, et cette bague est parfaite pour elle.

– Alors, demain ou lundi ? À moins que tu tiennes à un grand mariage en blanc. Auquel cas, je suppose que je pourrais me laisser convaincre d'attendre un mois ou deux, mais certainement pas davantage.

– Je me fiche d'avoir un grand mariage.

– J'en ai déjà eu un et ça a représenté beaucoup de migraines pour une seule journée de fête. (Je la serre contre moi et je contemple le soleil qui descend sur l'horizon, le menton posé sur le dessus de sa tête.) Tu te fiches d'avoir un grand mariage. Je n'ai absolument pas envie d'en repasser par là si tu n'en as pas envie. Il faut vraiment que nous profitions de ce répit pour nous occuper de tout ça.

– Et tes parents ? Et tes sœurs ? Les gosses…

– Ils n'ont rien à voir avec tout ça. C'est toi et moi que ça concerne. Nous pourrons faire une grande fête plus tard. Je n'ai besoin de personne à notre mariage. Et toi ?

– En dehors de Leah et Aileen, je n'ai personne.

– Maintenant si, ma chérie. Tu m'as moi et toute une famille qui t'aimera et te protégera toujours. Tu n'es plus seule.

– Je suis forcément en train de rêver. C'est impossible que quelque chose d'aussi incroyable soit réel.

– C'est tout ce qu'il y a de plus réel, et moi qui ai publiquement juré que je ne me remarierai jamais, voilà que je tiens tellement à t'épouser que je supporte à peine l'idée de devoir attendre deux jours pour que tu deviennes ma femme.

– Flynn… Mon Dieu… C'est fou.

– C'est oui ?

– Oui ! s'écrie-t-elle en riant et en pleurant à la fois. C'est oui.

Je la soulève et la fais tourner de nouveau, la faisant hurler de rire, ce qui fait évidemment aboyer Flocon qui essaie de me mordre les mollets. Le rire de Natalie est la mélodie la plus délicate qui soit. Je la repose délicatement et je sors mon téléphone de ma poche. Un bras autour de sa taille, je l'entraîne vers la maison.

– Alors ? demande Addie en décrochant.

– Tu as le feu vert. Le plus vite possible.

– Flynn… c'est fantastique. Félicitations à tous les deux. Le plus tôt possible pour eux, c'était lundi, donc je vais tout organiser et je t'appellerai demain pour te donner les détails.

Je sais qu'elle va bosser vingt-quatre heures sur vingt-quatre pour tout faire, mais je sais aussi que ça lui est égal. Elle adore tout ce qui est romantique.

– Tu es la meilleure, Addie.

– Je sais ! Toutes mes félicitations encore. Je suis tout excitée pour vous deux.

– Merci. Moi aussi.

Je range mon téléphone et je consacre de nouveau toute mon attention à Natalie. Nous marchons lentement et nous prenons notre temps pour regagner la maison.

– Tu es heureuse, Nat ?

– Tu n'imagines pas. Je ne pensais pas que ce soit possible d'être aussi heureuse.

– C'est tout ce qui compte pour moi. C'est tout ce qui comptera toujours.

Cependant, avant d'épouser Natalie, il faut que je parle à Hayden et que je quitte le club. Il faut que je m'occupe aussi de ma salle de jeux dans le sous-sol de la maison, mais ça peut attendre. Étant donné qu'elle est solidement fermée à clé, Natalie ne peut pas la découvrir. Il n'y a pas de place pour le club et ses activités ni pour ma salle de jeux personnelle dans ma nouvelle vie avec Natalie.

9
Natalie

Une fois revenus à la maison, nous trouvons Marlowe qui nous attend, assise sur la terrasse. Elle se lève d'un bond en nous voyant arriver.

– Ah, vous voilà !

– Salut, Mo, dit Flynn en embrassant son amie et associée. Qu'est-ce qui t'amène ?

– Je vous ai apporté à dîner. Je pensais à vous et je me suis dit qu'il fallait que je vienne voir comment ça allait.

Flynn remonte ses lunettes sur son front.

– Comment on va, Nat ? demande-t-il, les yeux pétillants d'une joie que je n'ai pas vue depuis le scandale.

Je lève la main pour qu'elle puisse voir la bague qu'il vient de me passer au doigt.

Elle pousse un grand cri et nous tombons dans les bras l'une de l'autre.

– Oh, mon Dieu ! Flynn Godfrey est *fiancé !* Ça va être l'affaire du siècle !

– Chut ! dit-il, amusé par sa réaction. On ne dit rien à personne pour l'instant.

– Il faut une fête ! On peut faire une fête ? S'il te plaît ! Ou bien vous préférez rester seuls tous les deux ? Parce que si c'est le cas, je vais inviter les garçons chez moi et donner une fête pour vous.

Flynn me jette un regard. Je vois bien qu'il préférerait être seul, mais ce sont ses amis les plus proches et associés – dont deux que je ne connais pas encore.

– Une fête, ce serait sympa.

– Youpi ! s'exclame Marlowe en battant des mains. J'ai laissé mon téléphone dans la maison. Je vais aller passer quelques coups de fil.

Une fois que nous sommes seuls, Flynn me prend par la taille pour me voler un baiser.

– Tu es sûre que c'est une bonne idée ?

– C'est parfait. Regarde cette soirée, cette bague, cette vue imprenable et mon sublime fiancé. Ça fait beaucoup de choses à fêter.

– J'adore te voir resplendir de bonheur.

– Je resplendis à cause de toi. Parce que tu m'aimes.

– Tu n'imagines pas à quel point.

– Et tu te demandes pourquoi je resplendis !

Nous restons ainsi enlacés jusqu'au retour de Marlowe.

– Tout le monde vient et apporte le nécessaire. J'adore qu'une fête s'organise sans que j'aie autre chose à faire que décider de la lancer.

Son enthousiasme est communicatif. Moi, dans la maison de Malibu d'Hayden Roth, en train de m'apprêter à faire la fête avec Marlowe Sloane et mon fiancé Flynn Godfrey ? C'est totalement irréel, mais c'est aussi ma vie maintenant. Ma nouvelle vie. Je pense avec un pincement de regret à mes gamins de New York et j'espère qu'ils s'en sortent sans moi.

– Ça va, ma chérie ? demande-t-il, lisant dans mes pensées, comme toujours.

– Oui, très bien.

Ça fait huit longues années que je n'ai pas été aussi bien.

– Alors, Mo, tu nous prépares quoi pour le dîner ?

– Des enchiladas, mon chou ! Il existe d'autres trucs ?

– Marlowe ne sait cuisiner que mexicain, explique Flynn en riant. On pense qu'elle a été kidnappée par une famille mexicaine quand elle était petite.

– Qu'est-ce que tu veux que je dise ? J'ai les tamales dans le sang. Les margaritas pour tout le monde sont en route ! annonce-t-elle en rentrant préparer les cocktails.

Le téléphone de Flynn sonne et il fait la grimace en consultant l'écran.

– Il faut que je réponde.

– Je vais aller aider Marlowe.

Je m'apprête à partir, mais il me rattrape au vol pour m'embrasser.

– C'est bon, maintenant. Tu peux y aller.

Sa manière de m'aimer me fait tourner la tête et me bouleverse merveilleusement. Je rejoins Marlowe dans la cuisine où elle prépare les verres dans le mixer.

– Je peux t'aider ?

– Ouvre la tequila.

– Voilà, dis-je en dévissant le bouchon et en le lui tendant. Dis-moi, Marlowe…

– Qu'y a-t-il ?

– Pourrais-tu me recommander un bon médecin par ici ? Une femme, de préférence ?

– Tu es malade ?

– Je vais bien. J'ai juste besoin de, tu vois… (Je me rends compte que je suis sur le point de partager quelque chose de très intime avec une superstar que je ne connais que depuis quelques jours. Mais je l'aime bien et je me plais à la considérer comme une amie.) Contraceptifs.

– Ah, je vois. J'ai la meilleure du monde.

Elle dégaine son téléphone et avant que j'aie pu dire un mot, elle appelle, explique qui je suis et ce dont j'ai besoin, et obtient un rendez-vous pour 7 heures 30 le lundi matin – et tout ça sans lâcher le mixer.

Je suis un peu ébahie par sa capacité à faire deux choses en même temps et totalement terrifiée à la perspective de ce rendez-vous.

Marlowe raccroche et rajoute de la tequila dans le mixer jusqu'à ce qu'elle soit satisfaite.

– Le Dr Breslow te recevra à 7 heures 30 avant ses rendez-vous de la journée. Comme ça, tu seras arrivée et repartie sans croiser personne. Tu vas l'adorer.

– Ce doit être génial de pouvoir passer un coup de fil un samedi soir et obtenir un rendez-vous pour le lundi à la première heure.

– La célébrité a ses avantages, répond-elle avec un clin d'œil. La secrétaire du Dr Breslow est une fan et je lui donne des billets pour les premières et d'autres petits cadeaux. On se rend mutuellement service.

– Merci.

– De rien. Le Dr Breslow va te donner ce qu'il te faut.

Elle se sert une margarita, en goûte une gorgée, la déclare parfaite et m'en sert une avant de m'écrire l'adresse du médecin.

– Je n'ai jamais bu de margarita.

À peine ai-je dit ça que je me sens comme une plouc devant elle.

– Eh bien, tu as manqué quelque chose. Goûte.

J'adore qu'elle n'ait pas cillé devant mon aveu. Je goûte la boisson acidulée.

– Mmm… Comme c'est bon.

– N'est-ce pas ? Vas-y doucement quand même. Tu sais ce qu'on dit de la tequila…

– Non, qu'est-ce qu'on dit ?

– Que ça donne envie de se déshabiller. Encore que Flynn n'y verrait aucun inconvénient.

– À quoi donc ? demande-t-il en nous rejoignant et en prenant le verre que Marlowe lui tend.

– À ce que Natalie découvre le pouvoir de la tequila.

– Tu as raison, dit-il en me faisant un clin d'œil. Ça ne me gênerait pas du tout.

On sonne à la porte et Marlowe se précipite pour ouvrir.

– Qu'est-ce que c'est ? demande Flynn en remarquant le papier que j'ai dans la main.

– Marlowe m'a décroché un rendez-vous avec son médecin lundi matin à 7 heures 30. C'est jouable ?

– Bien sûr, je n'ai rien de prévu jusqu'à l'heure de la réunion pour la fondation.

– J'ai un peu peur. Tu viendras avec moi.

Il me prend par l'épaule et m'embrasse sur le front.

– Bien sûr que oui, ma chérie.

Je suis immédiatement moins angoissée, sachant qu'il sera là pour me tenir la main.

Marlowe revient avec deux hommes incroyablement beaux, chargés tous les deux de packs de bières et de bouteilles de vin qu'ils déposent sur le comptoir.

Flynn les accueille en les serrant fraternellement dans ses bras.

– Jasper, Kristian, je vous présente Natalie.

Jasper est grand et blond, avec une silhouette élancée et musclée. Il m'étreint comme si nous étions de vieux amis.

– Natalie, dit-il avec l'accent britannique dont m'a prévenue Flynn. C'est un plaisir de faire la connaissance de la femme qui a enfin dressé notre petit.

Je fais mine de m'éventer en hommage à son accent, et Flynn lève les yeux au ciel.

– Je suis très heureuse de vous rencontrer aussi, Jasper. J'ai beaucoup entendu parler de vous.

– Qu'est-ce qu'il a dit sur moi ? demande Kristian.

Lui a des cheveux bruns et des yeux d'un bleu perçant.

J'essaie désespérément de trouver quelque chose.

– La Lamborghini.

– Oui, dit-il en riant et en m'étreignant. Il la déteste.

– Je ne crois pas qu'il ait utilisé ce mot.

– Si, répond Flynn. Maintenant, bas les pattes, on ne touche pas à ma fiancée.

– *Ta quoi* ? demandent Jasper et Kristian en chœur.

– Vous avez bien entendu, les garçons, dit Marlowe. Il va pleuvoir des grenouilles.

– Excusez-moi, fait Jasper en faisant mine de tituber. Il va me falloir un instant…

– Arrête un peu ! s'esclaffe Flynn en le poussant.

On sonne à nouveau et Marlowe revient avec un autre homme d'une beauté éblouissante.

Celui-là a les cheveux châtains et des yeux noisette. Il porte un costume noir qui tombe parfaitement sur sa silhouette musclée comme s'il avait été coupé sur lui. Ce qui est probablement le cas.

– Emmett ! s'écrie Jasper. Tu ne vas pas le croire. Notre petit Flynn est *fiancé* !

Emmett s'immobilise sur le seuil.

– Comment ? Il est *quoi* ?

– Montrez-lui, Natalie, dit Kristian.

Je lève la main pour qu'Emmett voie la bague.

Il vient l'examiner de près, puis il regarde Flynn et de nouveau la bague.

– Sers un verre à ce pauvre petit, Mo, dit Jasper. Il a le bec cloué.

– Tu es sérieusement fiancé ? dit Emmett.

– On ne peut plus sérieusement. Emmett, je te présente ma fiancée, Natalie Bryant. Natalie, notre principal avocat, Emmett Burke.

– Très heureux de vous rencontrer, dit-il en me serrant la main.

– Moi de même. Merci de toute l'aide que vous nous avez apportée cette semaine.

– Croyez-moi, j'ai été ravi de m'en prendre à ce salaud de David Rogers. On a fait de sa vie un enfer, et ce n'est que le début.

– Merci.

Addie arrive avec la sœur de Flynn, Ellie, puis Hayden nous rejoint un peu plus tard avec des sacs de courses et d'autres bières.

– Tu prêtes ta maison sur la plage à un mec et comment il te remercie ? En faisant une teuf.

– Tu as de la chance qu'on t'ait invité, dit Flynn en lui serrant la main.

– Il y a une grande nouvelle, dit Jasper.

– Ah bon ? Quoi donc ? demande Hayden en décapsulant une bière et en prenant une gorgée.

– Notre petit Flynn est *fiancé*.

Hayden manque s'étrangler et part dans une quinte de toux pendant que Jasper lui tape dans le dos en riant.

Je ne sais absolument pas comment je dois prendre la réaction d'Hayden. Une fois remis, il fixe Flynn pendant un long moment de silence gênant.

– Eh bien, dit-il, apparemment, les félicitations sont à l'ordre du jour.

– Merci, répond Flynn, un peu pincé.

Je sens qu'il n'est pas content du tout de la réaction de son meilleur ami.

Comme la première fois que je l'ai rencontré, je ne peux m'empêcher de remarquer qu'Hayden est d'une incroyable beauté un peu sauvage. Je rassemble tout mon courage pour m'adresser directement à lui.

– Hayden, je voulais vous remercier de votre tweet de soutien cette semaine. Ça m'a énormément touchée.

– Mais de rien. Nous sommes tous avec vous dans cette épreuve. Je n'en reviens toujours pas que ce soit arrivé.

– Nous non plus, mais le soutien de tout le monde a rendu ça plus supportable.

– Je suis content de l'apprendre.

– Comment s'est passée l'interview avec Carolyn ? demande Kristian.

– Bien, répond Flynn. Natalie est douée pour ce genre de chose et Carolyn a posé toutes les bonnes questions. On espère que ça va mettre un terme à toute cette folie. (Hayden se met à rire.) Qu'est-ce qu'il y a de si drôle ?

– Attends qu'ils apprennent que vous êtes fiancés. Là, tu verras ce que c'est que la folie.

– Ils ne vont pas l'apprendre.

– Comment ça ?

– On va se marier lundi soir à Vegas. Le temps qu'ils l'apprennent, ce sera réglé.

L'annonce est accueillie par un silence abasourdi.

– Lundi, répète Marlowe au bout d'une bonne minute. C'est-à-dire dans deux jours.

– Oui.

– Pourquoi cette précipitation ? demande Hayden.

Je sens la tension gagner Flynn.

– Ce n'est pas de la précipitation. C'est juste ce qu'on veut. (Il me prend par la taille.) Où sont les enchiladas, Mo ? Je meurs de faim.

Et c'est ainsi qu'il fait comprendre à tout le monde que le sujet est clos.

FLYNN

Je suis furieux contre Hayden. Je ne m'attendais pas à ce qu'il saute de joie à la nouvelle, mais pas non plus à ce qu'il conteste ma décision devant Natalie. J'en fulmine encore des heures après. Je suis avec les garçons sur la terrasse, nous jouons au poker en fumant les cigares cubains que Kristian a apportés. À l'intérieur, les filles sont en train de bavarder et boire en riant. Je garde un œil sur Natalie, qui a l'air de bien s'amuser avec mes amies et ma sœur.

– Je me couche, dit Emmett en posant ses cartes.

– Moi aussi, dit Jasper en jetant les siennes.

– Et moi de même, dit Kristian en les imitant.

Il ne reste plus qu'Hayden et moi. Je le foudroie du regard, laissant ma fureur me pousser non seulement à le battre au poker mais à régler mes comptes avec lui avant la fin de la soirée. Il considère longuement ses cartes avant de les laisser tomber sur la table.

– Pareil.

– Sérieux ?

Bien qu'il m'ait accordé une victoire facile, je me retiens de ne pas bondir par-dessus la table pour le prendre à la gorge.

– Je n'ai pas le cœur à ça, dit-il en haussant les épaules. (Il baisse la voix.) Mais qu'est-ce que tu fous, Flynn ?

– Ce que je fais ? Je croyais que j'étais en train de jouer au poker.

– Tu sais très bien de quoi je parle. *Tu te maries ?* Avec une fille que tu as rencontrée il y a deux semaines ? Qui ne connaît rien de ta véritable vie ?

– Ferme-la, Hayden. Ce que je fais ne te regarde pas.

– Ah, parce que c'est comme ça maintenant ? Je vois.

– Tu ne vois rien du tout.

– Je vois que tu es en train de commettre une énorme erreur et que tu ne veux pas qu'on te le dise.

– Tu as raison. Je ne veux pas.

Je me retiens pour ne pas me lever et lui flanquer une dérouillée.

Emmett se racle la gorge. Je lui demande :

– Tu as quelque chose à ajouter ?

– Je m'interrogeais… Et ne t'en prends pas à moi non plus… Mais tu as envisagé un contrat de mariage ?

– Non, je n'en ai pas envisagé. Je l'aime. Elle m'aime. Ce n'est pas une affaire d'argent.

– *Flynn…*

La voix de Jasper est remplie de quelque chose que je n'ai pas envie d'entendre.

– Tu es vraiment disposé à donner la moitié du fruit de ton travail lorsque ça tournera mal ? demande Hayden.

– *Lorsque* ça tournera mal ? Bon Dieu, merci de votre confiance. J'apprécie vraiment.

– Tu sais bien qu'il cherche seulement à te protéger, dit calmement Kristian. Comme nous tous.

– Je n'ai pas besoin qu'il me protège. Sans doute qu'un peu de soutien de mes plus proches amis, c'était trop espérer.

– C'est vraiment injuste, dit Hayden. Nous t'avons toujours soutenu. Tu le sais très bien. Mais quand, pour une femme, tu tournes le dos à tout ce que tu es et tout ce en quoi tu crois, il faut que tu nous pardonnes de douter.

– Je n'ai rien fait de tel, dis-je, même si les paroles d'Hayden touchent mon plus grand sujet d'inquiétude.

– Tu lui as parlé du Club Quantum ? demande-t-il.

Je jette un regard vers la maison, où je vois Natalie avec Marlowe, Addie et Ellie.

– Pas besoin. Je quitte le club.

Ces paroles sont accueillies par un silence mortel.

– Il faut que je rentre, dit Hayden en se levant.

– Tu as bu, mon vieux, dit Kristian. Tu devrais rester dormir ici.

– Pas question.

– Alors viens chez moi, mais ne conduis pas.

– Très bien, mais je veux rentrer. Tout de suite. Quant à toi, Flynn, quand tu voudras bien revenir bosser, j'aurai besoin d'un coup de main sur le film que nous sommes censés terminer.

– La semaine prochaine.

– Génial.

– J'ai amené Kris, dit Jasper en se levant. Donc il faut que je m'en aille aussi. Bonne nuit à tout le monde. Mes félicitations, Flynn. Je suis heureux pour vous deux.

– Merci.

Hayden rentre dans la maison sans ajouter un mot de plus pour moi.

Tous les trois s'en vont, mais Emmett est resté. L'accrochage avec Hayden m'a un peu troublé, même si je ne suis pas totalement surpris de sa réaction. Il se méfie de ma relation avec Natalie depuis le premier jour.

– Tu sais bien qu'il te protège, dit Emmett après un long silence.

– Je préférerais qu'il s'implique un peu moins.

– Malheureusement, nous nous rappelons tous un peu trop bien dans quel état tu étais après ton divorce.

– C'est différent, Emmett. J'aime déjà Natalie plus que je n'ai jamais aimé Val. C'est sans comparaison.

– Ah bon ? s'étonne Emmett. Ce qui t'a posé un problème avec Val, ce n'est pas quelque chose que tu peux couper comme on éteint une lumière. C'est ce que tu es. Ce que *nous* sommes. Tu as déjà essayé de renoncer à ce genre de vie avec des résultats désastreux pour toi comme pour Val. Aucun de nous ne veut te voir repasser par là.

– Je sais et j'apprécie ta sollicitude. Mais c'est différent.

– C'est ce que tu dis. Écoute, Flynn, ça ne me regarde pas. Ni Hayden. Tu es notre ami, et nous tenons à toi. C'est tout. Tu n'as jamais été imprudent, c'est sûr. Mais si tu épouses cette femme – ou une autre – sans te protéger ni protéger tes biens, tu te comportes en imprudent.

Il a raison. Je le sais, et si l'un de mes plus proches amis envisageait d'épouser sans contrat de mariage une femme qu'il ne connaît que depuis deux semaines, je m'affolerais pour lui. Mais je n'imagine pas aborder un tel sujet avec Natalie. Elle n'en a pas après mon argent. Je le sais au plus profond de moi et c'est l'une des raisons pour lesquelles je l'adore à ce point.

– Elle ne s'intéresse absolument pas à l'argent, Em.

– Tout le monde s'intéresse à l'argent, Flynn. Surtout les gens qui n'en ont pas.

Je déteste cette conversation et encore plus l'état dans lequel elle me met.

– Il y a une autre possibilité, tu sais, dit-il en hésitant.

– Quoi donc ?

– Lui ouvrir un compte bien garni et lui faire signer un document stipulant que c'est tout ce qu'elle aura en cas de divorce.

Je secoue la tête avant qu'il ait pu achever.

– Je n'aborde pas ce mariage comme une relation d'affaires. Ce serait lui manquer de respect, à elle comme à ce que nous sommes l'un pour l'autre.

– Je comprends bien et je t'avouerai même que je t'envie d'avoir trouvé quelqu'un pour qui tu éprouves ça. Mais en tant qu'ami et avocat, je ferais preuve de négligence si je ne te suppliais pas de réfléchir.

– J'apprécie ta sollicitude, ton amitié et ton avis d'avocat.

– Mais tu es en train de m'envoyer me faire foutre, c'est ça ? demande-t-il en riant.

– De la manière la plus aimable possible.

– Très bien. J'ai fait ce qu'exigeait mon devoir. Si tu changes d'avis, passe-moi un coup de fil. Je peux arranger quelque chose pour toi demain matin.

– Je ne vais pas changer d'avis.

– Dans ce cas, je rentre. (Il se lève et je serre la main qu'il me tend.) Merci de cette très plaisante soirée.

– C'était sympa. Pile poil ce qu'il nous fallait après la semaine que nous avons passée.

– Tu sais que je te souhaite le meilleur, Flynn. Natalie a l'air de quelqu'un de génial.

– Tu n'imagines pas à quel point. Donne-moi des nouvelles si tu avances du côté de Rogers et de l'école de Natalie.

– Je n'y manquerai pas. Félicitations encore une fois.

– Merci.

Une fois qu'il est parti, je reste à contempler l'océan plongé dans l'obscurité, où le clair de lune laisse une trace scintillante. Mes amis m'ont mis des doutes dans la tête, ce qui me met en colère, étant donné ce que j'éprouve pour Natalie. Je n'ai pas menti en disant que je sais, au plus profond de moi, que notre relation n'a rien à voir avec l'argent, ma célébrité ou toutes ces raisons pour lesquelles d'autres femmes se sont naguère intéressées à moi.

Non, avec Natalie, il ne s'agit que de nous et de ce que nous avons trouvé ensemble.

– Qu'est-ce que tu fais là tout seul ? demande-t-elle en sortant me rejoindre.

– Je savoure la vue, qui vient de devenir encore plus agréable. Tout le monde est parti ?

– Oui. Elles te remercient pour cette soirée.

Je lui tends la main pour l'attirer sur mes genoux. Une fois qu'elle s'est installée dans mes bras, son odeur familière m'enivre et j'ai l'impression de pouvoir de nouveau respirer. Rien de tout ça ne peut être mauvais. C'est ce que j'ai connu de plus *authentique* de toute ma vie.

– Pourquoi tu ne dis rien ?

– Pour rien.

– Tu t'es amusé avec tes amis ?

– Oui. Et toi ?

– Ils sont tellement gentils. Je les adore, tous.

– Ils t'adorent aussi.

– Même Hayden ?

– Bien sûr. Il te trouve géniale.

– C'est ça, oui. Il est parti comme un voleur et, du coup, je me suis demandé si vous ne vous étiez pas disputés concernant nos projets pour lundi. Et au cas où ça t'intéresserait, Addie est partie le chercher.

Elle est incroyablement fine et perspicace, et c'est aussi pour ça que je l'aime.

– Il est un petit peu inquiet de la rapidité de la décision, mais pas de toi. Il faut que tu saches qu'en une semaine tu as gagné l'admiration indéfectible de tous les gens qui comptent pour moi.

Elle pose la tête sur mon épaule.

– J'aurais nettement préféré la gagner d'une manière plus traditionnelle.

– C'est-à-dire ?

– En t'aimant comme tu le mérites pour le restant de mes jours.

Et c'est à cause de cette phrase qu'il n'y aura pas de contrat de mariage.

– Tu sais ce que nous n'avons pas fait ?

– Non, quoi ?

– Fêté nos fiançailles comme il se doit.

– Et comment fête-t-on comme il se doit des fiançailles ? C'est la première fois pour moi, alors je n'en ai pas la moindre idée.

Je me lève pour rentrer en la portant dans mes bras.

– Viens, mon amour, je vais te montrer.

NATALIE

Flynn me porte dans la maison, et, laissant Flocon roulée en boule sur le canapé, il monte dans la chambre au premier et me dépose près du lit.

– Déshabille-toi, ma chérie.

Il enlève son t-shirt et me regarde retirer mes fringues.

Le sien tombe à ses pieds et il tend la main vers moi.

– Attends, je n'ai pas fini.

– Je vais faire le plus agréable moi-même. (Il enlève mon soutien-gorge et ma petite culotte et recule pour m'admirer, ce qui me fait rougir de la tête aux pieds.) Mmm, regardez-moi ce que je vais pouvoir adorer jusqu'à mon dernier jour. La femme la plus sexy du monde.

Je ne sais pas si j'irais aussi loin, mais il me donne l'impression que c'est vrai à sa manière de me toucher et de me caresser jusqu'à ce que je le supplie de passer à la suite.

Ses mains sur mes hanches, il se penche pour m'embrasser dans le cou. Ses lèvres sont douces et délicates mais tout à fait persuasives. Je lui donnerai tout ce qu'il veut à condition qu'il n'arrête pas de me caresser. Il m'a promis toute une vie de plaisir, d'amour, de rires et de merveilles ensemble, et j'ai hâte de connaître ça.

– Flynn…

– Mmm ?

– Je voulais juste te dire…

C'est difficile de parler avec ses dents qui me mordillent l'oreille et ses mains sur mes seins.

– Qu'est-ce que tu veux me dire, ma chérie ?

– Je suis tellement excitée de t'épouser. D'être avec toi. De tout faire avec toi.

– Moi aussi. Tu m'as fait désirer des choses que j'avais juré ne plus jamais vouloir.

– Je veux te rendre heureux.

– Jamais je ne l'ai été à ce point.

– Je voulais dire là aussi, dis-je en désignant le lit et en le scrutant pour jauger sa réaction.

– Tu sais comment me mettre le feu, ma chérie.

– Apprends-moi quelque chose de nouveau. Quelque chose que nous n'avons pas encore fait.

Son grognement sourd est suivi d'un baiser dévorant.

Je passe mes bras autour de son cou, je me colle contre lui et je m'ouvre à sa langue. Ses mains courent sur mon corps et me caressent dans une frénésie de désir. Puis il me soulève, les mains sur mes fesses.

Mes jambes enroulées autour de sa taille pendant que sa langue envahit ma bouche, je perds toute notion de l'espace et du temps, et plus rien ne compte hormis ce qui se passe ici et maintenant avec l'amour de ma vie.

Il interrompt notre baiser.

– Tu veux de la nouveauté ? halète-t-il.

– Oui. Je veux tout connaître. Apprends-moi.

– Putain, tu me tues tellement tu es adorable.

Je devrais lui en vouloir quand il dit des gros mots, mais au contraire, j'adore ça. J'adore tout ce qu'il fait et dit.

Il me pose sur le lit.

– Tourne-toi.

Je lui tourne le dos en hésitant.

– Comme ça ?

– Mmm… mmm. Maintenant, fais glisser tes fesses en avant et allonge-toi sur le dos pour que ta tête pende au bord du lit.

Bien que j'aie du mal à imaginer ce qu'il a en tête, je me mets dans la position qu'il demande.

Il se penche sur moi et prend mon mamelon dans sa bouche brûlante.

Je fais glisser mes mains sur ses jambes, tellement j'ai besoin de le toucher pendant qu'il me rend folle en titillant lentement mes tétons.

– Ouvre la bouche, dit-il d'une voix rauque.

Une fois que j'ai obéi, il prend sa queue dans la main et l'enfonce petit à petit dans ma bouche offerte. Dans cette position, je peux l'accueillir bien plus que je n'ai réussi jusque-là.

– Doucement, ma chérie, tout doucement. Prends-moi autant que tu peux.

Mes lèvres me brûlent tellement elles sont distendues par son épaisse tige. Je le caresse du bout de la langue et lui arrache un râle.

– Mon Dieu, oui, Nat… Oui, comme ça. Si tu sens que tu dois arrêter, donne-moi une tape sur la jambe. (Il prend ma main et me montre.) Juste là. Comme ça. D'accord ?

Je lui donne une tape pour indiquer que j'ai compris. Je suis tellement concentrée sur ma tâche que je remarque à peine quand il se penche sur moi, passe les mains sous mes cuisses et les écarte en me soulevant les jambes. C'est seulement quand il m'ouvre à sa langue que je comprends ses intentions.

Comment puis-je me concentrer sur ma respiration pour le prendre plus encore au fond de ma gorge pendant qu'il me fait ça ? Mon Dieu, c'est stupéfiant. Je soulève mes hanches pour qu'il aille plus loin. Ses doigts glissent le long de mes cuisses ruisselantes, s'insinuent en moi et vont et viennent tandis qu'il commence à bouger les hanches, tout doucement, pour sortir de ma bouche et y revenir.

Je le cingle de coups de langue qui le font trembler. Puis je lui caresse les testicules et je le sens durcir et grossir dans ma bouche.

Sa langue s'acharne sur mon clitoris tandis que ses doigts poursuivent leur va-et-vient. Puis l'un d'eux appuie sur mon anus et réclame d'y entrer. Je perds la tête sous l'avalanche de sensations, l'orgasme qui bouillonnait en moi se déchaîne, je me convulse sous lui et mes gémissements qui vibrent sur son sexe lui font pousser un cri.

Je retombe d'une hauteur vertigineuse alors que son doigt est enfoncé dans mon cul et que sa langue caresse mon clito.

Quand les spasmes finissent par diminuer, il retire son doigt, se redresse et sort son sexe de ma bouche. Il est luisant de salive et si dur qu'il est dressé contre son nombril tandis qu'il prend un préservatif. Je suis encore parcourue de frissons quand il monte sur le lit, me redresse contre lui et s'enfonce d'un coup en moi, déclenchant un nouvel orgasme. Il est si dur et si épais que j'ai du mal à l'accueillir.

– Je t'aime tant, Nat. Tellement, putain.

Son grognement sourd dans mon oreille est comme un courant électrique qui lance une décharge de désir dans toutes les parties de mon corps. L'amant hésitant et précautionneux qui redoutait de me faire peur a disparu, laissant la place à un Flynn Godfrey déchaîné, et c'est ainsi que je l'aime. Je suis ravie de l'avoir amenée à ça en demandant quelque chose de nouveau. J'adore savoir qu'il est à moi pour toujours et que personne ne le connaîtra comme moi.

Il s'enfonce profondément en moi et se fige, la tête renversée en arrière et les yeux clos.

– Jamais je ne me suis senti aussi bien, Nat. Jamais.

– Moi non plus.

– Tu aimes ça ? Ça te plaît vraiment ?

– Je ne suis jamais rassasiée de toi, je te veux totalement.

– Mon Dieu, tu me rends dingue quand tu dis ce genre de chose.

Il se penche sur moi, prend mon téton dans sa bouche et glisse la main entre nous pour me caresser le clitoris.

Et, immédiatement, je sens la tension qui remonte. Je me convulse sous lui, pour essayer de le faire bouger, mais il ne se laisse pas faire.

– Flynn…

– Quoi, ma chérie ?

– Il faut que tu bouges.

– Je vais le faire.

– Maintenant.

Il m'embrasse en souriant.

Je l'empoigne par les cheveux, espérant attirer son attention pour qu'il cesse de me torturer ainsi, mais ça ne semble que l'exciter encore plus. En gémissant, je ferme les yeux et j'essaie de respirer en me demandant comment il se peut que son sexe grossisse encore. J'ai l'impression d'avoir été empalée.

– Je ne bougerai pas tant que tu n'auras pas joui encore.

– Je ne sais pas si je peux.

– Alors, la nuit va être longue.

– *Flynn*…

Il colle ses hanches contre moi, faisant déferler des vagues de sensations qui me font frôler l'orgasme.

– Je peux rester là jusqu'à demain matin.

– Je t'en prie, fais-moi jouir.

Il laisse échapper un autre de ces grognements sourds qui me font frissonner.

– J'adore quand tu dis des trucs comme ça.

– Je m'en rends compte. Ton sexe a encore grossi.

Il passe les bras sous mes jambes, m'écarte davantage et s'enfonce encore plus profondément en moi. Puis il se penche sur moi et tire sur mon téton prisonnier entre ses dents. Je découvre le lien direct qui existe entre mon téton et mon entrejambe et j'explose. Ce n'est pas un vain mot. Je jouis tellement que le plaisir qui déferle en moi me fait pousser un hurlement.

Il lâche mes jambes et reprend ses va-et-vient jusqu'à ce qu'il jouisse à son tour et retombe sur moi, immense, lourd, ruisselant et tout à moi.

– Tu m'as vidé, dit-il après un long silence.

– Tu m'as détruite.

– Qu'est-ce que tu dis du sexe entre fiancés ?

– J'ai un peu peur de ce que le sexe entre mariés implique.

Il lève la tête et me sourit.

– Tu vas le découvrir bien assez tôt.

– J'ai hâte.

10
NATALIE

DE BONNE HEURE le lundi, Flynn me conduit en ville pour mon rendez-vous. Je lui ai dit que j'étais trop nerveuse pour conduire et, Dieu merci, il ne m'a pas forcée. Malgré le mug portable de café qu'il m'a préparé, je ne peux pas m'empêcher de bâiller. Nous avons « fêté » nos fiançailles jusque très tard et le réveil a sonné vraiment très tôt afin que j'aie le temps de me doucher et de me préparer mentalement pour ce rendez-vous.

Nous avons passé toute la journée d'hier au lit, ne le quittant que pour prendre une douche ou manger avant de recommencer. Et donc, en plus d'être fatiguée, je suis assez endolorie, ce qui me fait encore plus redouter cet examen. Je ne peux même pas penser à nos excitants projets pour la suite tant que cette visite chez le médecin n'est pas passée.

– Tu n'es pas obligée de faire ça si tu ne veux pas, dit-il. Je sais que c'est traumatisant pour toi et je déteste l'idée de te faire faire quelque chose qui te stresse.

– Ce n'est pas que pour toi, c'est pour moi aussi. Ça nous donnera la liberté dont tous les nouveaux mariés ont besoin.

Il se tortille sur son siège comme s'il était mal à l'aise.

Je baisse les yeux et je remarque qu'il bande.

– Il ne te faut pas grand-chose, dis-je en riant.

– Il suffit que tu me regardes et je bande. Mais quand tu parles de liberté sexuelle… Je ne suis qu'un homme, tu sais.

– Je suis surprise que tu ne l'aies pas totalement épuisée hier.

– Elle est d'une résistance à toute épreuve. Toujours aux aguets.

Je glousse comme une folle en me lançant, pour la première fois de ma vie, dans ces badinages pleins de sous-entendus – et en me rendant rapidement compte que j'ai affaire à un maître.

Il porte nos mains enlacées à ses lèvres et me mordille les doigts.

– Hier, c'était tellement agréable.

– Oui, c'est vrai.

– Ce soir, ce sera encore mieux.

– Je n'ose même pas imaginer.

Il n'a rien à répondre à ça, ce qui m'amène à me demander ce que lui, il imagine. Je sais que je suis une néophyte pour tout ce qui touche au sexe, mais j'ai vaillamment suivi jusqu'à ce que nous finissions par tomber de sommeil vers 4 heures du matin. J'espère le satisfaire au lit. Lui suffirai-je jusqu'à la fin de nos jours ? J'espère que oui. Si jamais il me trompe, je mourrai.

Mon ventre se noue quand je me rappelle ce qu'il m'a raconté des infidélités commises de part et d'autre à la fin de son mariage. Il m'a dit à l'époque qu'il n'était pas très fier d'avoir rendu la monnaie de sa pièce à son ex-femme.

– Qu'est-ce que tu as ?

– Rien. Le trac avant le médecin, dis-je en affichant un sourire forcé.

– Tu es sûre que c'est tout ?

– Oui.

Je lui dis ce qu'il a besoin d'entendre, mais l'inquiétude me pèse jusqu'au moment où j'entre dans le grand immeuble en briques. Les réceptionnistes sont très professionnelles, même si elles regardent Flynn avec des airs éperdus d'amour. Nous sommes convenus que j'enlèverais ma bague une fois sur place afin que la nouvelle de nos fiançailles ne s'ébruite pas tant que nous n'avons pas décidé de l'annoncer. Ma main me paraît toute nue sans cette magnifique bague que j'ai rangée dans une poche de mon sac à main.

Une fois le formulaire médical rempli, que l'on m'a pesée et mesuré ma tension, on me fait entrer dans une pièce et on me demande d'attendre. Le docteur doit arriver sous peu.

Je m'assieds dans un des fauteuils et Flynn prend place à côté de moi en me tenant la main.

Dieu merci, elle ne nous fait pas attendre bien longtemps. Un coup à la porte précède son entrée dans la pièce. Elle est plus jeune que je l'imaginais, c'est une vraie Californienne, blonde avec des yeux bleus.

– C'est un plaisir de faire votre connaissance à tous les deux, dit-elle en nous serrant la main.

– Docteur, dit Flynn, vous savez comme le monde entier ce que Natalie a subi dans le passé, mais il faut aussi que vous sachiez que c'est la première fois qu'elle voit un médecin depuis l'examen qu'elle a subi après son viol. Elle appréhende ce moment, c'est pourquoi elle m'a demandé de l'accompagner.

– Bien sûr, je comprends parfaitement. Natalie, qu'est-ce qui vous amène aujourd'hui en dehors du fait qu'il est largement temps que vous consultiez ?

– Je… je voudrais des contraceptifs.

– C'est votre première relation sexuelle ?

– Oui.

– Et vous vous protégez.

– Oui, répond-il à ma place.

– Très bien, c'est bon à savoir. (Elle me pose des questions sur mes règles, me demande si j'ai des problèmes de santé – Dieu merci, je n'en ai pas.) Très bien, dit-elle en prenant une blouse d'hôpital dans un placard et en la posant sur la table. Vous devez tout enlever, d'accord ?

Bien que déjà toute tremblante, j'acquiesce.

– Je reviens dans une minute, dit-elle en sortant.

Pendant un long moment, je considère la blouse, me rappelant la première fois que j'en ai porté une, quand j'étais une adolescente brisée et traumatisée. La vue de cette tenue me ramène immédiatement et brutalement à cette lointaine soirée.

– Ma chérie ?

J'avais presque oublié qu'il était là.

– La table, la blouse… ça me rappelle tous ces mauvais souvenirs.

– Nous n'avons qu'à pas le faire, Nat. Pas aujourd'hui, en tout cas.

– Non, je veux en être débarrassée. Il faudra bien que je le fasse un jour si nous devons avoir des enfants. (Je me tourne vers lui.) Car nous allons en avoir, n'est-ce pas ?

– Autant que tu voudras, mon amour, répond-il avec un charmant sourire.

Le regard qu'il pose sur moi me fait battre le cœur.

– Dans ce cas, il va falloir que je surmonte ma phobie des médecins, dis-je en m'apprêtant à ôter la robe que j'ai mise aujourd'hui en vue de la réunion sur la fondation à laquelle nous devons aller ensuite.

– Laisse-moi faire.

Après la robe, il enlève chacun de mes vêtements et m'enveloppe dans la blouse qu'il noue à ma taille.

– Tu es sûre que tu veux que j'y assiste ?

– Totalement. J'espère seulement que tu auras encore envie de coucher avec moi après.

Il me prend dans ses bras, m'attire contre lui et pose le menton sur le haut de mon crâne.

– J'en aurai toujours envie.

Nous n'avons pas bougé quand la gynécologue revient.

– Si vous voulez bien vous asseoir sur la table, dit-elle en allant se laver les mains et se préparer pour l'examen.

Je m'assieds sur la table en tremblant. Je ne sais pas si je vais être capable d'aller jusqu'au bout.

– M. Godfrey, vous pouvez vous asseoir là, dit-elle en désignant un tabouret à la tête de la table.

– Viens, ma chérie.

Je m'allonge dans ses bras qui m'attendent et il me caresse le visage si bien que ni lui ni moi ne regardons ce qui se passe ailleurs.

– Ça va ?

Je respire son eau de toilette sexy, ce qui me calme et m'éclaircit les idées.

– Oui.

La doctoresse a la bonne idée de m'expliquer chacun de ses gestes avant de le faire, en commençant par un examen des seins qui m'aurait mortifiée si Flynn n'avait pas gardé la tête baissée, posée contre la mienne. J'ai l'impression qu'il n'a pas tellement plus envie de regarder que moi. Elle m'explique que l'auto-examen des seins est important et permet une prévention efficace.

Je l'écoute, mais je garde les yeux fermés et je me force à supporter tout ça en espérant que ce sera terminé au plus vite. Elle se place au bout de la table, replie l'extrémité et m'aide à placer les pieds dans des étriers.

Des flash-back de la première fois que je me suis retrouvée dans cette situation me reviennent et me coupent le souffle. Je sanglote, alors qu'il ne s'est encore rien passé.

– Détends-toi, ma chérie, me murmure Flynn en me caressant le visage et les cheveux.

– Nous continuons ? demande le médecin.

– Oui, dis-je. Je vous en prie.

Elle m'explique en détail le frottis et me demande si elle peut y procéder.

– Oui, dis-je en fermant les yeux et en serrant les dents.

Flynn me tient la main et détourne mon attention en me disant que nous allons nous amuser à Vegas, que demain à la même heure, nous serons mariés et qu'il m'adore.

Comme je suis encore endolorie après nos ébats de la veille, je tressaille quand elle introduit le spéculum, mais elle fait son prélèvement rapidement et efficacement. C'est terminé avant que j'aie pu céder à l'hystérie qui couve en moi.

– Vous vous sentez bien, Natalie ?

– Oui.

– À présent, juste deux doigts pour examiner votre utérus et vos ovaires. (Là encore, elle est rapide mais efficace.) Tout a l'air bien, Natalie. Vous pouvez vous rasseoir.

Je tremble encore, mais je suis profondément soulagée. J'ai réussi. Je suis allée au bout. Elle m'expose les différentes possibilités de contraception, et après que Flynn et moi en avons discuté, nous convenons d'une piqûre dont l'effet dure trois mois et qui sera totalement efficace au bout d'une semaine. Son infirmière vient me faire l'injection.

La doctoresse me surprend en me donnant une ordonnance.

– Prenez ça la prochaine fois que vous devrez aller chez un médecin. Ça vous calmera.

– Merci beaucoup de votre patience.

– Je vous en prie. J'espère que vous savez qu'il est courant chez les victimes de viol d'avoir une phobie des médecins après l'examen médical. Vous n'êtes pas la seule. (Elle me tend sa carte.) N'hésitez pas à m'appeler si je peux faire quelque chose pour vous. Mon portable est au dos. Peu importe l'heure.

– Je vous remercie beaucoup.

– Oui, merci, ajoute Flynn. Nous apprécions vraiment votre délicatesse.

– C'était un plaisir de faire votre connaissance à tous les deux. (Au moment de sortir, elle se retourne.) Ce qui vous est arrivé cette semaine, Natalie… c'est le genre de chose qui peut rouvrir d'anciennes blessures. Prenez bien soin de vous et appelez-moi si vous avez besoin de conseils.

– Je n'y manquerai pas. Merci encore.

– Prenez tout le temps qu'il faudra, dit-elle en nous laissant.

Je tremble tellement que Flynn doit m'aider à me rhabiller, ce qu'il fait sans un mot. Il m'enfile ma robe et l'ajuste comme il faut. Puis il pose la tête sur mon épaule comme s'il avait besoin d'un instant pour se ressaisir.

Je lui passe la main dans les cheveux.

– Je suis vraiment désolé, Nat. Jamais je n'aurais dû te laisser subir ça.

– Il aurait bien fallu le faire tôt ou tard.

– Mais ce n'était pas nécessaire aujourd'hui.

– Je suis contente de l'avoir fait. Je m'en suis sortie du premier coup et maintenant nous sommes protégés.

Il sort un papier de sa poche, le déplie et me le donne.

– Qu'est-ce que c'est ?

– La preuve que je n'ai rien. Mon médecin me l'a envoyé ce matin. J'ai fait les examens à New York.

– Un nouveau départ pour la vie conjugale.

– Absolument.

– Tu as dit que tu avais fait les examens à New York, mais tu m'as demandée en mariage seulement hier.

– J'ai su dès la troisième fois que nous nous sommes vus que je ne reviendrais pas en arrière. C'est toi la femme de ma vie. (Il plonge son regard dans le mien.) Tu te sens bien ? Je comprendrais très bien si tu voulais remettre à plus tard les projets de la journée parce que tu ne te sens pas dans ton assiette.

– Je me sens bien maintenant que c'est fait, et pour le mariage, tu ne vas pas pouvoir te défiler.

– Dieu merci, soupire-t-il en me serrant dans ses bras.

FLYNN

Nous sommes en route vers les bureaux de Quantum pour une réunion avec le groupe qui va bientôt constituer le conseil d'administration de ma fondation de lutte contre la faim dans le monde.

Après la réaction qu'a eue Natalie à l'examen médical, j'ai envisagé de remettre le rendez-vous à plus tard, mais il était trop tard pour l'annuler alors que tant de gens très occupés étaient déjà en route.

Elle ne dit rien pendant le trajet et je ne la pousse pas à parler. Je sais qu'une autre blessure vient de se rouvrir et ça me donne envie de passer une fois de plus mes nerfs sur un mur.

Là aussi, l'amener au bureau me met mal à l'aise étant donné les secrets que nous dissimulons dans le sous-sol du bâtiment. Comme à New York, il abrite notre club BDSM secret, mais Natalie ne le saura jamais. Comme ce n'est pas une facette de ma vie que je veux partager avec elle, elle demeurera dans le passé, comme il se doit.

Après avoir vu le traumatisme que l'examen médical a provoqué chez elle, je suis de plus en plus convaincu que mes anciennes pratiques sexuelles ne feront jamais partie de notre relation. Dès lors, pourquoi lui en parlerais-je ? Elle ne comprendrait qu'en en faisant l'expérience, et après ce qu'elle a enduré, il n'est pas question que les jeux de domination et soumission soient pratiqués dans notre chambre à coucher. Je trouverai un moyen de m'en passer, car vivre sans elle est inenvisageable.

Quand nous arrivons au dernier étage de l'immeuble Quantum où se trouvent les bureaux de la direction, tout le monde est enchanté des nominations aux Oscars. La réceptionniste me dit que mes parents m'attendent dans mon bureau. Je suis heureux de pouvoir leur parler de nos projets de mariage avant la réunion.

Nous entrons main dans la main dans mon bureau, où mes parents savourent un café, assis ensemble sur un des canapés. Je leur ai demandé, ainsi qu'à mes sœurs, de siéger au conseil d'administration de la fondation et ils ont accepté avec enthousiasme. Ils se lèvent aussitôt pour nous étreindre et nous embrasser. Je suis ravi qu'ils aient aussi facilement acceptée Natalie dans la famille. C'est ce dont elle a besoin en ce moment et ils ont l'air de le percevoir.

– Je suis heureux que vous ayez pu arriver un peu en avance.

– Tu nous as dit que tu avais à nous annoncer quelque chose qui n'avait rien à voir avec la réunion, dit Papa, le regard pétillant. C'est le genre de chose qui ne manque jamais de nous faire dresser l'oreille.

Je jette un coup d'œil à Natalie avant de me retourner vers eux.

– Natalie et moi allons nous marier ce soir.

J'ai rarement vu mes parents sans voix, mais ils sont vraiment stupéfiés par ma déclaration.

Puis ma mère se met à pleurer, et je comprends qu'ils sont heureux pour nous.

– Merveilleuse nouvelle, mon garçon, dit mon père. Félicitations à tous les deux.

– Oui, dit ma mère. Nous sommes ravis pour vous.

Je sens Natalie qui se détend un peu en voyant qu'ils ne trouvent rien à redire à notre décision.

– Quel tourbillon, dit mon père.

C'est sa manière à lui de demander si nous ne nous précipitons pas. Jamais il n'utiliserait ce terme avec nous. Ce n'est pas sa manière d'être.

– Je peux voir la bague, Natalie ? demande ma mère.

– Nous avons décidé que je ne la porterais pas ce matin pour que la nouvelle ne s'ébruite pas avant que nous l'annoncions nous-mêmes.

Natalie sort la bague de son sac, l'enfile et la montre à ma mère.

– Elle est magnifique, dit-elle. Bravo, mon chéri, ajoute-t-elle pour moi.

– Tout le mérite revient à Hugh. Sans lui, je n'aurais pas pu.

– Où comptez-vous vous marier ? demande Papa.

– On part à Vegas ce soir.

– C'est merveilleux, dit Maman. Natalie, vous devez avoir la tête qui tourne.

– Oui, mais c'est très agréable, répond-elle en me souriant.

– Nous allons donner une réception, déclare ma mère. Chez nous. Il faut que tu nous laisses fêter ça avec toi. Dans les prochaines semaines.

J'interroge du regard Natalie, qui semble ravie de l'idée.

– Certainement, Maman, ce serait bien. Mais pas de folie. Juste la famille.

Dans notre cas, le terme famille inclut également les deux cents amis les plus proches.

– Bien sûr. (Elle joint les mains.) J'avais renoncé à l'espoir de te voir te remarier, mais une fois que je vous ai rencontrée, Natalie, j'ai dit à Max que notre fils allait épouser cette charmante jeune fille.

– Et tu sais à quel point ta mère adore avoir raison.

– Je me flatte d'avoir le don de voir l'avenir, dit ma mère. Et je vous prédis que vous serez heureux ensemble. Bienvenue dans la famille, Natalie, et merci d'avoir rendu Flynn plus heureux que jamais.

– Il en a fait autant pour moi, et je vous remercie de votre chaleureux accueil. Je ne saurais vous dire tout ce que cela représente pour moi de faire de nouveau partie d'une famille.

J'interviens :

– Tu auras peut-être envie de plus de simplicité une fois que tu auras passé du temps avec les Godfrey !

– Sûrement pas. Montrez-vous sous votre pire jour.

– On ne répétera pas cela à tes sœurs, dit Maman, ce qui nous fait tous rire.

Nous bavardons avec eux quelques minutes jusqu'à ce qu'une secrétaire nous prévienne que tout le monde est arrivé pour la réunion. Je dis à mes parents que je les rejoins et je prends une minute pour parler avec Natalie.

– Ça s'est bien passé, non ?

– Ils sont merveilleux. Ils n'ont pas sourcillé.

– Évidemment que non. Ils me connaissent et ils savent que plus que tout, je me connais et je sais ce que je veux. (Une fois de plus, ma conscience pointe le bout de son vilain nez pour me rappeler cette partie de ma vie que je nie alors que je m'apprête à épouser Natalie.) Tu es d'accord que nous ne l'annoncions qu'une fois que ce sera fait ? Je fais confiance à mes amis et ma famille, mais je détesterais que la nouvelle soit rendue publique avant que nous soyons prêts à l'annoncer.

– Ça me va. Je me rangerai à ton avis : tu sais certainement mieux que moi comment gérer ce genre de choses.

– Je voulais te prévenir que durant la réunion, je vais te nommer présidente du conseil d'administration.

Elle reste ébahie.

– Tu vas faire *quoi ?*

– Je veux que tu supervises tout. Tout le monde sera sous tes ordres.

– Tu ne plaisantes pas ?

– Non, en effet.

– Mais je ne connais rien à la gestion d'une fondation.

– Moi non plus. Nous découvrirons ensemble. Tu en sais plus que moi sur les problèmes que nous espérons résoudre, ayant travaillé comme institutrice dans une grande ville. Tu es mieux qualifiée que je le serai jamais pour diriger cet effort.

– Tu t'intéresses au problème depuis des années et ton nom sera sur la porte. C'est toi qui devrais être président.

– Ce sont *nos noms* qui seront sur la porte et je ne connais pas la question d'aussi près que ça.

– Nos noms ?

– Ce sera la Fondation Flynn et Natalie Godfrey.

– Flynn… Je ne sais pas quoi dire. Ta confiance en moi est…

– J'ai trouvé la meilleure personne possible pour diriger cette organisation qui me tient autant à cœur qu'à toi. Je pense que nous pouvons changer le monde, Nat. Mais si tu ne veux pas endosser cette responsabilité, je comprendrai tout à fait.

– Je serai ravie d'essayer, mais je risque de mettre la pagaille avant de trouver mes marques.

– Tu ne mettras de pagaille nulle part. Nous avons à ta disposition l'excellent personnel de Quantum.

– Et si…

– Et si quoi ?

Elle lève vers moi un regard plein d'hésitation.

– Si je récupère mon poste à New York ?

– Il faudra sans doute prendre une décision si ça arrive. Dans un cas comme dans l'autre, je veux que tu t'impliques dans la fondation et ça ne me pose aucun problème de te nommer à sa tête et de te faire verser un salaire à compter d'aujourd'hui. Mais seulement si tu le désires aussi.

– Je suis honorée par ta confiance en moi et je serai heureuse de tenter le coup. Merci.

– Dans ce cas, allons faire la connaissance de notre conseil d'administration tout neuf.

II
NATALIE

CETTE JOURNÉE restera sûrement comme l'une des plus irréelles de ma vie. Nous sommes encore une fois dans un jet privé en route pour Las Vegas alors que le soleil descend sur l'horizon. Flocon assoupie sur mes genoux, je suis pelotonnée auprès de Flynn sur le canapé.

Il m'a estomaquée en me demandant de diriger la fondation, mais une fois le premier choc passé, ce défi a commencé à m'enthousiasmer. J'ai quitté la réunion avec une liste de trois pages de choses à faire qui vont m'occuper pendant la première moitié de l'année.

Je dois reconnaître que Flynn a perçu que j'avais besoin de consacrer mon énergie à quelque chose depuis que j'ai perdu mon poste. Le travail que nous comptons faire en luttant contre la malnutrition des enfants dans le monde est une cause particulièrement louable qui exige ce genre de mobilisation.

Je l'ai constaté dans ma propre classe : la plupart des enfants avaient des parents qui travaillaient dur, et pourtant, de temps en temps, certains arrivaient en cours sans avoir pris de petit déjeuner ni apporté d'argent pour le déjeuner.

J'avais le cœur brisé en les voyant souffrir sans un mot d'une honte qu'aucun enfant ne devrait connaître.

– À quoi tu penses, ma chérie ?

– À la liste que j'ai dressée durant la réunion.

– Je savais que j'avais choisi la bonne personne pour ce travail. Tu es déjà totalement absorbée par ta tâche.

– Alors c'est un travail ?

– Évidemment que oui. Je t'ai dit que tu serais salariée par Quantum. Et ce que tu toucheras la première année correspond exactement à une fois et demie ton prêt étudiant.

J'éclate d'un rire léger.

– Tu es un petit malin, Flynn Godfrey.

– Merci, ma chérie. Je suis ravi que tu le penses.

– Je vais refuser ce généreux salaire et travailler *bénévolement* pour la fondation. Tu vois, mon futur époux est atrocement riche, alors je n'ai pas vraiment *besoin* de travailler.

– Bien joué, mon amour.

– Merci.

J'adore chaque seconde que je passe auprès de cet homme extraordinaire. Peu importe ce que nous faisons, il me rend plus heureuse que je n'ai jamais été ou espéré être un jour.

– Mais ce ne sera pas possible. Tu fais un travail, donc tu es payée. C'est comme ça que ça se passe. Et puisqu'on parle de ton futur époux atrocement riche…

– Tu veux probablement que je signe quelque chose. Quoi que ce soit, je le signerai.

– Non, je ne veux rien te demander de signer.

– Flynn, sois sérieux. Quiconque à un brin de cervelle et la fortune que tu possèdes demanderait à la petite amie qu'il compte épouser deux semaines à peine après l'avoir connue de signer un contrat de mariage.

– Eh bien, je ne dois pas avoir ce brin de cervelle, parce qu'il n'y aura pas contrat.

Il me dit ça avec tant de véhémence que je me demande s'il a déjà eu cette discussion avec quelqu'un d'autre.

– C'est pour ça qu'Hayden est parti dans cet état l'autre soir ?

– Il est parti comment ?

– Énervé. J'ai pensé que c'était à cause de moi, étant donné que je lui fais cet effet. (Flynn a l'air incertain de ce dont il va me faire part.) Tes amis t'ont-ils dit que tu étais un imbécile de ne pas faire un contrat de mariage ?

– Je ne crois pas qu'*imbécile* ait été le terme utilisé.

– Eh bien, je suis d'accord avec eux, dis-je en levant les yeux au ciel. Je serais d'ailleurs plus à l'aise s'il y avait quelque chose qui te protège. Au cas où.

– Au cas où quoi ?

Je lui décoche un regard agacé.

– Ne sois pas obtus.

– J'adore votre vocabulaire, Miss Bryant, et pour votre gouverne, ce mariage durera éternellement et je refuse donc d'envisager qui que ce soit qui implique qu'il puisse finir.

– J'apprécie ta totale confiance en moi et en nous, mais il serait prudent pour toi de me faire signer un document qui stipule que je ne veux pas de ton argent. Que c'est seulement toi que je veux.

– Et c'est précisément pour ça qu'il ne te sera pas demandé de signer quoi que ce soit. Je te crois quand tu me dis que c'est seulement moi que tu veux. Tu es la seule femme que je connaisse qui soit avec moi pour les bonnes raisons. Tout ce qui est à moi est à toi.

Des larmes me montent aux yeux. Comment tout ça est-il possible ?

– Je t'aime tant. Ce que tu représentes pour le reste du monde et ce que tu possèdes… Rien de tout ça ne compte autant que ce que tu es pour moi et ce que tu me donnes chaque jour en m'aimant.

Il se penche pour m'embrasser.

Je le prends par le cou pour le retenir, ce qui dérange Flocon.

Elle se réveille en grognant et en aboyant, et elle nous fait rire une fois de plus.

– Je vis dans la peur mortelle qu'elle morde ce visage célèbre dans le monde entier, dis-je en lui caressant la joue.

– Une balafre ou deux lui donnerait un peu de caractère.

– Tu es parfait exactement tel que tu es.

Peu après, nous atterrissons à Las Vegas, où une limousine nous emmène en ville. Je suis éblouie par le Strip – les lumières, ce côté grandiose et tape-à-l'œil et cette énergie presque palpable. Flynn, qui est venu là un million de fois, s'amuse de me voir dévorer tout ça du regard.

Nous arrivons au Bellagio, où nous passons par une entrée particulière avant d'être escortés jusqu'à un ascenseur qui nous dépose directement dans une suite digne d'un palais, dont les baies vitrées donnent sur le Strip et les fontaines sophistiquées qui ont fait la réputation de l'hôtel. Je m'approche pour contempler la vue.

Flynn me rejoint et me prend par la taille.

– Qu'est-ce que tu en dis, ma chérie ?

– C'est fascinant. Je ne sais même pas par où commencer à regarder tellement il y a de choses à voir.

– Je regrette que nous ne soyons pas des gens comme tout le monde pour pouvoir t'emmener auprès des jets d'eau ou te montrer le casino, histoire que tu tentes ta chance au jeu.

– Je n'ai pas envie que nous soyons autre chose que ce que nous sommes. Je suis parfaitement satisfaite de cette magnifique suite et de t'avoir rien qu'à moi.

– Tu m'auras rien qu'à toi une fois que nous aurons réglé un petit détail.

Je sais très bien de quoi il parle, mais je lui demande quand même, avec un sourire timide :

– Quel genre de détail ?

Une sonnette retentit.

– Ne bouge pas.

Il m'embrasse avant d'aller répondre à une porte que je n'avais pas remarquée.

Je suis toujours en train de contempler le panorama quand je vois se refléter dans la vitre une activité fébrile derrière moi. Je me tourne et tombe sur quatre personnes et des robes accrochées sur un portant.

– Qu'est-ce que c'est que tout ça ?

– Je ne pouvais pas te demander de te marier sans que tu aies une robe merveilleuse et, à tout le moins, que tu sois coiffée comme tu le souhaites. Oh, et pas non plus sans fleurs. Elles sont en route.

– Laisse-moi deviner. Addie ?

– Je l'ai un petit peu aidée. (Une adorable hésitation se peint sur son visage.) J'espère que ça te plaît.

Je me hausse sur la pointe des pieds pour l'embrasser.

– C'est parfait. Avec toi, tout est toujours parfait.

– Je te laisse de préparer, alors. À tout à l'heure ?

– Bien sûr.

♦♦♦

Une heure plus tard, je suis revêtue d'une sublime robe en soie blanche, œuvre d'un couturier dont je n'ai jamais entendu parler. Elle me va comme si elle avait été faite pour moi, et c'est pour ça que je l'ai choisie. En plus, elle est subtilement sexy, avec un profond décolleté en V que mon futur mari va certainement apprécier. Le corset est incrusté de cristaux et de perles, mais le reste est d'une exquise simplicité qui me convient parfaitement.

J'ai apporté les boucles et le collier en diamants que Flynn m'a offerts avant les Golden Globes, et je les mets, les mains un peu tremblantes. Je suis toujours effrayée de les perdre, même s'il m'a répété de ne pas m'inquiéter. Elles sont assurées. Malgré tout, je mourrais si jamais j'égarais ces précieux joyaux.

J'ai opté pour des cheveux dénoués, parce que c'est plus mon style que n'importe quelle coiffure compliquée. Ils sont longs et bouclés, tels que je les préfère. Comme je ne me sens jamais autant moi-même que lorsque je suis avec Flynn, je veux être belle pour lui ce soir.

Je me pose des questions sur les personnes qui m'aident à me préparer. Quel genre de menace pèse sur eux pour qu'ils gardent nos secrets ? J'espère qu'aucune ne va céder à l'envie de vendre la mèche. Je suis certaine que l'équipe de Flynn a déjà prévu comment et quand annoncer la nouvelle au monde entier.

Cela dit, ce n'est pas mon principal souci du jour. Pour l'instant, tout ce que j'ai en tête, c'est que je vais épouser l'homme le plus merveilleux que j'aie jamais connu, et j'ai hâte de me consacrer à lui jusqu'à la fin de mes jours.

Une fois seule, je jette un dernier coup d'œil dans le miroir avant de décider que je suis prête. Je ne sais pas si je dois attendre dans la chambre ou sortir voir où en est Flynn.

Un petit coup frappé à la porte met fin à mes incertitudes. Le ventre noué d'excitation, je vais ouvrir. Flynn est sur le seuil, vêtu d'un costume noir sexy avec une mince cravate. Il a les cheveux bien peignés et il est rasé de près. Il est absolument éblouissant et la manière dont il me regarde me laisse sans voix.

– Natalie… Mon Dieu, que tu es belle ! Approche, que je te voie. (Il me prend par la main et m'entraîne dans l'immense salon plus grand que tout mon appartement new-yorkais. Sans me lâcher, il pose l'autre main sur son cœur.) Je suis vraiment le type le plus chanceux du monde de t'avoir trouvée. Et que tu m'aimes…

– Je t'aime tellement que je suis impatiente de devenir ta femme.

– Alors, officialisons, d'accord ?

Il me tend un bouquet de roses blanches, d'œillets et d'autres fleurs que je ne reconnais pas. Puis il passe un coup de fil à la réception et, quelques minutes plus tard, on sonne de nouveau. Cette fois, il fait entrer un homme en costume qui s'efface devant la femme qui l'accompagne. Ils ont tous les deux les cheveux gris et des sourires aimables et chaleureux.

– Natalie, je te présente le juge Henry Gallagher et son épouse Teresa. Il va nous marier et ils nous serviront de témoins.

– Heureuse de faire votre connaissance, dis-je en leur serrant la main.

– Pareillement, répond-il. Nous sommes de grands fans, M. Godfrey.

– Je vous en prie, appelez-moi Flynn.

– J'ai quelques documents à vous faire signer, dit le juge.

Nous réglons les questions administratives et choisissons de nous placer devant la cheminée pour la cérémonie. Quand Flynn me tend les mains avec un sourire éblouissant, je pose les fleurs sur la table et les prends dans les miennes.

Tout à coup, je me rends compte que nous sommes vraiment en train de nous marier et je ne suis même pas nerveuse. C'est parce que je sais sans l'ombre d'un doute que je ne me trompe pas. Le sourire qui éclaire le splendide visage de Flynn m'indique qu'il est dans le même état d'esprit. Je serre ses mains dans les miennes.

– Flynn et Natalie, vous êtes réunis ce soir pour vous marier. Prononcez-vous l'un et l'autre ces vœux de votre plein gré ?

– Oui, répondons-nous d'une seule voix.

– Natalie, si vous voulez bien répéter après moi.

Je récite mes vœux, écoute Flynn prononcer les siens et j'ai la larme à l'œil quand il glisse à mon doigt un anneau de platine assorti à ma bague de fiançailles. Je panique un instant en me rendant compte que je n'ai pas d'anneau pour lui, mais évidemment, quelqu'un s'en est occupé.

Il sort en souriant un anneau identique et le laisse tomber dans ma main avec un clin d'œil.

Alors que je le passe à son doigt, l'ampleur de cette décision me frappe brusquement et je suis tout étourdie d'allégresse. Il y a longtemps que je n'avais pas éprouvé quelque chose qui ressemble à de la joie, mais dans cette luxueuse suite de Las Vegas, alors que j'épouse l'homme de mes rêves – l'homme des rêves de toutes les femmes, même – celle que j'éprouve est sincère.

Puis il m'embrasse, et le juge nous déclare mari et femme. Je suis devenue l'épouse de Flynn Godfrey.

Il sort son téléphone et demande à Mrs. Gallagher de nous prendre en photo. Elle en fait une douzaine et demande si ce serait trop d'en prendre une d'elle avec Flynn. Il s'y plie de bonne grâce et leur donne ensuite une enveloppe.

– Un petit quelque chose pour vous remercier de votre disponibilité.

Alors que nous les raccompagnons, deux serveurs en smoking arrivent, l'un poussant une table dressée pour deux personnes et l'autre portant un seau à glace contenant deux bouteilles de champagne. Le plus âgé s'adresse à Flynn :

– Quand vous voudrez, M. Godfrey.

– Laissez-nous dix minutes, s'il vous plaît.

– Bien sûr.

Ils s'en vont et me laissent seule avec mon mari. *Mon mari.* Il faut que quelqu'un me pince, de grâce. Il me prend dans ses bras et enfouit son visage dans mes cheveux.

– Bonjour, Mrs. Godfrey.

Je passe les bras sous sa veste et l'enlace à mon tour.

– Bonjour, M. Godfrey.

– Quel effet ça te fait ?

– C'est irréel. Ahurissant. Parfait.

– Pour moi aussi.

– Je n'oublierai jamais, Flynn. Rien de tout ça. Ce tourbillon a…

– Bouleversé nos vies.

– Oui. Incroyable.

C'est mon mot préféré pour les décrire, lui et notre relation.

Sans me quitter des yeux, il m'embrasse tendrement. Je sens qu'il se retient parce qu'il a prévu autre chose avant que nous consommions notre mariage.

– Nous avons quelque chose à faire.

– Quoi donc ?

Il sort son téléphone de sa poche.

– Aide-moi à choisir la meilleure.

Nous passons en revue les photos prises par Mrs. Gallagher.

– Celle-ci.

– Elle est bien.

Il l'envoie à Liza par texto en ajoutant : « Feu vert ».

– Qu'est-ce qui va se passer ?

– Elle va diffuser la photo avec comme légende : « Flynn Godfrey a épousé Natalie Bryant à Las Vegas ce soir. » C'est tout ce que nous avons prévu de dire sur le sujet.

– Il n'y a rien d'autre à ajouter non plus.

– Oh, ma chérie, je pourrais dire tellement d'autres choses, mais je vais les garder pour toi. Personne d'autre n'a besoin de savoir.

– Tu serais d'accord que j'envoie la photo à Leah et Aileen pour qu'elles n'aient pas à apprendre la nouvelle par Twitter ?

– Bien sûr. Je l'envoie sur ton téléphone.

Une fois que je l'ai reçue, je compose rapidement un message groupé pour mes amies de New York, qui répondent immédiatement.

Leah : *QUOIIIII ? NOOON ? OH MON DIEU ! Je suis tellement heureuse pour vous deux ! Vous êtes magnifiques – et vous avez l'air tellement heureux. Félicitations, Nat. Tu ne peux pas savoir à quel point je suis folle de joie pour toi.*

Aileen : *Je suis en larmes pour ces deux belles personnes qui méritent une vie entière de bonheur. Bisous de moi, Logan et Maddie.*

Je montre les réponses à Flynn.

– Tu devrais probablement l'annoncer à tes amis – et à ta famille.

– Tu as raison. Je devrais.

Il envoie un texto groupé et presque immédiatement, son téléphone se met à biper sous l'avalanche de réponses.

Sa sœur Aimee : *Il ne faut jamais dire jamais ! Bravo. Bienvenue dans la famille, Natalie !*

Marlowe : *Fantastique ! Félicitations à tous les deux ! J'ai hâte de vous voir pour faire la fête aux SAGs ! Bisous !*

Kristian : *Félicitations. Super-photo. Que du bonheur.*

Sa sœur Annie : *J'y crois pas. Ton téléphone a été piraté ou tu as été enlevé par des aliens ? Toi, céder à l'amour ? Contente pour toi, cher frère. Bienvenue dans la folie des Godfrey, Natalie !*

Emmett : *Mazel tov ! Tous mes vœux pour une longue et heureuse vie ensemble.*

Stella : *Félicitations, mes chéris. Je suis ravie d'accueillir Natalie dans la famille. Papa et moi vous embrassons. Bisous.*

Jasper : *Bravo, mon vieux ! Natalie, vous avez décroché le meilleur. Mes félicitations.*

Sa sœur Ellie : *Bienvenue dans la famille, Natalie ! Quiconque peut supporter Flynn à plein-temps mérite mon respect et mon admiration éternels. Ravie pour tous les deux. Bisous.*

Addie : *Ravie et enchantée pour vous deux. Savourez chaque minute.*

– Excellent conseil de la part d'Addie, dis-je.

Ni Flynn ni moi ne mentionnons que le seul à ne pas avoir répondu est son plus proche ami, Hayden.

– Assez de ces téléphones, dit-il en coupant le sien et en le jetant sur une table. Je ne sais pas pour toi, mais je meurs de faim.

– Je ne dirais pas non.

Il va à la porte faire entrer les serveurs, qui nous apportent un délicieux repas composé d'une salade Caesar, de crevettes grillées, filet de bœuf, asperges et risotto. Ils débouchent le champagne et remplissent les flûtes en cristal.

Flynn lève la sienne pour porter un toast et je trinque avec lui.

– À mon épouse.

– À mon mari.

Il se penche pour m'embrasser.

– J'adore t'entendre dire ça.

– Et moi donc.

Je goûte un peu de tout, même si j'ai le ventre serré par un mélange d'inquiétude et d'excitation en songeant à la nuit qui nous attend. J'ai hâte d'être totalement seule avec lui, mon mari. Voir l'anneau à sa main et ce qu'il représente est une leçon d'humilité.

– Tu aimes ton anneau de mariage ? demande-t-il comme s'il lisait dans mes pensées.

– Je l'adore. Il est splendide. Tout est magnifique. Je n'en reviens pas que toi et cette magicienne d'Addie ayez réussi à tout organiser en deux jours.

– Elle connaît son métier.

– On voit ta patte partout, Flynn. Accepte ta part du mérite.

– J'y suis pour à peu près ça, dit-il en pinçant le pouce et l'index. C'est moi qui ai choisi les anneaux et dit oui ou non pour quelques robes, en espérant qu'il y en aurait une qui te plairait.

– J'adore celle-ci. Je refuse de la quitter.

– Il va bien falloir. Et dans pas longtemps, répond-il en haussant les sourcils.

Je ris devant la menace à peine voilée de sa plaisanterie.

– Merci de me prévenir.

Nous partageons un dessert au chocolat le plus scandaleusement délicieux qui soit. Avec le champagne et les fraises qui l'accompagnent, je suis au bord de l'ivresse. Une fois le dîner terminé, les serveurs reviennent nous débarrasser en nous laissant une nouvelle bouteille de champagne dans un seau à glace.

– Il nous faut une chanson, dit Flynn.

– Une chanson ?

– Pour notre première danse comme mari et femme. Laquelle ? Je te laisse choisir.

– Mmm… C'est une énorme décision qu'on ne peut pas prendre à la légère. Pour le reste de nos jours, la chanson que nous allons choisir sera celle sur laquelle nous avons dansé lors de notre nuit de noces.

– C'est pour ça que je te laisse décider.

– Merci de me mettre toute cette pression.

– J'ai foi en toi, ma chérie.

– Je peux regarder ce que j'ai sur mon portable ?

– Mais bien sûr.

Pendant que je fais défiler les chansons de mon téléphone, les écartant les unes après les autres, il baisse les lumières. Je lui demande :

– Sais-tu sur quelle chanson tes parents ont dansé à leur mariage ?

– « Moon River ». Ils l'adorent.

– Elle est bien.

Il regarde par-dessus mon épaule.

– Attends, qu'est-ce que c'est que celle-là ? « Love, Laugh, Fuck ». C'est bien.

– Pas question de choisir pour un mariage une chanson avec le mot « fuck ».

Il me prend dans ses bras et je sens son sexe durcir contre mes reins.

– Pourquoi pas ?

– Parce qu'il n'en est pas question, voilà.

– Quel rabat-joie !

– Peut-être, mais maintenant, tu es coincé avec moi.

– Jamais je n'ai été aussi heureux d'être coincé avec quelqu'un.

Je souris de ce compliment. Les baisers qu'il dépose dans mon cou me donnent la chair de poule partout.

– Je ne peux pas me concentrer quand tu fais ça.

– Pardon, dit-il sans s'arrêter pour autant.

– Et celle-ci ?

Je choisis « I Won't Give Up » de Jason Mraz, et je la lui fais écouter.

– Elle me paraît parfaite pour nous.

– Alors c'est décidé ?

– Oui. (Il me prend le téléphone et va le brancher sur la chaîne de la suite. Puis il se tourne et me tend la main.) M'accorderez-vous cette danse, Mrs. Godfrey ?

– Très certainement, M. Godfrey.

Je m'approche et le laisse m'enlacer de tout son amour. Je glisse les mains sous sa veste et pose la joue sur sa poitrine.

– Flynn…

– Quoi, ma chérie ?

– Je veux juste que tu saches que pour la première fois depuis tout ce qui m'est arrivé, j'ai l'impression de ne plus être perdue. La tempête dans ma tête s'est calmée et je suis… apaisée… sereine. Et tout ça grâce à toi et ce que nous avons trouvé ensemble.

– Nat… Tu ne pourrais rien dire qui me rende plus heureux, surtout avec tout ce qui est arrivé depuis que je t'ai rencontrée.

– C'est un soulagement de ne rien avoir à cacher. Certes, j'aurais préféré que ça se fasse autrement, mais je suis heureuse qu'il n'y ait aucun secret entre nous.

Il me serre contre lui alors que nous nous balançons en rythme avec la musique.

– Je me battrai pour nous, Nat. Quoi qu'il arrive.

– Moi aussi.

12
Flynn

J'AI LE CŒUR SERRÉ de l'entendre me dire qu'il n'y a aucun secret entre nous. Je lui ai dissimulé quelque chose d'énorme, quelque chose qui aurait pu la faire changer d'avis et refuser de m'épouser si elle avait été au courant. Je me répète que ça n'a pas d'importance puisque j'y ai renoncé pour me concentrer sur mon avenir avec Natalie.

Il n'y a qu'elle qui compte pour moi, désormais. Ni mon passé ni le sien n'ont d'influence sur l'avenir que nous allons nous forger. J'ai fait mon choix et, à présent, je vais tout faire pour que ce mariage fonctionne.

La chanson se termine et laisse la place à une autre. Elle est douce et souple entre mes bras et je veux que cette première danse de couple marié ne s'arrête jamais. C'est peut-être la première fois, mais ce ne sera pas la dernière. Nous avons tout l'avenir devant nous et je refuse de passer un instant de cette soirée à penser au passé.

Le visage enfoui dans ses cheveux soyeux, je me concentre sur son long cou délié que j'embrasse jusqu'à ce que je la sente frissonner dans mes bras. J'adore voir comment la plus innocente de mes caresses éveille chez elle une réaction. J'adore être le seul à avoir désormais le droit de la toucher. Je suis heureux qu'elle m'ait permis d'être le seul homme à pouvoir l'approcher après la brutale agression dont elle a été victime adolescente.

Elle m'a fait ce cadeau sans prix, et chaque jour de ma vie, je m'efforcerai d'être digne d'elle. Elle passe les bras autour de mon cou et lève vers moi ses yeux pleins d'amour, de confiance et de désir. J'ai essayé d'être patient ce soir, de lui offrir de la romance et des souvenirs qui dureront toute une vie, mais à présent, je ne peux plus retenir le désir qu'elle éveille en moi.

– Natalie…

– Mmm ?

– Je voudrais faire l'amour à ma femme.

– Ta femme approuve ce projet.

– Je t'aime tellement.

– Moi aussi, je t'aime.

Je lui prends le visage entre mes mains et je l'embrasse délicatement, avec adoration. Avant de ne plus pouvoir me maîtriser, je la prends par la main et je l'entraîne dans la chambre qui a été transformée par le personnel pendant que nous dînions. La pièce baigne dans la lueur des bougies et le lit est semé de pétales de roses rouges. Et une autre bouteille de champagne attend dans un seau à glace sur une table.

– Waouh, soupire-t-elle. Tu as pensé à tout.

– C'est pour ça que je voulais venir ici. Personne ne fait les choses aussi bien qu'à Vegas.

– C'est ce que je vois.

Elle se mordille la lèvre : quelque chose la préoccupe.

– Qu'est-ce qui te tracasse ?

– Je n'ai pas apporté de tenue spéciale pour cette nuit. Je n'ai rien qui soit à la hauteur de…

Je l'embrasse à nouveau, car je ne supporte pas de la voir se soucier de quoi que ce soit.

– Natalie, ma chérie, je n'ai besoin que de toi. Je peux t'aider à ôter ta robe ?

– Oui, s'il te plaît.

Elle rassemble ses cheveux et les ramène par-devant, dévoilant son dos nu à mon regard avide. La fermeture Éclair est dissimulée par une centaine de minuscules boutons qui n'ont, Dieu merci, qu'une fonction décorative. Si je devais prendre le temps de les défaire tous, je deviendrais fou. Je baisse la fermeture et l'étoffe s'ouvre pour révéler la courbe enchanteresse de son dos.

Comme elle ne porte pas de soutien-gorge, la robe glisse doucement sur ses épaules et ses bras, ne la recouvrant plus qu'à partir de la taille.

– C'est quoi, l'astuce pour l'enlever ?

Elle me fait un sourire par-dessus son épaule et agite légèrement les hanches jusqu'à ce que la robe tombe. C'est là que je vois qu'elle porte un string blanc, un porte-jarretelles et des bas.

– Il va falloir que tu te retournes. Tout de suite.

Toujours juchée sur ses talons vertigineux, elle se tourne, les mains sur les hanches, les seins fièrement dressés, et mon cœur s'arrête littéralement de battre une seconde.

– Mon Dieu ! Tu as failli me causer une crise cardiaque. Et tu disais que tu n'avais pas apporté de tenue particulière.

– J'ai menti, répond-elle avec un petit sourire satisfait.

Je pose les mains sur ses hanches en essayant de maîtriser mon irrésistible envie de la jeter sur le lit et de prendre ce que je désire si violemment.

– Bon sang, mais d'où tu sors cette tenue ?

– C'est l'une de celles qui accompagnaient les robes. Ton assistante ne laisse rien au hasard.

– Seigneur, je l'adore.

Natalie renverse la tête en arrière et éclate de rire, et j'en profite pour prendre ses seins dans mes mains et engloutir un téton. Le dominateur en moi est sur le fil du rasoir et veut se libérer pour prendre ce qui lui revient. Je veux la posséder, la dominer. Je veux tout avoir d'elle, je veux qu'elle se soumette à moi de toutes les façons possibles.

Mais plus que tout, comme je veux qu'elle n'ait jamais peur de moi, je réprime mes puissantes inclinations naturelles et je lui offre la douceur, la tendresse et l'amour qu'elle mérite et dont elle a besoin.

Avec empressement, elle repousse ma veste sur mes épaules, enlève ma cravate et s'attaque aux boutons de ma chemise sans interrompre notre baiser. Ses mains se plaquent sur ma poitrine nue, faisant monter mon désir d'un cran. Nous nous y mettons à deux et nos mains s'emmêlent quand nous essayons en même temps de dégrafer mon pantalon.

Il tombe sur le sol. J'enlève ma chemise et je déchire presque la manche à cause d'un bouton de manchette qui refuse de céder.

– Putain de merde !

Elle éclate de rire.

– Laisse-moi faire.

Elle prend mon bras et enlève doucement le bouton avant de le laisser tomber dans ma main.

C'est seulement parce qu'ils appartenaient à mon grand-père que je prends le temps de les poser sur la table de chevet avant de me retourner vers ma splendide femme.

– Je veux une photo de toi comme ça.

– Une vraie photo ?

– Oui. Je peux ?

– Je ne sais pas…

– Ce sera rien que pour nous. Si tu crois que j'ai envie de te partager avec quiconque…

J'ai partagé des femmes, naguère, mais pas Natalie. Il me serait absolument impossible de supporter qu'un autre homme pose la main sur elle.

– OK…

Le ton est hésitant, mais je vois que ma demande l'excite. Elle a les yeux brillants, ses joues se sont empourprées. Même ses seins ont rosi.

– Ne bouge pas.

Je fonce dans le salon récupérer mon téléphone que j'allume tout en revenant.

– Comment tu veux me prendre ?

– Merde, ma chérie, gémis-je, tu devrais réfléchir à deux fois avant de me poser une telle question aussi tendancieuse.

– Pourquoi ?

Cette innocence, cette douceur qui me subjuguent… Elle me terrasse et me remet sur pied à chaque fois.

– Il y a des tas de manières dont j'aimerais te prendre.

– Tu me les décriras ? Toutes ?

J'avale péniblement ma salive en tentant de retrouver difficilement mon sang-froid.

– Nous avons le reste de notre vie pour tout essayer une fois, voire deux si ça nous plaît. Pour l'instant, fais retomber tes cheveux sur tes seins de façon à ce que je vois juste tes tétons dépasser, et mets les mains sur les hanches. Prends la pose.

Je bande tout en prenant quelques photos.

– Maintenant, relève tes cheveux et tiens-les au-dessus de ta tête. Putain, ce que c'est sexy. Voilà, comme ça. Oh mon Dieu, Nat.

Je balance le téléphone et l'entraîne sur le lit, nos bouches unies dans un baiser passionné qui m'emmène tellement loin dans la zone rouge que je ne pense qu'à une seule chose, la pénétrer. Sur-le-champ.

Putain. Jamais je ne vais en réchapper.

NATALIE

C'est la première fois que je le vois comme ça. Son baiser est si ardent, si déchaîné, que je ne peux que me laisser emporter. Sa langue est partout, elle me titille, me tente et me donne envie de le supplier de passer à la prochaine étape. J'ai envie qu'il me caresse, qu'il me prenne et me fasse sienne.

Je n'ai jamais rien désiré autant que de le sentir en moi, tout de suite.

Je hoquette quand il reprend son souffle :

– Flynn…

– Quoi, ma chérie ? Dis-moi.

Je parviens à peine à respirer quand il s'attaque à mon cou, à cet endroit que j'ignorais capable de me rendre folle jusqu'à ce qu'il le découvre.

– J'ai envie de toi, maintenant.

– Je suis là.

Comme il ne m'a pas fallu bien longtemps pour m'enhardir avec lui, je glisse ma main dans son boxer que j'écarte pour atteindre ce que je désire. Quand je referme mes doigts sur son sexe épais et dur, il pousse un gémissement. Je le caresse comme il me l'a appris, d'une main ferme.

– C'est ça que je veux. Fais-moi l'amour. S'il te plaît, Flynn. Tout de suite.

Il m'arrache littéralement le string dans un geste qui me laisse ébahie devant la puissance de son désir.

– Je ne veux pas te faire mal. Dis-le moi, sinon.

– Je n'aurai pas mal.

Je me moque de souffrir.

Il prend son sexe, enfile un préservatif et s'enfonce profondément en moi d'un seul coup. Le plaisir brûlant qui jaillit et m'irradie tout entière m'arrache un cri. Je le sens trembler sous l'effort qu'il doit faire pour rester parfaitement immobile en attendant d'être certain que je suis prête à continuer.

– Je n'ai jamais rien éprouvé de meilleur, Natalie.

– Continue, Flynn, je t'en prie.

Je n'ai pas besoin de le lui dire deux fois. Il se redresse et commence lentement, en s'enfonçant profondément puis en se retirant pour s'abattre de nouveau sur moi et recommencer.

Je lève les bras au-dessus de ma tête, cherchant une prise, quelque chose à quoi me cramponner pendant qu'il m'emmène dans la chevauchée la plus sauvage de ma vie.

Puis il se jette sur moi et me saisit les poignets d'une main tandis que l'autre agrippe mes fesses et m'immobilise pour me posséder furieusement. Quand je me rends compte que je ne peux plus bouger du tout, une panique sourde commence à retentir dans ma poitrine.

Il m'embrasse tout en me faisant l'amour, et tout à coup, je ne peux plus respirer. Ni bouger. Je ne peux plus continuer. Je tourne brusquement la tête sur le côté pour me dégager de son baiser et pousser un cri alors que les souvenirs déferlent sur moi et me rappellent que j'ai beau vouloir dépasser mon passé, il me finira toujours par me rattraper, tôt ou tard.

Je me débats comme un animal pris au piège en poussant des hurlements.

Il s'arrête immédiatement, se dégage et me lâche.

– Natalie !

Hystérique, en pleurs, je hurle, luttant contre mes démons avec tout ce que j'ai en moi. Dans le lointain, j'entends Flocon qui s'affole et se met à aboyer et gronder avec moi.

– Ma chérie, mon Dieu, c'est moi. Je t'en prie... Natalie. Ce n'est que moi, et je t'aime plus que tout.

Ses paroles finissent par percer l'hystérie et je me dégonfle comme une baudruche. Flocon se jette sur moi et me lèche le visage pour m'offrir une consolation à sa manière.

Mon Dieu, j'ai simplement perdu complètement la tête alors que je faisais l'amour pour la première fois avec mon mari. Les sanglots me secouent et j'ai peur d'ouvrir les yeux, de voir le regard qu'il jette à cette femme brisée et abîmée à laquelle il s'est enchaîné pour la vie.

– Natalie... (Il pose la main sur mon ventre. Je tressaille et Flocon gronde, mais il n'enlève pas sa main.) Ma chérie, regarde-moi. Ouvre les yeux.

Je secoue la tête. Je ne peux pas. Je ne pourrai plus jamais le regarder après avoir gâché ce qui aurait dû être le moment le plus privilégié de notre vie.

Il remplace sa main par ses lèvres et m'embrasse le ventre, les hanches, entre les seins, le cou, la joue, mon visage et enfin mes lèvres. Chaque baiser est comme un baume sur la blessure que je porte en moi. Chaque baiser n'est qu'amour et affection et n'a rien à voir avec ce qui m'est arrivé il y a des années.

C'est ce que je me répète, mais me pardonnera-t-il jamais d'avoir perdu la tête pendant qu'il me faisait l'amour ? Recommencera-t-il à me caresser sans penser à ce qui peut arriver si jamais il fait le geste qu'il ne faut pas ?

– C'était à cause des mains, lui dis-je, les yeux clos.

– Je t'ai immobilisé les mains et ça a déclenché un souvenir.

– Oui. Excuse-moi.

Les larmes qui glissent sous mes paupières laissent des traînées brûlantes sur mon visage.

Il les essuie avec des baisers et me caresse les cheveux, le visage, le corps, ce qui m'apaise et me calme.

– Je peux te prendre dans mes bras ?

Je me retourne et me cramponne à lui, secouée par les sanglots qui ébranlent ma résolution. Quels autres souvenirs refoulés attendent de refaire surface pour me rappeler tout ce qui est brisé en moi ? Comment mon cher mari pourra-t-il jamais savoir si ce qu'il s'apprête à faire est risqué ou pas ?

– Pardonne-moi.

– Ne t'excuse pas devant moi, Natalie.

Le ton impérieux me fait gémir comme l'animal blessé que je suis.

– Excuse-moi, se radoucit-il. Je ne voulais pas parler aussi brutalement. Tu es parfaite telle que tu es et même s'il nous faut le reste de notre vie, nous découvrirons ce qui nous convient et ce qui ne convient pas. Peu importe ce qui arrive, je ne t'en voudrai jamais. Jamais.

– Je m'en veux d'avoir gâché notre nuit de noces.

– Tu n'as rien gâché du tout. Notre nuit de noces est loin d'être terminée. Elle ne fait que commencer.

Il me garde longtemps dans ses bras en me caressant doucement le dos et en m'embrassant le front jusqu'à ce que je me calme.

– Tu te sens mieux ?

– Oui. Ça va ?

– Tout va bien du moment que je suis avec toi.

– Tu penses que… nous pourrions… on pourrait…

– Quoi donc, ma chérie ?

– Essayer encore ?

– Rien ne nous y oblige. Nous avons tout le temps.

– Je sais que rien ne nous y oblige, mais j'ai envie. Si tu veux bien. Je ne t'en voudrai pas si tu n'as pas envie.

Il se soulève sur un coude et me regarde.

– J'ai toujours envie de te faire l'amour. Il n'y aura jamais un instant où je ne te désirerai pas, Natalie. Mais tu auras toujours le droit de dire non.

– Je dis oui. Je dis oui à tout.

– Nous allons y aller doucement, sans nous presser, dit-il en m'embrassant. Mais il nous faut un mot, quelque chose que tu diras si jamais c'est trop pour toi ou si tu as peur. Il faut que ce soit un mot qui signifie « arrête » pour nous deux. Peu importe ce qui arrive, si tu prononces ce mot, tout s'arrête.

– OK…

– Quel mot veux-tu prendre ?

Je finis par ouvrir les yeux et regarder son beau visage grave, et je lui souris faiblement.

– Pourquoi pas Flocon ?

Ma petite chienne laisse échapper un jappement en entendant son nom.

– C'est parfait, dit-il en souriant à son tour.

Je lève les bras pour l'attirer contre moi.

– Je t'aime. Rien de ce que tu pourrais faire ne peut être mal. Ce n'est pas toi. Dis-moi que tu le sais.

– Oui, je le sais.

– J'ai adoré comment nous étions tout à l'heure.

– Comment étions-nous ?

– Déchaînés, sans inhibitions. Je veux être comme ça. Je veux être cette femme-là avec toi.

– On y arrivera.

– Je sais que faire l'amour avec moi, c'est comme jouer avec de la dynamite sans savoir où est le détonateur, dis-je en lui effleurant la joue de l'index et en sentant combien la situation est difficile pour lui.

– Faire l'amour avec toi est ce qui se rapproche le plus du paradis pour moi, Natalie. Rien ne pourrait changer ça.

– On peut essayer à nouveau ?

– Seulement si on y va lentement, cette fois. Réservons le déchaîné sans inhibitions pour un autre jour.

Flocon laisse échapper un ronflement qui nous fait rire tous les deux et je le vois se détendre. Il recommence avec de profonds et tendres baisers qui me font tourner la tête et réveillent mon corps.

Il ne se presse pas, un baiser après l'autre. Il est précautionneux, pas débridé comme la première fois. Je sens qu'il se retient et je souffre de savoir que ça lui coûte de me donner ce dont j'ai besoin. Il m'a montré tout à l'heure ce qu'il désire vraiment, et j'ai pris peur.

– Je t'entends penser.

– Je n'y peux rien.

– Chut… Détends-toi et ne t'inquiète de rien. Tout va bien. Il n'y a que toi et moi ici, Nat. Personne d'autre. Je t'aime plus encore à chaque minute qui passe. Je te désire comme tu le souhaites. Tu es absolument parfaite pour moi. Je ne changerais rien en toi, sauf pour enlever toute la souffrance que tu as subie et la remplacer par de magnifiques souvenirs tout neufs.

Tout en parlant, il m'embrasse le visage et les lèvres avant de glisser sur mon cou et ma poitrine.

– Tu es la seule que je désire, la seule que je désirerai jamais.

Il me prend les seins dans les mains et passe la langue sur mes tétons, ce qui me vide l'esprit de tout sauf du plaisir sublime que j'ai découvert entre ses bras. Bien avant que je sois rassasiée, il poursuit, en semant des baisers sur mes flancs et mon ventre avant de descendre encore.

– Tu es si douce et si délicate. J'adore ton parfum et ta saveur. Je pourrais mourir heureux ici.

Il enfouit son visage dans la toison entre mes cuisses et passe furtivement une langue hésitante à l'endroit le plus sensible avant de laisser glisser ses mains sur les bas de soie.

Je suis emportée sur une vague de sensations. Ses paroles, ses baisers et ses douces caresses font palpiter un nouveau désir entre mes cuisses. J'ai envie de le sentir là, mais il n'est pas particulièrement pressé.

– Tu es si sexy. Ma femme est magnifique. Tous les mecs du monde vont m'envier la femme avec qui je peux coucher tous les soirs. (Ses lèvres trouvent un endroit derrière mon genou qui m'arrache un gémissement.) Ils te regarderont et ils regretteront de ne pas avoir la moitié de la chance que j'ai. (Mes jambes finissent perchées sur ses larges épaules. Ses mains sont posées à plat à l'intérieur de mes cuisses et il penche la tête sur moi.) Je n'ai jamais savouré une chatte plus délicieuse, chuchote-t-il avant de baisser la tête et de m'ouvrir de sa langue.

Toujours aussi lent et tendre, il m'entraîne au bord de la folie en m'embrassant partout sauf là où j'en ai le plus envie.

J'empoigne ses cheveux pour le guider, mais il résiste.

– Tu essaies de gâcher mon numéro ? demande-t-il en riant.

– J'essaie juste de passer à la suite.

– C'est ça que tu veux ?

Il aspire mon clitoris entre ses lèvres et le titille de la pointe de la langue tout en glissant ses doigts en moi. L'alliance des deux déclenche un orgasme qui déferle lentement en moi, une vague après l'autre, jusqu'à ce que Flynn me ramène doucement à la réalité.

Je tends les bras vers lui. J'ai besoin qu'il me prenne dans ses bras et il comprend. Il prend un nouveau préservatif avant de venir à moi et de m'embrasser avec ses lèvres qui ont ma saveur mais qui sont bien les siennes. Il est plus insistant, à présent, et sa langue est impérieuse alors qu'il s'installe entre mes cuisses et que je sens sa queue durcie palpiter contre moi.

Mes mains sur son dos, je me cambre et lui demande de m'emporter et de me faire sienne. Sans cesser de m'embrasser, il commence à me pénétrer, lentement, et avec bien plus de patience que je n'en ai moi-même après cette lente parade de séduction.

– Doucement, ma chérie, chuchote-t-il. Doucement.

Il va s'écouler longtemps, je m'en rends compte, avant que je revoie un Flynn empressé et sauvage, ce qui m'attriste profondément. Je l'aime quand il est tendre, mais je l'aime aussi quand il est déchaîné.

Il s'enfonce en moi petit à petit, guettant le moindre signe de souffrance sur mon visage.

– C'est si bon, ma chérie. Tu es brûlante, serrée et ruisselante. (Il renverse la tête en arrière.) Ah, mon Dieu, mais tu mouilles encore plus. J'adore ça.

– J'adore t'entendre me parler quand on fait ça.

– Tu aimes quand je te dis des cochonneries ?

– J'adore.

Ses hanches pivotent et il est enfin entièrement en moi, palpitant et brûlant, tandis que je l'accueille progressivement.

– Tous les hommes sont aussi énormes que toi ? À cet endroit ?

– *Putain*, souffle-t-il, et je le sens grossir encore. Tu sais comment parler à un mec, toi.

– Et toi, tu sais me faire ce qui est bon.

– Tu aimes ça ?

– C'est génial. Et tu me remplis. Complètement.

– On est faits l'un pour l'autre. (Il se retire légèrement et s'enfonce à nouveau en moi.) Je suis tout près de jouir. Tu veux bien que je bouge un peu ?

– Je t'en prie, bouge.

– Je veux que tu gardes les yeux ouverts et que tu me regardes, d'accord ?

J'acquiesce en me mordant les lèvres. Mes cuisses tremblent tellement je peine à les garder écartées à ce point.

– Quel est ton mot de sécurité ?

– Flocon.

La chienne pousse un petit grognement indigné et ronfle à nouveau.

Flynn me sourit.

– Je m'étonne qu'elle autorise un comportement aussi scandaleux dans son lit.

Je m'apprête à lui faire une réponse pleine d'esprit quand il se met à accélérer le mouvement. Il se soulève sur les mains et me scrute attentivement tout en arquant les hanches de plus en plus vite et de plus en plus profondément. Je voudrais fermer les yeux, mais je les garde ouverts et fixés sur lui afin de ne pas risquer de paniquer.

Je bouge avec lui en suivant son rythme et j'éprouve intensément la sensation de lui appartenir.

– Je vais détourner le regard, ma chérie. Arrête-moi si tu ne te sens pas bien. D'accord ?

– D'accord, soufflé-je.

Se tenant sur une main, il se penche pour prendre mon téton dans la bouche tout en glissant la main entre mes cuisses pour me toucher exactement là où je l'attendais. Je suis au bord de l'orgasme quand ses dents se referment sur mon téton et qu'il pince mon clitoris, nous faisant jouir en même temps tous les deux.

– Ah, mon Dieu, dit-il en s'affaissant sur moi et en emprisonnant mes lèvres dans un long baiser.

Il m'embrasse entre les seins, son front posé sur ma gorge.

Je passe les doigts dans ses cheveux trempés de sueur, et il pousse un soupir que j'espère être de satisfaction.

Je vais le rendre heureux. Peu importe ce que je vais devoir faire, je le rendrai heureux. Malgré ma détermination, un doute commence à s'emparer de moi. Et si je n'y arrive pas ? Et si je ne parviens pas à être celle qu'il lui faut ?

13
FLYNN

SA CRISE DE PANIQUE m'a abattu. Je ne veux pas avoir peur de la toucher, mais c'est pourtant le cas. Je suis terrifié de faire quelque chose qui rallume la peur dans son regard. C'est comme naviguer dans un champ de mines sans savoir ce qui va déclencher la panique.

Sa peur était bruyante et effrayante. La mienne était muette, mais pas moins terrifiante.

Cependant, je suis surtout soulagé de ne pas avoir cédé à la culpabilité et commencé à lui parler du club. Ça aurait été une erreur fatale. Elle ne m'aurait jamais épousé si elle avait été au courant.

Une fois que les battements de mon cœur se sont calmés, je l'embrasse et je vais dans la salle de bains chercher une serviette pour nous essuyer, puis je la jette par terre et me glisse de nouveau dans le lit.

Elle se blottit contre moi, la main sur mon ventre.

– Merci de ce que tu as fait.

– Qu'est-ce que j'ai fait ?

– Tu m'as donné exactement ce dont j'avais besoin quand il le fallait. La plupart des hommes seraient partis en courant chez leur avocat après le numéro que j'ai fait.

– Je ne suis pas la plupart des hommes, mon ange, et je ne te quitterai jamais. Jamais.

– Je ne t'en voudrais pas si ça devenait insupportable pour toi.

J'ai de la peine qu'elle se tracasse pour ça en cet instant.

– Je vais faire comme si tu n'avais pas dit ça. Je savais exactement ce que j'allais avoir en disant « oui » tout à l'heure, et rien n'a changé depuis, sauf que maintenant, tu ne peux pas obtenir une annulation du mariage.

Je sens sur ma poitrine ses lèvres s'incurver dans une grimace.

– C'est la dernière chose que je désire.

– Et moi aussi, dis-je en la serrant contre moi. J'ai tout ce que je souhaite, juste là.

Si seulement je pouvais trouver le moyen d'apaiser ma crainte de déclencher un nouveau flash-back chez elle. Je préférerais mourir plutôt que la faire souffrir et il va me falloir longtemps pour oublier son expression terrifiée, ses cris et ses pleurs…

C'est insoutenable.

Quelques heures plus tard, je finis par sombrer dans un sommeil agité. Immédiatement, je me retrouve avec elle dans le donjon de New York. Elle est à plat ventre sur le banc à fessée, bras et jambes sur les coussinets, les fesses en l'air pour mon plaisir. Je suis conscient que c'est un rêve et que je devrais y mettre un terme tant que je le peux encore, mais je n'arrive pas à m'y résoudre. Je veux voir jusqu'où va ce rêve. J'en ai besoin.

La paddle lui a rougi les fesses, entre lesquelles est enfoncé le plus gros de mes plugs. Il n'est pas aussi gros que moi, comme elle va bientôt le savoir. Nous nous sommes préparés pour ce moment durant des semaines, mais quelque chose me retient.

J'ai peur de l'effrayer, de la pousser trop loin. Elle frissonne et ses jambes tremblent violemment.

– Nat, dis-je en caressant l'arrière de ses jambes jusqu'à ses fesses brûlantes. Nous ne sommes pas obligés de faire ça. Tu peux encore dire non. Prononce le mot de code si tu n'es pas prête.

– Je ne dis pas non et je ne dirai pas non plus le mot de code.

– Tu trembles.

– Je suis excitée.

– Tu n'as pas peur.

– Juste un peu. Tu as dit que ça ferait mal.

– Oui. Au début, mais si tu suis, je pourrai faire en sorte que ça devienne agréable. Tu jouiras à fond, plus que tu n'as jamais joui jusqu'ici.

Un immense frisson la parcourt.

– Vas-y.

Elle mouille tellement que ses cuisses ruissellent. Je me penche pour la lécher d'avant en arrière jusqu'au plug qui la dilate. Elle est plus prête que jamais et je ne peux plus attendre. Il faut que je possède son cul délicieux. J'ai besoin de savoir que toute sa personne m'appartient.

Je saisis le plug et je commence à le retirer, progressivement mais régulièrement, avec une lenteur qui la fait gémir. Le retirer est tout aussi éprouvant que l'introduire et je prends mon temps, suscitant une exquise douleur jusqu'à ce qu'elle ne soit plus que sensations tremblantes. Lorsque le plug est entièrement sorti, j'enduis rapidement de lubrifiant ma bite dressée ainsi que l'intérieur de son cul afin qu'elle soit parfaitement prête.

Puis je retire mes doigts et les remplace par ma queue en me collant contre elle.

Elle pousse un cri.

– C'est trop gros, Flynn. Je ne peux pas.

Je lui claque le cul, sans pitié, et je m'enfonce de deux centimètres. Elle est si serrée et brûlante que je redoute de jouir avant d'être entièrement en elle.

– Comment je m'appelle, ici ?

– Maître.

Elle sanglote, mais elle ne prononce pas le mot de code.

– Ne l'oublie pas. (Je caresse l'endroit où je l'ai fessée afin de la réconforter et la calmer.) Colle-toi contre moi, ma chérie. Tu peux y arriver. Tu peux me prendre entièrement en toi.

– Je ne peux *pas*.

– Mais si, tu peux. Je le sais.

Je passe la main devant elle pour caresser son clitoris et c'est comme si tout son corps se crispait sur ma bite, me forçant à serrer les dents pour réprimer ma puissante envie de jouir. Pas question que ça arrive avant qu'elle m'ait totalement pris en elle.

Je ne bouge pas, enfoncé de quelques centimètres, afin de lui laisser le temps de s'habituer.

– Tu es prête pour la suite ?

– Parce qu'il y en a *encore* ?

Je n'en reviens pas qu'elle parvienne à me faire rire en un moment pareil.

– Beaucoup plus !

Je me penche sur elle, embrasse son dos couvert de chair de poule. Puis je glisse mes mains sous elle, lui titille les mamelons pour tenter de la détourner de ma bite qui déflore son anus.

Je fais rouler chaque téton entre mes doigts, puis je les pince brusquement, ce qui lui arrache un hurlement et me permet de pénétrer de deux centimètres de plus.

– Putain, chuchote-t-elle.

Jamais je ne l'ai entendue employer ce mot, et c'est furieusement sexy dans sa bouche.

– Ça te fait toujours mal ?

– C'est… Non, pas comme au début. Mais ce n'est pas encore agréable.

– Essaie, ma chérie. Détends-toi et laisse-toi aller. Je te promets que ce sera génial.

Elle grogne, et il me semble qu'elle rit.

– Me détendre… Bien sûr. Essaie de te détendre quand tu as un truc énorme enfoncé dans le cul. (Elle pousse un cri.) Oh, mon Dieu, elle vient de grossir encore !

– C'est ce qui arrive quand tu me dis des gros mots. (Je me retire légèrement, ce qui lui arrache un gémissement, puis je m'enfonce à nouveau, encore plus. Elle a à présent en elle plus de la moitié de moi et elle n'a cessé de gémir et de grogner. Je répète le va-et-vient plusieurs fois, tout en rajoutant du lubrifiant pour faciliter la pénétration.) C'est ça, ma chérie. Encore un petit peu. (Elle pousse un gémissement, puis elle hurle quand j'enfonce la base de ma bite. Ses muscles sont pris de tels spasmes que je dois me mordre la joue pour oublier mon irrésistible envie de jouir.) Tu as réussi, ma chérie. Tu m'as pris tout entier.

Je reste là, enfoncé dans son cul pendant un long et fabuleux moment, puis je commence à bouger, la baisant par petits coups en douceur destinés à rendre ça le plus agréable possible pour elle.

– C'est ça, ma chérie. J'adore quand tu es comme ça. Brûlante et bien serrée. Je n'ai jamais rien connu d'aussi bon. Ton cul est en feu, tu me rends dingue.

J'accélère la cadence dans son anus incroyablement serré jusqu'à ce que je sente les signes caractéristiques de l'orgasme imminent dans les convulsions anarchiques de ses muscles. Pas question de jouir avant elle. Je passe la main pour atteindre son clitoris dur et dressé. Je lubrifie mes doigts sur ses cuisses ruisselantes, puis je caresse son clito de l'index jusqu'à ce qu'elle hurle de jouissance et se crispe si violemment sur moi que je ne peux plus me retenir.

Je jouis dans un jet brûlant qui semble jaillir du tréfonds de mon âme. Et ça me paraît durer une heure.

Sous moi, Natalie est comme une poupée de chiffon qui ne tient que grâce à la pression de mon corps sur le sien.

Je me retire aussi lentement que je l'ai pénétrée. Avec une serviette, je nous essuie tous les deux, puis je la soulève du banc et la serre dans mes bras. Elle a les yeux fermés, le visage rouge et les lèvres encore enflées de m'avoir sucé tout à l'heure.

Je l'embrasse, sur le visage, les lèvres, le nez.

– Nat.

– Mmm.

– Ouvre les yeux.

– Peux pas.

– Essaie.

Elle les ouvre et les plonge dans les miens, et ce que j'y vois me fascine : elle rayonne, tout simplement.

– Dis-moi ce que tu ressens.

– Je me sens… Je… Tu avais raison. Quand je n'ai plus eu mal, c'est devenu incroyable. Quand est-ce que nous allons pouvoir recommencer ?

– Natalie… (Je suis abasourdi qu'elle m'accepte avec les désirs qui me gouvernent.) Ma chérie, je t'aime.

– Mmm… Moi aussi. Alors, quand est-ce qu'on peut recommencer ?

En riant, je baise ses lèvres suaves.

– Reparle-m'en demain quand tu sauras comment c'est le jour suivant.

Elle m'attire dans un autre baiser et me mord la lèvre. La vive douleur me tire de mon rêve et je me rends compte que j'ai recommencé. J'ai joui dans mon rêve alors que Natalie dormait à côté de moi sans se douter de rien.

Le rêve me revient progressivement et me torture avec ces scènes que je ne peux que vivre en songe. Je me sens trahi par mon inconscient. Il me punit de ma duplicité en me montrant des choses que je n'aurai jamais avec la femme que j'aime plus que ma vie.

Natalie se tourne vers moi, sa main atterrit sur ma poitrine, au-dessus de la flaque qui trempe mon ventre.

Je retire sa main et je me lève pour aller me nettoyer dans la salle de bains pendant qu'elle dort encore.

Je me dégoûte et j'ai terriblement peur de ne pas être capable de vivre sans ce à quoi j'ai renoncé pour elle.

♦♦♦

C'est la lumière du jour et mon portable qui me réveillent. La sonnerie d'Addie. Natalie, blottie contre moi, dort à poings fermés.

– Allô. (J'ai la voix rauque et la tête me tourne à cause de ce fichu champagne, du manque de sommeil et de ce nouveau rêve érotique où figure la femme qui est désormais mon épouse.) Qu'est-ce qu'il y a ?

– Tu sais que je ne te dérangerais jamais et surtout pas ce matin sauf si j'y étais obligée.

– Oui, je sais, c'est pour ça que tu m'inquiètes.

– Le monde entier est devenu *dingue* à la nouvelle de ton mariage. C'est le sujet numéro un *partout.*

– Partout, c'est-à-dire… ?

– Le monde entier, Flynn. Les paparazzis se sont tous précipités à Vegas. Ils sont postés dans toutes les rues. J'ai eu la sécurité au téléphone ce matin et ils se demandent comment ils vont vous évacuer aujourd'hui.

Je ne peux pas m'en empêcher. Je me mets à rire.

– Tu es *en train de rire ?* Mais qu'est-ce qui te prend ?

– C'est tellement ridicule, Addie. D'accord, je me suis marié. Qu'est-ce que ça peut faire ?

– C'est une question ?

– Oui, mais je ne te demande pas d'y répondre.

– Eh bien, je suis soulagée. C'est ta faute, tu as répété que tu ne te remarierais jamais et voilà que tu épouses quelqu'un que tu as rencontré il y a quelques semaines.

– Avoue que c'est cool, comme sujet d'article.

– C'est précisément pour ça que le monde entier s'y intéresse, surtout avec ce qui a été rendu public la concernant la semaine dernière.

– J'ai ma petite idée sur la manière de sortir d'ici. Laisse-moi passer quelques coups de fil et je te rappelle.

– J'attends.

J'appelle Gordon Yates, le patron de l'agence de sécurité avec qui tout Quantum travaille à L.A. Il décroche immédiatement.

– Voilà l'homme dont tout le monde parle.

– C'est ce qu'on m'a dit.

– J'imagine que les félicitations sont de mise.

– Merci, Gordon.

– Nous essayons de trouver le meilleur moyen de vous faire sortir d'ici. J'ai contacté la sécurité de l'hôtel et nous travaillons sur plusieurs idées.

– Pourquoi pas un hélico sur le toit ?

– Ça fait partie des solutions envisagées.

– Faisons ça. J'aimerais que Natalie sorte d'ici et retourne à L.A. avec le minimum de tralala et pas de paparazzis qui hurlent partout.

– Donnez-moi deux heures pour vous organiser ça.

– Prenez-en trois. Je me suis marié hier soir. Je tiens à réveiller mon épouse comme il convient.

– C'est noté, dit Gordon en riant. Je vous appelle dans trois heures avec les détails.

– Merci, Gordon.

Je rappelle Addie pour l'avertir du plan et lui demande de faire amener ma Ducati à l'aéroport avec deux casques.

– Je m'en occupe.

– Merci, Addie. Un de ces jours, tu auras des vacances. Promis.

– Je n'y compte pas trop, mais ce n'est pas grave. Il se trouve que j'aime mon boulot.

– Merci encore pour tout ce que tu as fait ces dernières semaines. Nous apprécions énormément, tous les deux.

– La photo d'hier soir était super. J'espère que vous avez passé une excellente journée.

– Elle était bien. Je te rappelle quand nous serons à L.A.

– Parfait.

Je repose le téléphone sur la table du salon et retourne dans la chambre, où Natalie dort toujours. Je file dans la salle de bains me brosser les dents avant de me recoucher. Elle murmure dans son sommeil et se blottit contre moi, passant son bras autour de moi comme si ça faisait des années que nous dormons ensemble, pas quelques jours.

C'est tellement naturel, entre nous, cette attirance, ce badinage, ce désir. Tout y est. Son corps est chaud et doux contre le mien et, comme de bien entendu, je ne tarde pas à y réagir. Il suffit qu'elle soit à moins de cent mètres de moi pour que j'aie envie d'elle. Et quand elle est nue dans un lit auprès de moi, je ne peux plus me retenir.

Je reste là en attendant qu'elle s'étire et lève ses grands yeux vers moi.

– Pourquoi es-tu réveillé de si bonne heure ?

– Je dois déjà m'occuper de la logistique pour nous faire sortir d'ici. Apparemment, nous sommes le sujet du jour dans le monde entier.

– Super, fait-elle avec un petit rire nerveux.

– Qu'est-ce que tu en dis d'être devenue célèbre pratiquement du jour au lendemain ?

– À peu près pareil que d'être devenue une femme mariée pratiquement du jour au lendemain. C'est très agréable.

– En effet.

– Alors qu'est-ce qui se passe le lendemain matin du jour où l'on épouse l'acteur le plus célèbre du monde ?

– Tu as plusieurs options en tant qu'épouse de l'acteur le plus célèbre du monde. A) Tu peux commander ce qui te plaît au petit déjeuner. B) Tu peux faire l'amour avec ton mari acteur célèbre et C) Tu peux faire les deux.

– C, répond-elle avec un sourire sexy et torride. Les deux.

NATALIE

Une fois que Flynn m'a exposé notre plan d'évasion, je suis curieuse et nerveuse concernant mon premier voyage en hélicoptère. Ce sera encore une première fois dans l'interminable liste depuis que je le connais. Comme je crains que Flocon panique en arrivant à l'appareil, Flynn tient fermement sa laisse tandis qu'on nous conduit jusqu'au toit de l'hôtel.

L'hélicoptère est énorme, et il va nous emmener jusqu'à Los Angeles car les deux aéroports sont assiégés par des reporters qui espèrent nous apercevoir aujourd'hui. On nous fait monter, et Flynn attache ma ceinture après m'avoir confié Flocon, qui est totalement subjuguée par ce qui lui arrive.

Puis les moteurs se mettent en route et elle devient folle, aboie et gronde. Une fois de plus, elle nous fait rire au moment où nous en avons le plus besoin.

Je la prends dans mes bras et je la caresse en espérant le calme.

– Nous avions une existence tellement ennuyeuse, ma Floconette.

Nous sommes assis tout près de Flynn, si bien que nous pouvons nous entendre par-dessus le grondement des moteurs.

– Je crois qu'elle préférait cette vie à celle que tu mènes maintenant.

– Elle s'y fera. Ce n'est pas la première fois.

– Comment tu l'as eue, après tout ce qui t'est arrivé ?

– L'inspecteur qui m'avait recueillie est allé chez mes parents la récupérer.

– Ils la lui ont donnée ?

– Il ne m'a jamais précisé et je n'ai pas posé de questions. Je me fichais de la manière dont ça s'était passé. Tout ce qui comptait, c'était qu'elle soit avec moi. Elle a toujours été ma chienne. Elle est à proprement parler la seule chose que j'ai emmenée de mon ancienne vie dans la nouvelle.

Les vêtements que je portais quand je suis partie de chez Stone et tout ce que contenait mon sac à dos ont été considérés comme des preuves.

Il secoue la tête, consterné.

– J'espère que je ne croiserai jamais le chemin de tes parents. Je ne pourrais pas être tenu responsable de mes actes.

– Tu ne les verras pas. Pendant des années, j'ai plus ou moins attendu qu'ils surgissent du néant en reconnaissant qu'ils avaient fait une grossière erreur. Au bout de deux ans, j'ai cessé d'attendre.

– Les gens sont bizarres, quand il s'agit d'argent. Maintenant que tu en as des quantités, ils s'intéresseront peut-être de nouveau à toi.

– Ce serait incroyable, non ?

– Ne perds pas ton temps à te soucier de ça. Ils ne t'approcheront pas. Du moins tant que je serai en vie.

– Qu'est-ce que tu dois penser, dis-je en posant ma tête sur son épaule, toi qui as grandi dans une famille comme la tienne, quand tu entends parler de parents comme les miens ?

– J'ai encore plus conscience de la chance que j'ai d'avoir eu Max et Estelle comme parents. Jusqu'à ce que je te rencontre, c'est ce que je considérais comme ma plus grande chance. (Il me prend le visage dans la main et me caresse la joue du pouce.) Je ne veux pas que tu passes une seconde de plus à redouter que je te déconsidère à cause du milieu dont tu viens. Je te considère comme quelqu'un de merveilleux. Il faut que tu le saches.

– Je le sais, mais merci de me l'avoir rappelé.

– Chaque fois que tu voudras que je te le rappelle, dis-le moi.

– Je n'arrête pas de penser à mes sœurs et à ce que nous avons dit à la fin de l'interview. Tu crois qu'elles essaieront d'entrer en contact avec moi ? Et si elles ne l'ont pas vue ou qu'elles n'ont pas appris la nouvelle du mariage ?

– Elles l'ont vue, elles l'ont apprise et elles appelleront. Évidemment que oui.

– Je ne peux pas espérer en vain.

– Si tu n'as pas de nouvelles d'elles, je lancerai quelqu'un sur leurs traces.

– C'est vrai ? Tu ferais ça ?

– Bien sûr. Ce qui s'est passé entre toi et tes parents n'a rien à voir avec elles. Nous les retrouverons et nous réglerons tout. Tu veux retrouver tes sœurs, tu les retrouveras. Nom d'un chien.

Je lui souris. Je l'aime de m'aimer si farouchement.

Notre premier matin de mari et femme a été aussi délicieux et tendre que notre première nuit. Comme la veille, il s'est donné énormément de mal pour ne rien faire qui risque de déclencher un flash-back. Il s'est conduit en parfait gentleman à tous égards.

Malgré la conclusion satisfaisante pour nous deux, je suis restée sur ma faim.

L'ayant vu déchaîné et emporté par la passion que nous faisons naître entre nous, je suis triste de savoir qu'il va désormais se retenir chaque fois qu'il me touchera.

Je pense au psychothérapeute qui a été si utile pour me remettre en selle après mon agression. Je l'ai vu pendant deux ans trois fois par semaine avant de changer de nom et de partir pour l'université. Je ne lui ai pas reparlé depuis, mais je suis tentée de l'appeler pour qu'il m'aide à négocier cette nouvelle relation avec Flynn.

Dès que j'en aurai l'occasion, je le recontacterai. J'ai besoin qu'on m'aide pour être l'épouse que Flynn mérite et dont il a besoin.

Nous arrivons à L.A. sans encombre. Nous atterrissons dans une zone sécurisée de l'aéroport, et après avoir confié Flocon aux gardes du corps, nous partons sur la moto de Flynn, méconnaissables sous les casques intégraux. Tandis que nous fonçons sur l'autoroute, je commence à comprendre pourquoi il se sent si libre quand il conduit, et plus encore à moto. Collée contre lui, cramponnée à l'homme que j'aime, je réussis à me débarrasser de tout un tas de soucis qui m'ont occupé l'esprit ces derniers jours. C'est difficile de penser à autre chose quand on est sur la « 405 », comme on dit ici, collée contre la plus grande star de cinéma du monde qui se trouve être votre sublime mari.

Ma vie d'aujourd'hui ne ressemble absolument pas à l'existence discrète que je menais il y a deux semaines, mais si je devais recommencer, je ne changerais pas un iota. Je suis déjà repartie de zéro et j'ai survécu. Cette fois, je ne suis pas seule. Cette fois, je bénéficie de l'amour de l'homme le plus exceptionnel qui me tient la main et me guide dans ce territoire inconnu.

Comme la maison de Flynn à Hollywood Hills est assiégée par la presse, nous retournons à celle d'Hayden à Malibu. Nous passons un après-midi détendu au bord de la piscine avec Flocon. Ce soir, nous dînerons de grillades et d'une bouteille de chardonnay avant de nous installer pour regarder la diffusion de l'interview avec Carolyn.

Elle a tourné une nouvelle intro où figure la photo que nous avons diffusée hier soir avec la nouvelle de notre mariage.

« L'Internet s'est littéralement enflammé aujourd'hui avec cette nouvelle : le célibataire le plus convoité du monde n'est désormais officiellement plus disponible depuis hier soir. Le mariage de Flynn Godfrey et Natalie Bryant à Las

Vegas a déclenché une tempête sur Twitter hier soir quand son attachée de presse a annoncé la nouvelle avec une seule phrase accompagnée d'une photo. J'ai eu l'honneur insigne et le privilège de bavarder avec Flynn et la remarquable femme qui est désormais son épouse. Après avoir entendu son histoire, je pense que vous verrez pourquoi Flynn a changé d'avis concernant le remariage. »

Flynn me tient la main et Flocon est pelotonnée à son endroit préféré sur mes genoux tandis que je me regarde, incrédule. Est-ce vraiment moi à la télévision sur une chaîne nationale, interviewée par rien moins que Carolyn Justice ?

– Tu as beaucoup d'allure, ma chérie, dit-il. Tout le pays va être amoureux de toi, après ça.

J'ai un rire nerveux :

– Je ne sais pas trop si je dois m'en réjouir !

– Tu sais, l'avantage, c'est que tu peux faire et être ce que tu veux. Les portes vont s'ouvrir devant toi, tu n'imagines même pas.

– Je ne sais pas trop ce que je dois en penser non plus.

– Tu n'as pas à décider tout de suite. Le mot « non » va devenir ton meilleur ami. Tu diras oui aux choses qui t'intéressent et non à celles qui ne t'intéressent pas. Tu pourras tirer avantage de cette célébrité toute neuve pour promouvoir la fondation. Je suis sûr que mon équipe dirigeante va recevoir une avalanche de coups de fil te concernant.

– Ah bon, c'est vrai ?

– Oui. Mais ne t'inquiète pas pour ça. Ils filtreront et ne te présenteront que ce qui est le plus intéressant.

– J'ai du mal à imaginer tout ça.

– Je ne t'en ai pas parlé pour te stresser. Juste pour que tu sois au courant de ce qui t'attend.

– J'ai signé pour être avec toi, pas pour faire partie de ta carrière.

– Tu n'es pas obligée d'en faire partie. Comme je te l'ai dit, tu choisis ce qui te plaît et tu as même le pouvoir de dire non à tout.

– Il n'y a pas deux semaines, j'étais institutrice à New York, et maintenant me voilà mariée avec toi et j'apprends que je vais peut-être être la prochaine coqueluche de Hollywood. Ça fait beaucoup à encaisser d'un seul coup.

– Tu n'es pas obligée de tout absorber d'un seul coup. Du moment que tu m'absorbes, *moi,* de temps en temps.

En riant, je lui donne un coup de coude dans les côtes.

Quand l'interview se termine, le téléphone de Flynn se met à sonner. Il prend l'appel de ses parents et les met sur haut-parleur pour que je puisse entendre aussi.

– Vous avez été brillants, dit Max. Juste comme il fallait.

– Tout le monde à Hollywood va vouloir faire sa connaissance, ajoute Stella.

– Je viens de le lui dire. Elle ne sait pas trop quoi en penser.

– Ne vous inquiétez pas pour ça, ma chérie, dit Stella. Vous êtes entourée de gens qui peuvent gérer toutes ces sottises à votre place.

– Je le lui ai dit aussi.

– Nous ne voulons pas déranger les nouveaux mariés, dit Max, mais nous voulions simplement vous dire que nous avons adoré l'interview. Vous avez été parfaite, Natalie. Comme si vous aviez fait cela toute votre vie.

– C'est ce qui me fait peur, dis-je. (Ça les fait rire.) Merci de votre coup de fil. Je suis vraiment content que vous ayez trouvé que c'était bien.

– Mieux que bien, dit Stella. Il faut juste que je précise… Après avoir entendu votre histoire, Natalie, je suis très fière de vous connaître et de vous accueillir dans notre famille. Notre fils n'aurait pas pu choisir une femme plus digne de passer sa vie avec lui.

Je suis tellement touchée par ces gentillesses que je reste le bec cloué.

– Elle essaie de ne pas pleurer, là, Maman.

– Merci pour ce compliment, Stella. C'est très gentil à vous.

– Nous allons vous laisser, dit Max.

– Merci de votre appel.

– On vous embrasse, dit Stella.

– Nous aussi. (Il coupe et repose le téléphone sur la table basse. Qui recommence immédiatement à sonner.) Tu veux entendre ce que tes adorateurs ont à te dire.

– Demain, ce sera bien assez tôt.

– Tu veux savoir ce que les gens disent de l'interview ?

– Pas trop. Tu veux savoir ce qu'ils disent, toi ?

– Pas trop, dit-il en souriant. Qu'est-ce que tu veux faire ?

– J'aimerais faire un câlin avec mon mari adoré.

– Il va falloir que tu déplaces ton fauve, si tu veux faire ça.

Je me lève lentement et dépose précautionneusement Flocon sur une couverture à l'autre bout du canapé. En dehors d'un grognement irrité, elle se remet à ronfler. Je vois bien que Flynn est surpris quand je reviens m'installer à califourchon sur ses genoux.

– Eh bien, eh bien, qu'est-ce que c'est que ça ?

– C'est ton épouse, qui t'aime à la folie, qui ne veut pas que tu aies peur de la toucher, de lui faire l'amour comme tu le désires. Elle ne veut pas que tu te retiennes ou que tu la traites comme si elle était en sucre.

– Nat…

– Je sais que ce qui s'est passé hier soir t'a troublé bien plus que tu ne veux l'avouer. Moi aussi, mais nous nous en sortirons. C'est voué à se reproduire, peut-être même plus d'une fois, et nous nous en sortirons. Mais je ne supporte pas de te voir essayer de te maîtriser parce que tu redoutes de m'effrayer ou de faire un geste maladroit.

– Je crains de te faire peur. Je ne veux plus jamais te voir effrayée comme tu l'as été, surtout si c'est à cause de la manière dont je te touche.

– Tu t'es laissé emporter et tu ne pensais pas à ce que tu ne *devais pas faire*, et ce n'est pas un drame. Il faut que tu saches…

– Quoi ? demande-t-il dans un souffle.

– J'ai adoré ce que nous faisions et la manière dont ça se passait avant que ça déraille. Je t'ai adoré comme tu étais, j'étais heureuse de savoir que je te rendais fou.

– Tu me rends vraiment dingue. J'ai peur de te perdre si je te montre ne serait-ce qu'une fraction de la folie que tu provoques en moi.

Je secoue la tête.

– Ce serait insupportable pour moi si je savais que tu penses à ce qui est arrivé hier chaque fois que tu t'approches de moi.

Je prends son visage entre mes mains et je l'embrasse, forçant de ma langue ses lèvres à s'ouvrir.

Avec un grognement, il s'empare de mes fesses et m'attire contre sa queue raide. Nous nous embrassons longuement, langues entremêlées dans une danse sensuelle qui attise mon désir. C'est toujours ainsi avec lui. Il m'embrasse et je suis perdue. Il me touche et j'en redemande. Il me regarde et je vois tout ce qu'il éprouve pour moi.

Ses bras m'enlacent et il me couche sur le canapé.

– Ça va ?

J'acquiesce et je l'attire contre moi pour sentir tout son corps, ses mains qui me touchent, ses lèvres qui m'embrassent. Je veux tout ça.

– Ne crains rien, Flynn. Je t'en prie, n'aie pas peur de moi.

– Jamais je ne pourrais avoir peur de toi. Tu te rappelles le mot de sécurité ?

– Oui.

– Et tu l'utiliseras si nécessaire ?

– Je te le promets.

Il m'enlève mon chemisier et me déshabille avec un empressement qui me donne espoir. Nos vêtements s'envolent et une autre petite culotte est déchirée dans la hâte.

– Je t'en achèterai d'autres. Des centaines.

Je suis en fait soulagée que la culotte soit de nouveau fichue. Je prends ça comme le signe que nous avons passé la première étape de ce que j'espère être une longue route ensemble.

Il enfile un préservatif, puis il me prend, violemment, rapidement, en guettant tout signe d'inconfort sur mon visage. Il est plus brutal que la nuit dernière et ce matin, et même s'il n'est pas aussi déchaîné que lorsque j'ai paniqué, je tiens le choc.

Je le reçois en moi tel qu'il le désire.

Il glisse ses mains sous moi, me soulève et m'installe sur lui, empalée sur son énorme sexe qui me dilate au point de me sentir presque mal.

– C'est comment ? demande-t-il.

– Énorme. Brûlant. Serré.

Je gémis quand ces trois mots le font bander de plus belle.

– J'adore quand tu dis des obscénités, ma chérie. Continue.

– Je ne peux pas.

– Mais si, tu peux. Parle-moi, je veux t'entendre me le dire. Dis-moi ce que tu ressens.

– Je suis tellement dilatée que ça fait presque mal.

– *Presque ?*

– Presque, mais pas totalement. Le soupçon de douleur fait partie du plaisir. (Je pousse un cri quand il enfle encore.) Pas question que je dise un mot de plus si c'est le résultat à chaque fois.

– Je n'y peux rien, ma chérie. C'est l'effet que tu as sur moi.

– Il n'y a plus de place, elle ne peut pas continuer à enfler. (Pourtant, c'est le cas, et je n'en reviens pas, mais il *rit*. Il rit vraiment.) Ça suffit. J'en ai assez.

Il me retient dans ses bras puissants.

– Jamais tu n'en auras assez. Je mourrais sans toi. (Il enfouit son visage dans mon cou et s'enfonce encore un peu en moi.) Accroche-toi.

– Pour quoi ?

– Ça.

Il me saisit par les hanches et nous retourne pour être sur moi.

– Bien vu.

– Tu as aimé ?

– J'aime tout.

Ma réponse a l'air de l'enflammer et il se déchaîne. Toujours agrippé à mes hanches, il me pilonne sans relâche, jusqu'à ce que je hurle du plaisir qui me consume.

– Voilà, ma chérie. Bon Dieu, ce que c'est bon. Tellement bon. (Il continue sur le même rythme jusqu'à ce qu'il jouisse lui aussi dans un râle en m'inondant d'un flot brûlant. Il ouvre les yeux, me scrute et cherche à voir si tout va bien.) Ça va ?

– Tout à fait. Et toi ?

– Jamais je ne me suis senti aussi bien. (Toujours enfoui en moi, il colle ses lèvres aux miennes et plonge son regard dans le mien.) Je n'en reviens pas que nous puissions faire ça n'importe quand jusqu'à la fin de nos jours.

– Pas n'importe quand.

Il m'embrasse à nouveau.

– N'importe. Quand. (Un autre baiser.) Quand. Ça. Nous. Chante.

– Oui, mon chéri.

– Voilà, c'est ça.

Je me serre contre lui, le cœur débordant d'amour pour l'homme qui est désormais mon mari.

14
Natalie

Il est presque midi quand je me traîne dans la douche le lendemain. Je suis en train de me rincer les cheveux quand Flynn entre dans la salle de bains, son téléphone à la main, un grand sourire aux lèvres.

– Natalie, dépêche-toi.

Je manque finir avec du conditionneur dans les yeux avant de pouvoir sortir.

– Qu'est-ce qu'il y a ?

Il me tend une serviette et le téléphone.

– C'est Candace.

Je me fige. Je suis incapable de faire autre chose que le fixer, paralysée.

Il me sèche et m'aide à enfiler un peignoir avant de me m'emmener dans la chambre et de s'asseoir sur le lit avec moi en me faisant signe de répondre au téléphone.

– A… allô ?

– April.

La voix est plus mûre, mais c'est elle. Ma petite sœur. Je fonds immédiatement en larmes.

– Candace.

– C'est vraiment toi ?

– Oui, c'est moi.

Flynn passe le bras sur mon épaule et je m'appuie contre lui.

– Et tu es vraiment mariée à *Flynn Godfrey ?*

Je ris en l'entendant piailler et sangloter en même temps.

Flynn glousse et m'embrasse sur le front.

– Il me semble bien que oui. Dis-moi tout. Où es-tu ? Où est Livvy ? Vous m'avez tellement manqué.

– Nous ne savions pas du tout où tu étais. Nous t'avons cherchée pendant des années.

– J'ai été obligée de disparaître pour pouvoir mener une vie normale.

– Et ça se passe bien ?

Je ris tout en luttant contre mes larmes.

– Tout se passait bien jusqu'à ce que je sois détournée du droit chemin par une star de cinéma sexy qui a bouleversé du mieux qu'il a pu ma vie bien ordonnée.

– Je t'ai vue hier soir chez Carolyn Justice. Tu as changé, mais je t'ai reconnue. Liv a appelé et elle hurlait parce que tu avais dit que tu voulais de nos nouvelles. Je mourais d'impatience qu'il soit 9 heures pour pouvoir appeler les bureaux de Flynn… Oh, April, c'est vraiment toi ?

– C'est moi, je suis là et je suis si heureuse d'entendre ta voix, dis-je en m'essuyant les yeux d'un revers de manche. Parle-moi de toi. Où tu es ?

– Je suis en deuxième année à l'université du Colorado, en économie. Liv est en dernière année au lycée. Elle habite à Omaha avec Maman, à présent.

– Attends, quoi ? Elle habite avec *Maman ?* Où est Papa ?

– Je ne sais pas très bien. Ils se sont séparés un an après le procès. On ne le voit plus.

– Waouh… Bon sang. Maman l'a vraiment quitté ?

– Oui. Nous n'en revenions pas non plus, mais c'est nettement mieux maintenant, April. Elle est tellement différente, maintenant qu'il n'est plus là à lui dire constamment ce qu'elle doit faire.

La nouvelle me laisse sans voix. Jamais je n'aurais imaginé qu'elle puisse le quitter.

– Il ne faut pas que je t'appelle comme ça ? Tu n'es plus April.

– Non, j'ai changé de nom, mais tu peux m'appeler comme tu veux. Je suis simplement si heureuse d'entendre ta voix. Tu n'imagines pas à quel point.

– Je crois que je sais, dit-elle en riant. Ce que tu as dit… dans l'interview, que tu étais allée voir la police à cause de nous… de Liv et moi, je n'en suis pas revenue. Ce que tu as fait… Ce que tu as sacrifié pour nous…

– Je le referais sans hésiter. C'était un prédateur, Candace. Il ne se serait pas arrêté à moi.

– Nous avons compris beaucoup de choses au cours de la semaine dernière. Je suis désolée que ça ait été à tes dépens. Tu as subi tellement d'épreuves.

– Oui, mais je suis heureuse, à présent. Follement heureuse avec Flynn et cette extraordinaire nouvelle vie que je mène avec lui.

– On peut te voir ? On a tellement envie. Et puis on aimerait *vraiment* faire la connaissance de notre nouveau beau-frère, ajoute-t-elle en riant.

– Dis-lui qu'on va arranger ça, dit Flynn.

– Flynn me dit de te donner mon numéro. (D'ailleurs je ne t'aurais pas laissée filer sans le faire.) Il va tout arranger avec son extraordinaire assistante, Addie, qui est une magicienne.

– Je n'en reviens pas de te parler. On avait tellement peur de ne plus jamais te revoir.

– Je craignais la même chose. On va organiser quelque chose pour pouvoir se retrouver rapidement.

– J'ai hâte.

– Et moi donc. Je n'ai jamais arrêté de vous aimer toutes les deux.

– Nous aussi. On parlait de toi tout le temps.

– Je suis heureuse de savoir que tu ne m'as ni oubliée ni haïe. J'avais peur de ce qu'on avait pu vous raconter.

– Papa a essayé, mais on a refusé de le croire. On te connaissait et on connaissait Oren. C'est toi qu'on a crue. Il m'a toujours fichu la trouille.

– Eh bien, tu étais plus intelligente que moi, dans ce cas, parce que je ne l'aurais jamais cru capable de ce qu'il m'a fait.

– Je ne veux pas raccrocher. Tu ne vas pas disparaître à nouveau, rassure-moi !

– Je crois être facile à trouver après les événements des derniers jours.

Nous échangeons nos numéros de téléphone avant de raccrocher à contrecœur, en nous promettant de nous rappeler rapidement et de nous envoyer des textos tous les jours. Et après ça, Flynn me prend dans ses bras pendant que je pleure des larmes de bonheur.

– Je suis tellement heureux pour vous toutes, ma chérie. Nous les ferons venir dès que possible.

– Je n'en reviens pas d'avoir parlé à Candace. J'ai souvent imaginé ce que ce serait de les revoir, mais j'ai toujours eu peur de les recontacter parce que je ne savais pas si on les avait montées contre moi. Ça m'aurait tuée de les retrouver et d'apprendre qu'elles me haïssaient.

– Elle avait l'air tout aussi heureuse que toi de te parler.

– Je sais ! Je te remercie.

– De quoi ? Je n'ai rien fait.

– Mais si. Tu m'as entraînée dans ta vie, tu t'es obstiné, et maintenant j'ai de nouveau mes sœurs.

– Je suis navré de devoir te faire remarquer que tu omets une partie assez traumatisante de cette histoire.

– Tu ne vois donc pas ? Ça valait la peine, parce que non seulement je t'ai, toi, mais je les ai retrouvées aussi.

– Tu es tellement belle quand tu es heureuse, dit-il en souriant.

– Alors je dois être la plus belle femme du monde en cet instant.

– Ce n'est pas moi qui vais dire le contraire.

♦♦♦

Nous passons deux jours absolument merveilleux durant lesquels nous ne voyons personne d'autre que nous-mêmes et les gardes du corps qui ne sont jamais loin, mais qui se font très discrets. J'échange constamment des textos avec ma sœur, et finalement, je parviens à parler avec Olivia lorsqu'elle trouve la possibilité de m'appeler quand ma mère n'est pas dans les parages. En effet, nous ne sommes pas prêtes à lui annoncer que nous avons repris contact. Comme mes deux sœurs sont très occupées par leurs études, nous essayons de trouver un moment pour nous retrouver au cours des prochaines semaines.

Tous les jours, Flynn m'emmène prendre mes leçons de conduite. D'après lui, c'est une excellente occasion de me faire visiter la Californie du Sud. Un jour, nous montons vers Santa Barbara. Un autre, nous descendons le Pacific Coast Highway, de Long Beach presque jusqu'à San Diego. Nous trouvons des endroits retirés pour nous arrêter et déjeuner, et les gardes du corps qui nous suivent veillent à notre sécurité et notre intimité.

En dehors de quelques serveurs et serveuses qui restent sans voix et pour qui Flynn signe des autographes et pose pour des photos, nous n'avons aucun problème. Et à mesure que je prends de l'assurance, je m'aperçois que *j'adore* conduire.

Le jeudi soir, Flynn organise un petit tour à Disneyland, à Anaheim. Nous avons l'endroit rien que pour nous, une fois passée l'heure de fermeture au public. Nous essayons chaque attraction, certaines deux fois, et nous nous amusons follement. Comme c'est ma première visite dans un parc Disney, j'ai l'impression d'être retombée en enfance, et Flynn, qui y est déjà venu maintes fois, me dit que c'est comme la première fois pour lui aussi, parce qu'il y est avec moi.

Nous visitons Palm Springs et le Palm Desert, San Bernardino et Big Bear. Une ville après l'autre, je tombe amoureuse de la Californie du Sud. Je ne suis même pas dérangée par les secousses d'un petit séisme qui ébranle la maison le vendredi matin. Flynn me dit que ça fait partie du quotidien en Californie et qu'il n'y a pas de quoi avoir peur, du moment que l'on sait quoi faire.

Il prend le temps de m'apprendre tout le nécessaire pour survivre à un grave tremblement de terre, et nous n'en reparlons plus, ce qui me va très bien.

Nous passons des heures – en voiture, dans le lit, sur le canapé, au bord de la piscine – à discuter de nos projets pour la fondation, échanger des idées et faire des listes.

Avec ses nombreux contacts, il ne s'inquiète pas de pouvoir collecter l'argent nécessaire à la mise sur pied et au fonctionnement de la fondation. Il se soucie bien davantage de faire parvenir l'argent à ceux qui en ont besoin, sous la forme de programmes qui changeront vraiment leur quotidien. C'est de ce côté-là qu'il faut vraiment réfléchir.

Je suis enthousiasmée de faire partie d'un projet aussi important. Il remplit le vide laissé par la perte de mon travail et donne un sens à mon existence. Nous parlons des objectifs de la fondation, et Flynn me dit qu'il ne sera heureux que lorsque chaque enfant américain aura trois repas nourrissants par jour. Pour nous, c'est l'objectif minimum. Nous sommes tout à fait d'accord sur ce point.

Quand nous ne nous promenons pas en Californie du Sud ou ne discutons pas de la fondation, nous faisons l'amour – au lit, sur le canapé, dans la piscine, dans la douche et une fois par terre dans la cuisine. Nous ne sommes jamais rassasiés l'un de l'autre et je redoute le jour où il va devoir retourner au travail. Ce petit cocon dans lequel nous vivons ne peut durer éternellement, mais je suis déterminée à en savourer chaque seconde aussi longtemps que je peux.

Le dimanche soir, nous prenons une limousine pour nous rendre en ville aux Screen Actors Guild Awards au Shrine Auditorium. Avant ça, Flynn m'a expliqué que ces récompenses sont particulières car elles sont décernées par des gens de la profession, ce qui fait toute leur importance. Celle de la catégorie « acteur » est très convoitée. Contrairement au Golden Globe qu'il a remporté dans cette catégorie pour la première fois il y a deux semaines, il en a déjà décroché deux jusqu'ici.

Étant donné qu'il est superstitieux, il refuse d'admettre qu'il veut la gagner pour sa performance dans *Camouflage*, mais je sais qu'il est tout excité de voir ce rôle reconnu par la profession. Il a mis toute son âme et son cœur dans le personnage d'un officier des Forces Spéciales qui doit se battre pour retrouver une vie après avoir été grièvement blessé en Afghanistan.

– Tu es absolument radieuse, ce soir, Nat.

Eu égard à mon statut de jeune mariée, j'ai choisi une robe blanche pour la soirée. Flynn me dit que porter du blanc est un peu comme dire d'aller se faire foutre aux médias qui n'en peuvent toujours plus que nous soyons mariés. Mon époux a une manière bien à lui de formuler les choses.

La robe, très sexy, met en valeur le bronzage acquis au bord de la piscine. Elle est parfaite avec les bijoux qu'il m'a offerts pour les Globes. Je lui ai dit de ne rien m'acheter de nouveau pour les SAGs. Je suis parfaitement heureuse de ce que je possède déjà.

J'apprécie sa constante générosité, mais je n'ai pas besoin d'être couverte de cadeaux hors de prix pour être heureuse.

Sur le trajet, il ouvre une bouteille de champagne. J'en fais autant avec un flacon d'Ibuprofène. Nous prenons chacun deux cachets en prévision des atroces migraines du lendemain que cause le champagne, car nous avons envie de nous faire plaisir ce soir.

Une fois que nous sommes tous les deux servis, il passe le bras sur mon épaule et m'attire contre lui.

– Oh, bon sang, mais qu'est-ce que c'est que ça ? fait-il en sortant un écrin en velours de sa poche. D'où ça sort ?

– Qu'est-ce que c'est ?

– Je ne sais pas. Tu devrais l'ouvrir, on saura.

– Je ne l'ouvrirai pas, parce que je t'ai dit de ne rien m'acheter.

– Ah bon ? Je ne me rappelle pas t'avoir entendue dire ça.

Je le regarde, incrédule.

– Sûrement que tu t'en souviens, car je l'ai dit il y a *deux* jours.

– Ça ne me dit rien du tout.

– Pas étonnant que tu sois nominé pour toutes ces récompenses. Tu es vraiment doué pour jouer la comédie.

– Merci, ma chérie. Maintenant, si tu me faisais plaisir pour ma grande soirée et que tu ouvrais ça?

– Si je l'ouvre, je vais aimer. Si j'aime, je vais t'encourager à recommencer quand je te dirai que je ne veux pas que tu me fasses de cadeaux.

– Mmm, fait-il en grattant son menton mal rasé. Je vois ton dilemme. D'un côté, tu brûles de curiosité parce que tu veux vraiment, *vraiment* savoir ce qu'il y a là dedans. Mais si tu le fais, il y a des chances que tu crées un précédent pour toute la durée de notre mariage. C'est vrai, tu *imagines*, si je me mets en tête de te faire un nouveau cadeau pour chaque soirée à laquelle nous assistons ensemble ? Avec le nombre de fêtes qu'il y a à Hollywood, il va te falloir une pièce entière rien que pour tes bijoux. C'est vraiment un dilemme.

– Tu te moques de moi.

– Pas du tout ! Je résume simplement la situation et l'impasse dans laquelle nous nous trouvons.

Il est sexy de la tête aux pieds dans son nouveau smoking, cette fois griffé Armani. Il me taquine, le regard pétillant, tout en essayant de me convaincre. Il a absolument raison sur un point : si j'accepte le cadeau, ce sera un précédent et ça m'embête.

– Ouvre-le.

– Non.

– Si.

– Non.

– Je peux l'ouvrir pour toi et si tu n'aimes pas, tu ne seras pas obligée de le garder.

– Qu'est-ce que c'est que ces sottises ? Évidemment que ça va me plaire !

– Jamais tu ne dis des gros mots ?

Je colle mon nez devant le sien et je répète :

– Qu'est-ce que c'est que ces *conneries ?*

Il profite de cette proximité pour m'embrasser.

– Je t'aime, Mme Godfrey, et j'adore choisir des petites choses scintillantes en espérant qu'elles te plairont. Étant donné que tu me vexeras si tu m'obliges à le rapporter, je pense que tu vas devoir l'ouvrir pour que je ne souffre pas.

– Oh, mon Dieu, tu vas vraiment jouer la carte de l'amour-propre blessé ?

– Je crois que je viens de le faire, oui.

Je lui prends l'écrin et l'ouvre. C'est tout juste si je ne suis pas aveuglée en voyant l'éclat des diamants qui reposent sur le velours bleu.

– Flynn… Quoi ? Je veux dire…

Je soupire. Je ne suis pas de taille à lutter avec lui. J'ai perdu cette bataille avant même qu'elle ait commencé.

Il me prend mon verre et le pose avec le sien dans leurs supports afin de pouvoir sortir l'éblouissant bracelet de son écrin et le passer à mon poignet.

– Voilà. Maintenant, je suis heureux.

– Il est splendide, mais…

Il me fait taire d'un doigt posé sur mes lèvres.

– Pas de mais. Tu es mon épouse, et selon la loi, ça me donne le droit de t'acheter ce qui me plaît quand je veux.

– Selon la loi ?

– Mmm… mmm. Et selon la loi, tu dois accepter ce que je t'achète, quoi que ce soit.

– Quelle loi raconte ça?

– Il faut que je te cite l'article exact ?

– Ce serait bien, oui.

– Je demanderai à Emmett de te le communiquer.

– Fais donc. (Je regarde de nouveau le bracelet.) C'est trop, Flynn. Je suis gênée d'être gâtée comme ça.

– Tu t'y habitueras avec le temps.

– Non, je ne crois pas que je pourrai.

– Tiens, j'ai l'impression d'avoir soulevé un lièvre, là.

Il me faut un moment pour me ressaisir et avaler les émotions qui me nouent la gorge.

– Tu es si incroyablement généreux. Je n'ai jamais connu personne d'aussi altruiste que toi. Je ne veux pas que tu penses que je n'apprécie pas ta sollicitude et ta générosité, au contraire, j'y suis très sensible.

– Mais ?

– Mais ça me met mal à l'aise d'être inondée de cadeaux comme ces diamants alors que je n'ai même pas les moyens de t'inviter à dîner en ce moment.

Un coup d'œil à mon relevé de banque ce matin m'a démoralisée. Il m'a dit que je serais salariée de la fondation, mais ça n'a pas encore commencé.

– Eh bien, je ne sais même pas comment répondre à ça. Tu es *ma femme*, Natalie. En d'autres termes, tout ce que je possède est à toi aussi. Tu peux m'acheter ce qui te chante. Tu peux t'acheter ce qui te plaît ou ce dont tu as besoin. Demain, nous allons te donner accès aux comptes. J'aurais dû le faire plus tôt et je suis désolé de ne pas y avoir pensé jusqu'à maintenant.

– Je ne te demande pas de faire ça.

– Je sais bien que non. Mais moi, je te dis que c'est ce que je vais faire.

Je ne sais pas trop si j'apprécie qu'on décide pour moi. Je préfère ne pas insister pour le moment afin que nous puissions savourer cette soirée spéciale, mais le sujet est loin d'être clos.

15
Flynn

Ma délicieuse et ravissante épouse se soucie de questions d'*argent ?* Ça me rend dingue de l'entendre dire qu'elle ne peut pas m'inviter à dîner. Elle ne se rend pas compte de ce que son mariage lui apporte et des ressources qui sont désormais les siennes – et c'est entièrement ma faute. Pourquoi n'y ai-je pas songé plus tôt ? Évidemment que l'argent la tracasse. Elle a perdu son travail à cause de moi, nom d'un chien.

J'ai l'impression que j'apprends tout à mes dépens, avec elle. Et une fois de plus, je m'en veux de ne pas avoir anticipé ses inquiétudes. Elle se tait, ce qui veut dire qu'elle est fâchée. Ma Natalie est une battante, et elle ne baisse pas les bras. Le silence, avec elle, n'est pas d'or.

– Nat. (Elle me regarde.) Je ne voulais pas le dire ainsi. Il faut que tu comprennes d'où je viens. Avoir ce que j'ai et entendre ensuite ma femme me dire que les questions d'argent la tracassent… ça m'a touché là, dis-je en portant la main à mon cœur.

– Ce n'est pas que l'argent me tracasse. C'est juste que je n'en ai pas parce que je ne suis plus payée.

– Tu vas bientôt toucher ton salaire de la fondation, et tu es loin de manquer d'argent, ma chérie. Nous sommes mariés à présent. Tes soucis sont mes soucis. Si tu as des factures à régler ou des choses dont il faut s'occuper, il suffit de me le dire et tout sera réglé.

– Je ne veux pas profiter de toi.

– Je suis ton *mari*. C'est mon rôle de m'occuper de toi.

– Nous ne sommes pas à l'âge de pierre, Flynn. J'ai toujours été indépendante et financièrement autonome. Je ne sais pas vivre autrement.

– Je comprends et je le respecte. C'est extrêmement rafraîchissant d'être avec une femme qui veut gagner sa vie elle-même. Je ne t'empêcherai jamais de suivre tes rêves. Tes désirs sont les miens. Mais plus jamais, absolument plus jamais, tu ne dois te soucier de questions d'argent. C'est d'accord ?

– Je suppose que je vais finir par m'habituer à mon changement de situation, mais ça ne se fera pas du jour au lendemain. J'apprécie que tu veuilles t'occuper de moi, mais il faut que tu comprennes que ça ne consiste pas à m'acheter des diamants à chaque occasion. Verse cet argent dans la fondation, je serais bien plus heureuse.

– Je comprends. Je t'assure que je comprends, mais il faut me laisser te gâter un petit peu.

– J'ai le sentiment que ta notion du « petit peu » et la mienne sont très éloignées.

J'enfouis mon visage dans son cou en m'attardant à chaque endroit qui lui arrache un soupir.

– On trouvera un terrain d'entente. Tôt ou tard.

– En attendant, plus de diamants.

– Plus de diamants. À présent, concernant ton prêt étudiant…

– Flynn!

En riant, je la serre contre moi et je l'embrasse pour faire taire son indignation.

– Tu as ruiné mon rouge.

– Je t'en achèterai d'autres.

– Tu es incorrigible.

– J'adore mon épouse.

– Elle t'adore aussi, même si tu es incorrigible.

– Je ne me suis jamais autant amusé avec personne qu'avec toi. Même quand on se chamaille. Surtout, en fait.

– J'ai hâte de découvrir sur toi quelque chose qui me déplaira. (Ses paroles me transpercent le cœur. Mon Dieu… Il ne faut pas qu'elle connaisse un jour cette partie de moi qu'elle ne pourrait pas comprendre et détesterait à coup sûr).. Mais pour l'instant, tout me plaît.

– Pareil pour moi, ma chérie, même si je n'attends pas de trouver quelque chose que je n'aimerai pas. Je sais qu'il n'y a rien à découvrir de cet ordre.

Quand nous arrivons peu après au Shrine Auditorium, mon angoisse monte d'un cran. Nos gardes du corps se sont concertés avec la sécurité de la soirée pour assurer qu'il n'y aura aucun problème pour nous faire entrer. Mais après le coup de couteau qu'on m'a décoché sur un tapis rouge lors d'une soirée l'an dernier à Londres, les apparitions publiques ne sont plus un plaisir comme avant. Les gens sont cinglés, et je m'attends à ce que la folie soit mille fois pire que d'habitude étant donné que c'est notre première apparition publique depuis notre mariage. La perspective d'exposer Natalie à ce genre de folie me met extrêmement mal à l'aise.

On nous dit d'attendre dans la voiture que la sécurité vienne nous chercher. Natalie me prend la main.

– Tu es à cran.

– Ces trucs me rendent dingue depuis ce qui m'est arrivé à Londres. Surtout maintenant que nous leur avons offert l'histoire de l'année en nous mariant.

– Ce soir, ce sera le cirque, et après ça, ils seront habitués et nous ne serons rien de plus qu'un couple marié comme les autres.

– C'est ça, dis-je en riant. Je ne sais pas pourquoi, mais je pense qu'il faudra attendre longtemps. Comme ça va être la folie, cramponne-toi à moi, souris et fais des signes si tu veux, mais ne me lâche pas. D'accord ?

– Je ne te lâcherai jamais.

– Promis ?

Elle pose la tête sur mon épaule.

– Je crois que j'ai déjà fait cette promesse à Vegas.

Elle m'apaise et me calme avec sa douceur. Savoir que je vais rentrer avec elle – ce soir comme tous les autres – soulage mon angoisse.

La portière s'ouvre et le cirque commence. Je sors le premier, provoquant une clameur dans la foule rassemblée pour assister au défilé des stars sur le tapis rouge. Lorsque je tends la main pour aider Natalie à descendre, la clameur monte d'un cran, puis la foule se déchaîne littéralement en voyant ma splendide épouse.

Elle me jette un coup d'œil inquiet, puis elle paraît se ressaisir et sourit largement en me prenant le bras et en s'y cramponnant.

On crie nos prénoms et les flashes nous aveuglent littéralement. Le tapis rouge s'étend devant nous et nous avançons, suivis des gardes du corps qui restent à distance pour ne pas nous cacher de l'assistance. Ça m'ennuierait. La frontière est mince entre être en sécurité et être distant. J'ai toujours été très proche de mes fans et je n'oublierai jamais que ce sont eux qui ont fait de moi une star.

Mais un coup de couteau dans les côtes lors d'une soirée a tendance à modifier votre point de vue sur les foules, les fans et la célébrité. Je mets un peu plus de distance qu'auparavant, et même si ça me chagrine de le faire, je ne risquerai pas ma sécurité et je n'exposerai certainement pas Natalie au danger.

Elle m'imite et sourit en faisant des signes comme une pro. Les gens l'appellent et lui disent qu'ils l'adorent. Je suis fasciné par ces démonstrations de soutien à mon épouse. Nous nous arrêtons devant un vaste groupe de photographes qui nous aveuglent de leurs flashes.

Du coin de l'œil, je remarque un mouvement qui attire mon attention. L'une des journalistes de l'émission « Hollywood Starz », une femme qui m'a interviewé bien des fois par le passé, est en train de pleurer – à l'antenne en direct – pendant que les célébrités passent les unes après les autres devant elle sans jeter ne serait-ce qu'un regard dans sa direction.

Le boycott est en route. Je me penche vers Natalie.

– Regarde sur ta droite. Ce sont ceux qui ont divulgué ton histoire. Tout le monde leur bat froid.

– Waouh, fait-elle en jetant un coup d'œil discret. Elle pleure en direct ?

– Apparemment. (Je la prends par la taille.) Félicitations, ma chérie. Tu as tout Hollywood qui te soutient.

Un producteur de « Hollywood Starz » essaie d'attirer notre attention alors que nous passons devant le carré du magazine. Comme le reste de la profession, je continue de marcher alors que d'habitude, je me serais arrêté pour bavarder un instant. Au lieu de ça, je me dirige vers leurs concurrents en face et je présente mon épouse aux journalistes.

– Qu'avez-vous à déclarer concernant le boycott du « Hollywood Starz » ?

– Je pense que la communauté des acteurs envoie un message fort : nous ne tolérerons pas l'exploitation de ceux qui nous sont chers au nom de l'audimat ou du nombre de clics. Ce qui a été fait à Natalie ne devrait arriver à personne.

– Qu'en pensez-vous, Natalie ?

Elle me regarde et je hoche la tête, espérant l'encourager à dire ce qu'elle pense.

– J'ai été extrêmement touchée par tout l'amour et le soutien que j'ai reçus de Flynn, ses amis et sa famille, ainsi que de toute la communauté de Hollywood. C'est bouleversant, à tout le moins.

– Flynn, vous devez savoir que le monde entier ne parle que de vous et de votre charmante épouse aujourd'hui. Vous avez un jour déclaré très publiquement que ne vous remarieriez jamais. Qu'est-ce qui, chez Natalie, a réussi à vous faire changer d'avis ?

Je la regarde lever moi ces yeux si expressifs qui m'ont conquis dès la première seconde où je l'ai vue.

– Tout. Absolument tout.

Elle me sourit et je suis tout bonnement ébloui. Il n'y a pas d'autre mot pour ce que je ressens quand elle me regarde comme si j'étais exceptionnel.

– Je pense qu'on peut dire sans risque que toutes les Américaines viennent de se pâmer.

Nous éclatons de rire, prenons congé et passons au journaliste suivant. Les questions sont similaires et les vœux sont sincères, tout comme le soutien pour Natalie. J'adore la manière dont la profession s'est rassemblée pour nous soutenir tous les deux.

Sur le chemin de l'auditorium, nous sommes arrêtés tous les deux-trois mètres par des gens qui veulent nous saluer et faire la connaissance de Natalie. Je la présente à plusieurs personnalités du milieu. Gracieuse et adorable, elle s'efforce de garder son sang-froid et ne pas se conduire comme une fan tout étourdie.

– Oh, mon Dieu, mon Dieu, *mon Dieu*, me chuchote-t-elle après avoir été présentée à Julia Roberts. J'avais des posters d'elle dans ma chambre quand j'étais petite.

– C'est un amour. Je suis content que tu l'aies rencontrée.

– Je peux passer aux toilettes avant qu'on entre ? Le champagne et l'excitation m'ont vaincue.

– Bien sûr. Ça ne me fera pas de mal à moi non plus. (Je fais signe aux gardes du corps que nous allons faire un petit détour.) Je te retrouve devant, ma chérie.

– Je vais faire vite.

NATALIE

Tout le monde est si incroyablement gentil. Je ne sais pas très bien à quoi je m'attendais, mais l'élan de générosité de Hollywood a été stupéfiant. Le plus fou a été de croiser Julia Roberts et l'entendre *m'appeler par mon prénom*. Bon, en dehors de ma rencontre avec Flynn, évidemment.

Alors que je me dirige vers une cabine, une femme sort de celle d'à côté. Je dois y regarder à deux fois et je reconnais Valerie Ward, l'ex-épouse de Flynn. Mon Dieu…

– Eh bien, regardez qui voilà, fait-elle avec ce petit sourire mauvais que les garces savent si bien faire. La *nouvelle* Mme Godfrey. Félicitations. Vous avez réussi là où tant d'autres ont échoué. Vous êtes l'antidote à Valerie.

Je sais qu'elle veut que je réagisse, que je dise quelque chose que je vais regretter, mais je refuse de me laisser aiguillonner. Plutôt que mordre à l'hameçon, je me réfugie dans la cabine, mais elle empoigne la porte et m'empêche de la fermer.

Elle s'appuie sur le chambranle et continue :

– Qu'est-ce qu'une gentille et charmante fille comme vous fait avec un fauve comme lui ? Il ne vous a pas encore ligotée ? Frappée ? Mis des pinces aux seins ? Un plug dans le cul ? (Elle pousse un soupir et ses yeux flamboient comme ceux d'une démente.) Oui, c'est bien ce qu'il me semblait. Bonne chance, *ma chérie*. Vous allez en avoir besoin.

Et sur ce, elle me claque la porte au nez. Je manque la prendre en pleine tempe.

D'une main tremblante, je ferme le loquet. De quoi parlait-elle ? Ses paroles résonnent encore dans ma tête et j'essaie d'en comprendre le sens. L'homme qu'elle a décrit ne ressemble aucunement à mon Flynn. Et cette condescendance avec laquelle elle m'a appelée *ma chérie*. C'est comme ça qu'il l'appelait, aussi ? Suis-je bête de croire que ce petit mot n'appartient qu'à moi ?

La rencontre avec Valerie n'a duré que quelques secondes, mais elle m'a ébranlée et je me demande s'il y a la moindre vérité dans ce qu'elle m'a dit. Elle est douée. Je dois le lui reconnaître. Il va me falloir un moment avant de pouvoir reprendre mes esprits.

Flynn a-t-il vu Valerie sortir ? Est-ce qu'il est en train de lui parler en ce moment ? Sont-ce des retrouvailles orageuses ? Est-il mécontent de la voir et inquiet de ce qu'elle aurait pu me dire ? Une queue s'est formée dans les toilettes et je sens les regards de toutes les femmes sur moi alors que je me lave les mains et me remets du rouge.

Je respire calmement, espérant ne rien laisser paraître devant ces femmes curieuses qui me dévisagent. J'en reconnais certaines.

Je murmure un bonsoir à toutes celles qui me parlent alors que je gagne la sortie.

En me voyant, Flynn se décolle du mur qui sépare les toilettes des hommes de celles des femmes et me fait un grand sourire. Il n'a l'air ni contrarié ni énervé, et j'en déduis qu'il n'a pas croisé Valerie. Le veinard. Je décide de ne pas mentionner ma rencontre avec elle afin de ne pas gâcher sa grande soirée.

Il me prend par l'épaule et m'attire contre lui pour me baiser la tempe.

– Ce que je peux t'aimer, pour que tu me manques durant les quelques minutes où tu t'isoles aux toilettes.

Cette gentillesse me rassérène immédiatement, malgré les horreurs que m'a crachées Valerie.

Tout le monde nous regarde. Tout le monde s'intéresse à nous. Tout le monde est curieux. Je suis la femme qui a fait changer d'avis Flynn Godfrey sur le mariage. Je me rends compte que je vais rester cette femme-là jusqu'à la fin de mes jours. Ça ne me gêne pas.

Une fois de plus, nous sommes assis à la même table que les gens de Quantum, Hayden, Jasper, Marlowe et Kristian. Ces trois derniers nous serrent dans leurs bras et nous félicitent à nouveau pour notre mariage. Hayden est le dernier à nous saluer et ils nous étreint tous les deux, ce qui me rassure.

Nous prenons place et grignotons ce qu'on nous sert jusqu'à ce que le spectacle commence. Pendant que la conversation bourdonne autour de moi, je suis pensive, toujours perplexe de ce que Valerie m'a dit.

Il ne vous a pas encore ligotée ? Frappée ? Mis des pinces aux seins ? Un plug dans le cul ? Flynn *frappait* Valerie ? Impossible que ce soit vrai. Il n'a jamais été rien d'autre qu'un parfait gentleman pour moi. Certes, entre nous, les choses ont parfois été torrides, comme dans l'avion et lors de notre nuit de noces, avant ma crise. Mais tout était entièrement consenti. Ce que Valerie m'a décrit ne me paraît pas librement consenti.

Il se peut aussi qu'elle me fasse tourner en bourrique parce qu'elle est jalouse. J'aimerais bien savoir où elle voulait en venir en me sortant ces trucs.

– Ça va ? me demande Flynn durant une pause.

– Oui. Il fait chaud ici.

– Ah bon ? Je ne trouve pas.

– Combien de temps encore jusqu'à ta catégorie ?

– Elle est vers la fin, sourit-il avec un clin d'œil.

Quelqu'un lui tape sur l'épaule et il se lève pour le saluer. Marlowe se glisse auprès de moi.

– Comment va Mme Godfrey ?

– Il fait chaud, ici, ou bien c'est moi ?

– C'est un four. Il fait toujours super chaud à ces cérémonies. Trop de gens et pas assez d'air.

Je suis gênée à l'idée d'interroger Marlowe sur Valerie. Mais il faut que je sache.

– Dis, Marlowe.

– Quoi donc ?

Je vérifie d'un coup d'œil que Flynn est toujours occupé à sa conversation.

– Parle-moi de Valerie. C'est quel genre ?

– C'est une vipère. Je la déteste et pas seulement à cause des saloperies qu'elle a fait subir à Flynn, mais parce que ce n'est pas quelqu'un de bien. Les gens de Hollywood en ont par-dessus la tête. Je ne connais pas beaucoup de réalisateurs qui continuent à travailler avec elle.

– Mmm… Intéressant.

– Pourquoi cette question ?

– Je suis tombée sur elle aux toilettes. Elle a été un peu… pas sympa du tout.

Marlowe a un ricanement pas très élégant qui me la fait apprécier encore plus.

– J'imagine bien. Non seulement elle a perdu Flynn mais, pendant des années, il a déclaré qu'elle l'avait vacciné pour toujours du mariage. Ça laisse forcément une marque. Tu as dit à Flynn que tu l'avais vue ?

– Non. Je ne voulais pas le contrarier pour sa grande soirée et je savais qu'il serait fâché de ce qu'elle m'a dit.

– Qu'est-ce qu'elle t'a dit ? demande Marlowe en se rapprochant.

– Ça ne vaut sûrement pas la peine d'être répété. Je suppose que si j'étais assez bête pour perdre l'amour d'un homme comme Flynn, je me conduirais en garce jalouse aussi.

– Jamais tu ne serais capable de dire les saloperies que vomit cette bonne femme. Et au passage, tu as bien fait de ne rien dire à Flynn. Il voit rouge dès qu'il est question d'elle et c'est une grande soirée pour lui. Du moins je l'espère.

– Ne lui porte pas la poisse.

– Tu l'aimes vraiment, hein ? sourit-elle.

– Vraiment.

– Tant mieux. Tu es exactement la personne qu'il lui faut.

– Tu crois qu'Hayden finira par s'en rendre compte ?

– Hayden a ses démons à lui, répond-elle en regardant l'homme en question qui est en train de rire et blaguer avec ses amis. Je ne pense pas que sa réaction ait quoi que ce soit à voir avec toi ou Flynn, et tu n'as pas à t'en inquiéter.

– Ça fait de la peine à Flynn.

– Ils ont eu leurs hauts et leurs bas, ces deux-là. C'est la nature de leur relation. Ils se rabibochent toujours, alors ne t'en fais pas.

On annonce la fin de la pause publicitaire en demandant à ce que chacun regagne sa place.

– Merci, Marlowe. C'est vraiment sympa. J'apprécie.

Elle me serre dans ses bras.

– J'espère que nous serons de grandes amies.

Marlowe Sloane veut que nous soyons de grandes amies. Ce n'est pas dément ? Elle retourne à sa place et Flynn me prend par l'épaule.

– Ça va ?

– Très bien. Et toi ?

– Prêt à filer d'ici.

– Et à aller dans les soirées.

– Non. Je suis un jeune marié. Je vais sécher les fêtes.

– Et si tu gagnes ?

– Je vais faire comme si tu n'avais rien dit…

– Tu ne peux pas éviter les soirées.

– Je vais me gêner, tiens.

La manière dont il dit ça – et dont il me regarde en le disant – me fait des frissons partout. J'adore voir combien il me désire et veut être seul avec moi. Je m'appuie contre lui en attendant que sa catégorie soit annoncée.

Marlowe est la présentatrice de la catégorie du Meilleur Premier Rôle Masculin. Elle annonce les nominés, et quand passe l'extrait de Flynn, la salle se déchaîne. Il sourit aux caméras, mais sous la table, il me saisit la main. Je la serre en signe de soutien.

– Et le vainqueur est… mon ami Flynn Godfrey pour *Camouflage !*

La salle devient folle.

Il m'embrasse, étreint Hayden, Jasper et Kristian, puis il se dirige vers la scène. Nous sommes tous debout à l'applaudir et l'acclamer, et dans mon cas, à retenir mes larmes. Marlowe le prend dans ses bras et lui remet la récompense.

Il faut un long moment avant que les applaudissements se taisent. Avec son humble sourire que j'apprécie tant, Flynn s'adresse à ses confrères et consœurs, brandissant son trophée et savourant ce grand moment.

Même si je regardais l'émission à la maison sans connaître Flynn, je serais heureuse pour lui car *Camouflage* est l'un des meilleurs films qu'il m'ait été donné de voir. Mais étant sa femme et celle qui l'aime… je déborde de bonheur et de fierté devant cette réussite.

– Merci à la Screen Actors Guild de cet incroyable honneur, dit-il quand le silence se fait. J'ai eu le bonheur de travailler avec beaucoup d'entre vous et de vous considérer comme mes amis. Nous sommes les gens les plus chanceux du monde d'avoir la possibilité de faire un métier que nous adorons. Être reconnu pour ce travail, c'est la cerise sur un gâteau qui est déjà très joli. Vous savez tous que ce film nous touche très personnellement, moi et tout le monde chez Quantum. L'histoire de Jeremy m'a emmené dans un stupéfiant voyage et m'a permis de voir sous un tout autre jour les sacrifices que font quotidiennement nos soldats et leurs familles. Je vous demande de les soutenir en retour. Nous le leur devons tous. (Une autre salve d'applaudissements accueille cette phrase.) Personne n'arrive là, continue-t-il en brandissant la statuette, sans l'aide de beaucoup de monde, et j'ai auprès de moi les meilleurs du monde qui forment la plus merveilleuse famille que l'on peut espérer avoir. À présent… (Il marque une pause et paraît reprendre ses esprits en me regardant directement. Mon cœur s'arrête de battre et je retiens mon souffle en attendant d'entendre ce qu'il a à dire.) À présent, j'ai aussi Natalie. Ce n'est un secret pour personne, ces dernières semaines ont été difficiles pour ma *femme* – oh, que j'aime prononcer ce mot – et pour moi. Ni elle ni moi n'oublierons le soutien et l'affection que nous avons reçus de cette communauté. Je voue une énorme reconnaissance au fauve qui tient lieu de chien à Natalie, Flocon, dit-il, suscitant les rires de l'assistance. Si elle ne s'était pas mal conduite, Natalie ne serait peut-être pas entrée dans le square où je tournais à New York et je n'aurais jamais su que l'amour de ma vie passait si près de moi. Alors merci, Flocon. (Puis, me regardant droit dans les yeux, il continue.) Natalie, je t'aime de tout mon cœur et j'ai hâte de passer l'éternité avec toi. (Il brandit la récompense.) Merci à tous pour cet incroyable honneur.

J'essuie un torrent de larmes tandis que Flynn et Marlowe quittent la scène bras dessus, bras dessous en riant. Je n'en reviens pas qu'il ait vraiment remercié Flocon ! Il retrouve quelques minutes plus tard toute l'équipe de *Camouflage* pour recevoir le trophée de la Meilleure Distribution.

Quel merveilleux moment auquel assister, même si je n'ai rien à voir avec. Sa joie est la mienne et je déborde de fierté pour cet homme qui m'a séduite. J'ai l'impression que cette journée dans le square a eu lieu il y a une éternité alors que c'était il y a quelques semaines à peine. Flynn et moi avons vécu autant que pendant une année durant ce bref laps de temps, et j'ai hâte de voir ce que l'avenir nous réserve.

Quand la cérémonie se termine, Flynn descend de scène. Même avec une récompense dans chaque main, il réussit à me soulever et à m'embrasser à bouche que veux-tu devant presque tout Hollywood.

Je le prends par le cou et lui rends son baiser.

Il semble enfin se rappeler où nous sommes et interrompt le baiser, mais je sens sa réticence.

Je lui chuchote à l'oreille, pour qu'il m'entende dans le brouhaha général :

– Je suis tellement heureuse et fière de toi. Merci d'avoir rendu hommage à la contribution de Flocon à notre relation.

– Elle a été essentielle. Meilleur Second Rôle Féminin.

Je lui souris et il m'étreint de nouveau. Comme je porte des talons vertigineux, je peux voir par-dessus son épaule et mon regard tombe sur Valerie, qui nous observe avec une haine à peine retenue. Je ne sais pas ce qui me prend, mais je lui souris tout en serrant dans mes bras mon splendide et triomphant époux. Ça lui apprendra à l'avoir laissé filer.

Elle me répond par un regard absolument abject et je me rends compte qu'avec un simple sourire, je me suis fait une ennemie pour la vie. Ce n'est pas grave. Je me serre de plus belle contre Flynn. Nous nous vengerons en étant heureux ensemble.

– Filons d'ici, gronde-t-il.

– Tu ne dois pas faire des interviews et tout ça ?

– Si, gémit-il. Mais ensuite, on fiche le camp.

– Je suis avec toi, mon amour.

– Je pense bien, oui.

16

NATALIE

J'ADORE LE VOIR donner des interviews. Avec sa statuette à la main, il est tout ce que j'adore chez lui : modeste, charmant, drôle et sincère. Les journalistes posent toutes la même question : quel effet cela fait-il d'être le favori pour les Oscars ? C'est grisant, répond-il, mais tout un tas de choses le sont en ce moment dans sa vie. La dernière lui demande comment est sa vie conjugale.

– Merveilleuse, répond-il en me faisant un sourire. Et elle le sera encore plus dès que vous en aurez terminé avec moi.

– Loin de nous le désir de laisser séparés plus longtemps les jeunes mariés, dit la journaliste, tout éblouie. Félicitations encore, Flynn. *Camouflage* est fabuleux. Vous méritez toutes les récompenses et les compliments que vous recevez.

– Merci beaucoup, dit-il en revenant vers moi. Fichons le camp, me murmure-t-il.

Nous suivons la sécurité jusqu'à la limousine, qui a été approchée afin de nous emmener au plus vite.

– Les gens ne vont pas être fâchés si tu ne vas pas aux soirées ?

– Je m'en fiche. (À peine sommes-nous assis dans la voiture qu'il me serre contre lui, les yeux pétillants de bonheur et de désir.) Embrasse-moi avant que je meure d'attendre, ma chérie.

Que puis-je faire quand il présente les choses ainsi ? J'attire son visage vers le mien et pose mes lèvres sur les siennes en respirant son parfum qui ne manque jamais de me faire fondre et me donne envie d'enfouir mon visage dans son cou. Un long moment, nous nous contentons de ce baiser, lèvres unies, en partageant le même souffle. L'intimité de ce moment me perce le cœur. Cet homme, qui pourrait avoir toutes les femmes du monde, a choisi de passer le reste de sa vie avec moi.

Il prend mon visage dans ses grandes mains et se recule pour me dévisager.

– Comment peux-tu être aussi belle et toute à moi ?

– Je me posais justement la même question te concernant. J'ai vraiment adoré ce que tu as dit là-bas. Flocon sera ravie quand elle l'apprendra. C'était charmant de ta part de la mentionner.

– Tu sais, j'étais sincère quand j'ai dit que nous avions failli nous manquer d'un cheveu. Si elle ne s'était pas échappée, si tu ne lui avais pas couru après… Je souffre rien que de penser à tout ce que nous aurions manqué.

Il m'embrasse de nouveau. Sa bouche glisse sur la mienne et sa langue s'insinue entre mes lèvres. Sa main remonte le long de ma jambe et repousse ma robe pour caresser l'intérieur de ma cuisse.

– Enlève ta petite culotte, dit-il en interrompant notre baiser. Je veux te savourer. Tout de suite.

– Flynn… dis-je en jetant un coup d'œil à la cloison qui nous isole hermétiquement du chauffeur. Pas ici. Nous serons bientôt rentrés.

– Ici même. Tout de suite, dit-il en tirant sur la culotte pour bien se faire comprendre.

À l'idée de faire ça ici, mon cœur s'emballe et j'ai les mains moites, sans parler de la chaleur qui m'envahit l'entrejambe.

– Flynn…

– Chut.

La culotte glisse le long de mes jambes et finit dans la poche de sa veste. Il s'agenouille par terre devant moi. Puis je me retrouve sur le dos, la robe remontée jusqu'à la taille et les jambes posées sur ses épaules. Mon Dieu, est-ce ce qu'est devenue ma vie ? Alors qu'il m'écarte les cuisses et me lèche d'avant en arrière avant d'insinuer sa langue en moi, je me rends compte que je ne vivais qu'à moitié avant de le rencontrer et de découvrir tout ce qui était possible.

Et d'ailleurs, à ce propos, il introduit ses doigts en moi. Je le sens gémir contre ma chair.

– Putain, ce que j'aime ta saveur, Nat. Jamais je n'en serai rassasié.

Ses poils de barbe qui me picotent ne font qu'exacerber mes sensations. Tous mes sens sont en éveil alors qu'il me lèche, me suçote et me caresse jusqu'à ce que je parvienne en hurlant à l'orgasme. Et lorsque je redescends de ces vertigineux sommets, je me rappelle où nous sommes.

– Oh, le chauffeur…

– Il n'a rien entendu. Je lui ai dit de hausser la musique. (Il continue comme s'il ne m'avait pas fait jouir comme jamais encore.) J'en veux un autre.

– *Je ne peux pas.*

– Mais si, tu peux, ma chérie.

Il se met en devoir de me prouver que j'ai tort et me fait hurler de nouveau alors que je l'empoigne par les cheveux pour me retenir.

Je tente désespérément de reprendre mon souffle quand je le sens se coller contre moi.

– Est-ce que ça fait sept jours ? demande-t-il, d'un ton aussi avide que je le suis.

Je hausse les hanches pour l'encourager.

– Oui. À peu près.

J'ouvre les yeux et le vois qui me pénètre d'un seul coup, me remplit entièrement et me fait presque jouir – une fois de plus. Je n'en reviens pas de faire l'amour à l'arrière d'une limousine.

– Vous m'avez transformée en obsédée sexuelle, M. Godfrey. Après les avions, les limousines.

– Mmm, tant d'autres endroits à explorer et toute une vie pour ça – et à présent sans ces fichus préservatifs. Mon Dieu, c'est fantastique, Nat.

– Pour moi aussi.

Je glisse les mains sous sa veste, trouve son dos ruisselant de sueur et descends jusqu'à ses fesses tandis qu'il s'enfonce en moi. J'adore sentir sous mes doigts ses muscles qui travaillent en harmonie pour me faire l'amour.

Il pense la même chose et passe la main sous moi pour m'empoigner les fesses et me maintenir immobile pendant qu'il prend possession de moi. Pour la première fois depuis ma crise de panique de notre nuit de noces, je sens qu'il relâche un peu son contrôle et se laisse aller.

J'adore ce qu'il me fait et je veux qu'il le comprenne.

– Oui, Flynn, *oui*… N'arrête pas.

Mes paroles sont comme de l'huile sur le feu. Il accélère le rythme et ses lèvres retrouvent les miennes. Je m'ouvre à sa langue, qui s'empare de ma bouche. J'ai totalement oublié que nous sommes dans une limousine et qu'il y a un chauffeur de l'autre côté d'une mince paroi. Je ne peux penser à rien d'autre qu'au sublime plaisir de faire l'amour avec mon splendide mari.

Il redresse la tête, ouvre les yeux, me regarde, et je fonds en me rendant compte qu'il s'assure que tout va bien pour moi. Même lorsqu'il est emporté par la passion et le désir, il veille sur moi comme personne ne l'a encore jamais fait ni ne le fera jamais.

Je passe les bras autour de son cou.

– Tout va bien. Reviens m'embrasser. J'adore tes baisers.

Il me donne exactement ce que je demande et nous parvenons ensemble à l'orgasme, ses doigts crispés sur mes fesses alors qu'il me cloue sur la banquette de toute la force de son corps et se lâche. Je le serre de plus belle dans mes bras.

– Je t'aime tellement, Nat. Tellement. Ce soir, tous les mecs de la salle voulaient être à ma place tellement tu es d'une beauté stupéfiante, à tous égards.

– Toi aussi. Et nous sommes même encore plus beaux ensemble.

Il relève la tête pour regarder par les vitres couvertes de buée.

– Nous ferions bien de nous calmer, nous arrivons bientôt à Malibu.

En souriant, il se retire et prend des mouchoirs en papier dans la boîte fournie dans le bar.

– Ils ont même prévu les petites parties de jambes en l'air à l'arrière, hein ?

– Ne pense pas à l'ADN incrusté dans les sièges.

– C'est répugnant. Il faut que tu t'achètes ta propre limousine pour qu'il n'y ait que notre ADN sur les sièges.

– En dehors de toi, rien ne m'excite plus que de m'entendre dire d'acheter une voiture de plus.

– Parce que les soixante que tu as déjà ne te suffisent pas ?

– Rien n'est jamais assez. (Il remonte son pantalon et se laisse retomber sur la banquette à côté de moi.) Sérieusement, ma chérie, les voitures neuves m'excitent. Pas autant que toi, mais presque. Cette odeur... mmm... il n'y a qu'une seule chose au monde qui sente meilleur qu'une voiture neuve.

– Et il n'est *pas question* que tu dises quoi.

– OK, je ne dirai rien, répond-il avec un sourire carnassier.

Il sort ma petite culotte de sa poche, la porte à son nez et inspire longuement. Je n'ai jamais rien vu d'aussi sauvage et érotique de ma vie.

– Je te choque ?

– Non.

Il penche la tête de côté et me jette un regard sceptique.

– C'est comme si j'avais été assoupi toute ma vie jusqu'au jour où je t'ai rencontrée et où tu m'as rendu la vie.

– C'est le plus beau compliment que tu m'aies jamais fait.

Il range la culotte dans sa poche, puis il passe un bras autour de mon épaule et m'embrasse jusqu'à ce que nous arrivions à la maison d'Hayden.

– À mon avis, nous ne risquons pas grand-chose si nous allons chez moi demain, dit-il une fois que nous sommes entrés.

Une très enthousiaste Flocon nous accueille comme si nous avions été absents pendant six mois. Elle a même l'air plutôt heureuse de voir Flynn.

– Elle devait regarder la télévision tout à l'heure quand tu as parlé d'elle.

– Peut-être que nous allons être amis à présent, dit Flynn en allant répondre à la porte. Merci beaucoup.

Il revient avec deux sacs.

– Qu'est-ce que c'est ?

– Une livraison de chez Aller-Retour. Les meilleurs hamburgers de Los Angeles.

– Comment tu as réussi ce coup-là ?

– J'ai envoyé un texto aux gardes du corps pour leur demander de s'arrêter sur le retour. Je ne vois pas mieux pour fêter la soirée que du Aller-Retour, dit-il avec un clin d'œil salace.

– Tu parles toujours des hamburgers ?

– Bien entendu. De quoi d'autre voudrais-tu que je parle ?

Il allume la cheminée à gaz et, toujours en tenue de soirée, nous pique-niquons par terre dans le salon.

– Je dois reconnaître que ce hamburger est fantastique, dis-je.

– Je t'avais prévenue, répond-il, la bouche pleine.

Il trempe quelques frites dans le ketchup et me les donne à manger avant d'en glisser quelques-unes à Flocon par la même occasion.

Les hamburgers et les frites n'ont jamais eu aussi bon goût que ce soir. J'essuie un peu de sauce au coin de ses lèvres.

– C'est ça, le bonheur ?

– Ma chérie, répond-il d'un ton bourru, manifestement ému par ma question. C'est ça, *l'extase*.

♦♦♦

– Il faut que j'aille au bureau, me dit Flynn le lendemain matin. Même si je préférerais nettement rester avec moi.

– Ce n'est pas grave. Je vais dormir encore un peu et ensuite, je m'organiserai pour la fondation, sans parler de la tonne de lessive que je dois faire et préparer en vue de retourner chez toi. J'ai largement de quoi m'occuper. Ne t'inquiète pas pour moi.

– Je m'inquiéterai pour toi. Je m'inquiète toujours pour toi. (Il s'assied à côté de moi sur le lit. Il sort de la douche, il est rasé et porte un t-shirt noir et un jeans délavé qui le moulent juste là où il faut. Comme toujours, le regarder suffit à me mettre l'eau à la bouche.) Ce sera la première fois que nous sommes séparés depuis que nous sommes mariés.

– Nous ne pouvons pas passer tout notre temps ensemble. Qu'est-ce qu'il en sera quand tu tourneras dans un pays lointain ?

– Tu viendras avec moi.

– Et si je récupère mon boulot ?

Il fronce les sourcils d'un air consterné, mais il se radoucit et se baisse pour m'embrasser.

– On verra sur le moment, ma chérie. Il faut que je file avant qu'Hayden ne me fasse tuer.

Après un dernier baiser, cette fois plus long et plus ardent, il se redresse en soupirant.) Je reviens dès que possible. Les gardes du corps sont dehors. Si tu veux aller quelque part, préviens-les. Ils ont le code pour te faire rentrer.

– Tout ira bien. Va travailler, mon chéri.

– Nous allons partir en lune de miel, dit-il en sortant. Une putain d'interminable lune de miel. Dès que nous le pourrons.

– Je croyais ce que c'était ça, notre lune de miel ?

– Feignasser en Californie ? Ça ne compte pas. Nous allons partir dans un endroit fabuleux.

– J'ai trouvé ça fabuleux, moi.

– Je peux faire largement mieux.

Il me laisse sourire béatement et me réfugier sous la couette en espérant me rendormir après avoir passé la moitié de la nuit à faire l'amour à mon insatiable mari.

Je suis presque assoupie quand mon téléphone sonne sur la table de chevet. Je le prends et vois le nom de Leah sur l'écran.

– Allô, fais-je en réprimant un bâillement. Qu'est-ce qui se passe ? (Il est 8 heures ici, donc 11 heures chez elle.) Pourquoi tu n'es pas à l'école ?

– Je suis à l'école, chuchote-t-elle. Je me cache dans le placard aux fournitures. J'ai laissé la porte entrebâillée pour surveiller mes petits monstres.

– Qu'est-ce que tu fais dans le placard ?

– J'ai du nouveau. Sue m'a dit ce matin que le conseil d'administration veut te réembaucher, mais que Mme Heffernan a refusé. Elle a déclaré que c'était elle ou toi. Et d'après Sue, c'est toi qu'ils ont choisie.

Je me redresse d'un coup.

– Tu rigoles ? Entre les deux, c'est moi qu'ils ont choisie ?

– Avant que tu prennes ça comme un immense compliment, sache que les avocats de Flynn leur ont donné du fil à retordre. Ils risquaient un énorme procès si tu n'étais pas réembauchée. Mais d'après Sue, ils ont estimé que Mme Heffernan avait eu tort de te licencier pour les raisons qu'elle a invoquées, surtout si les parents d'élèves étaient aussi satisfaits de ton travail.

– Waouh. Je ne sais pas quoi dire.

– Apparemment, tu vas avoir un coup de fil du conseil d'administration dans la journée. Je voulais te prévenir, mais ne dis pas que je t'en ai parlé.

– Jamais je ne ferais ça, ne t'inquiète pas.

– Qu'est-ce que tu vas faire, Nat ? Tu veux revenir ?

Si elle m'avait demandé le jour de mon licenciement, j'aurais évidemment répondu oui. Mais à présent… tout a tellement changé.

– Je ne sais pas. Il faut que j'en parle à Flynn et qu'on voie ensemble.

– Eh bien, peu importe ce que tu décides, c'est bien de leur part de proposer de te reprendre. Il y a eu un tollé à cause de toute cette histoire. Ce qu'elle a fait, ce n'était pas bien. C'est ce que tout le monde pense, Natalie.

– Merci, et remercie aussi les autres.

– Je n'y manquerai pas. Il faut que je file avant que ces petits salopards aient la bonne idée de m'enfermer là-dedans.

– Ce ne sont *pas* de petits salopards !

– Sûrement que si. Rappelle-moi pour me raconter.

– Je ferai ça. Merci de l'info.

– De rien.

Je coupe, puis j'appelle Flynn.

– Tu es au courant, mais je viens d'avoir Leah au téléphone et il y a du nouveau côté boulot. (Je lui raconte ce que Leah vient de m'apprendre. Quand j'achève, il reste muet.) Flynn ?

– Je suis là, ma chérie. Je réfléchissais. Qu'est-ce que tu comptes faire, toi ?

– Je ne sais pas. D'un côté, je suis contente que Mme Heffernan parte parce que je ne suis pas la seule personne avec qui elle était odieuse. Tout le monde la détestait.

– Et de l'autre ?

– Il y a toi, moi, notre vie ensemble. Tu es ici. Je ne sais pas si j'ai envie d'être à cinq mille kilomètres de toi, même pendant un ou deux jours.

– Même si c'est entièrement à toi de décider ce qui te convient le mieux, je suis de ton avis concernant cette histoire de kilomètres.

– Je me disais bien aussi !

– Dois-tu donner une réponse tout de suite ?

– Je ne sais pas. D'après Leah, on doit m'appeler dans la journée pour me proposer de revenir.

– Vois si tu peux y réfléchir un jour ou deux, et nous en parlerons ce soir quand je rentrerai.

– D'accord, on fait comme ça.

– Je suis content pour toi que cette affreuse injustice soit réparée, quoi que tu fasses ensuite.

– Moi aussi, je suis contente. D'après Leah, les membres du conseil d'administration ont eu peur de ce qu'Emmett leur a promis.

– Ils ont raison d'avoir peur. Avec ce qu'a fait Mme Heffernan, ce sont d'énormes dommages et intérêts qui leur pendaient au nez. Je suis heureux qu'ils s'en soient rendu compte. Ça va ? demande-t-il après une pause.

– Oui, ça va. Il faut que je réfléchisse.

– On en reparle plus tard, OK ?

– D'accord. À tout à l'heure.

– Je t'aime, ma chérie. Je suis vraiment heureux qu'ils aient pris une décision honorable.

– Je t'aime moi aussi. Merci de ne pas les avoir laissés faire.

– Pas question. Je rentre dès que possible.

– Je t'attends. À tout à l'heure.

Je repose le téléphone sur la table et je me blottis sous la couette, l'esprit tourbillonnant de tout ce qu'impliquerait un retour au travail. Au bout d'une demi-heure, il est évident que je ne vais pas pouvoir me rendormir. Je décide de me lever et de me rendre utile en faisant la tonne de lessive qui s'est accumulée pendant les deux dernières semaines.

Je rassemble nos vêtements dans une corbeille que je trouve dans le placard de la chambre. Flynn m'a dit que la buanderie se trouvait « quelque part là-haut » en désignant le deuxième étage de l'immense demeure d'Hayden.

Je monte l'escalier en savourant le panorama sur la plage par la baie qui couvre les deux étages. J'essaie d'imaginer ce que ce serait de gagner assez d'argent pour me payer un endroit comme celui-ci.

– Ça ne risque pas d'arriver, dis-je à Flocon qui m'a suivie.

Comme je dois décider entre les six portes que je trouve devant moi, je pose la corbeille sur le palier et m'avance dans le couloir.

Les trois premières portes ouvrent sur de spacieuses chambres qui donnent sur la plage. Il n'y a pas une pièce de cette maison qui n'ait pas une vue exceptionnelle. Derrière la quatrième porte se trouve une immense chambre. Intriguée, je m'aventure à l'intérieur et trouve un lit plus vaste que je n'en ai jamais vu. Il fait facilement deux fois la taille d'un lit deux personnes.

Qu'est-ce qu'un célibataire comme Hayden peut faire d'un lit aussi immense ?

La chambre possède une salle de bains tout aussi vaste, où je trouve un gros lave-linge et séchoir derrière une porte. Je m'apprête à aller chercher ma corbeille quand le dressing attire mon regard, et apparemment celui de Flocon, qui s'y aventure. Je l'appelle, mais elle n'obéit pas. Ça n'ayant rien d'étonnant, je vais la chercher.

Nom de Dieu, ce type a une de ces garde-robes ! La plupart des vêtements sont discrets, gris, noirs et bruns. Tout est soigneusement rangé par nuances. Je m'aventure un peu plus loin, au-delà des rangées de chaussures et de tiroirs de toutes tailles jusqu'à une autre porte que Flocon a entrouverte d'un coup de museau.

– Flocon, reviens. Tu n'as rien à faire ici.

Elle est à l'autre bout, en train de flairer frénétiquement. Cette seconde pièce semble être une sorte de salle de sport – jusqu'au moment où je regarde de plus près le matériel. Je n'ai jamais vu ce genre dans les salles que j'ai fréquentées. Qu'est-ce donc que ça ? Une commode attire mon regard.

Je dois reconnaître que je suis en train de fouiner. J'ai trouvé la buanderie et inspecté le fabuleux dressing. Si j'ouvre cette commode pour inspecter l'intérieur, je vais franchir une limite et je ne pourrai plus revenir en arrière. Mais je ne peux pas m'en empêcher. Je veux savoir à quoi sert tout ce matériel.

Je demande à Flocon :

– Qu'est-ce que tu ferais, toi ? (Elle aboie, ce que je prends pour un encouragement.) Tu es une mauvaise influence. Tu n'as aucune morale.

Elle répond par deux jappements qui ont l'air d'une approbation.

Je ne peux pas expliquer ce qui me pousse. Ce n'est pas du tout mon genre, moi qui ai toujours été réservée et ne me suis jamais mêlée des affaires des autres. Comme j'étais très discrète, personne ne faisait attention à moi et ça me convenait très bien. Je n'ai absolument pas l'habitude de fourrer mon nez dans l'intimité des gens.

Mais comme je veux savoir ce qu'il y a dans ces tiroirs, je m'approche et commence à les ouvrir. Ils sont remplis de toutes sortes objets que je ne reconnais pas – pour la plupart en caoutchouc, avec des formes et des tailles variées. Dans le deuxième tiroir, j'en trouve encore d'autres, mais ceux-là sont en forme de pénis – de très gros pénis. Pourquoi donc Hayden garde-t-il d'énormes pénis en caoutchouc chez lui ?

Je glousse, mal à l'aise. Flynn est-il au courant ? La perspective de lui en parler me rend encore plus nerveuse.

Dans le troisième tiroir, je trouve des objets en métal étincelants qui ressemblent à des pinces, ainsi que des plumes et des rubans de velours.

Je balaie du regard la pièce avec son banc à la forme bizarre et sa grande croix qui occupent presque toute la place. Au mur sont accrochées des sortes de grosses raquettes en bois ainsi que toute une collection de harnais. Au plafond pendent des poulies et des cordes.

– Eh bien, dis-moi, Flocon !

J'ouvre le tiroir du bas et je trouve des boîtes de préservatifs et des flacons de lubrifiant.

– Oh mon Dieu !

Brusquement, je n'ai qu'une seule envie : sortir d'ici. J'en ai vu plus qu'assez pour être sûre de ne plus jamais pouvoir regarder Hayden Roth dans les yeux.

Je chasse Flocon de la pièce et ramasse mon linge. Tout en commençant ma lessive, j'essaie de ne pas penser à ce que j'ai vu dans la pièce secrète d'Hayden. Qu'est-ce que ça signifie ? Comment ça fonctionne ? Que fait-il avec tous ces objets ? Pendant que la machine tourne, je descends, l'esprit tourbillonnant de pensées contradictoires.

Je vais tout droit au portable dans le bureau d'Hayden et commence à fouiner en ligne, ma curiosité grandissant à mesure que je comprends que l'endroit sur lequel je suis tombée est « la salle de jeux » d'Hayden. J'apprends que l'on trouve fréquemment de telles pièces chez les dominateurs.

Cliquant d'un site à l'autre, je suis une piste de textes et de photos qui me font ouvrir de grands yeux. Il y a donc des gens qui font *vraiment* ces choses-là ? Je vois une femme étendue sur ce qui est, je le comprends maintenant, un banc à fessée, pendant que son « dominateur » lui donne des coups de cette raquette sur les fesses. Une autre, attachée à la croix de Saint-André, a sur les seins des pinces reliées par une chaîne qui rejoint son clitoris.

Mon entrejambe me chatouille. Quel effet ça me ferait-il ? Est-ce que je souffrirais ? Ou bien le plaisir dépasserait-il la douleur ? Ma curiosité m'amène à cliquer sur des vidéos qui montrent comment le matériel que j'ai vu à l'étage est utilisé dans de jeux sexuels. Je n'arrive pas à détourner mon regard de l'écran.

Quand je reprends mon souffle, deux heures ont passé. Je vide soigneusement l'historique du navigateur avant de me lever, toute tremblante, et de quitter le bureau avec plus de questions que je n'en avais en entrant. Je sais maintenant que les petits objets en caoutchouc et en verre sont des plugs. C'est donc de ça que parlait Valerie quand elle m'a demandé si Flynn m'avait déjà mis un plug dans le cul. Tout mon corps me chatouille à cette pensée. Ce picotement signifie-t-il que j'ai envie d'essayer ou le contraire ?

Je suis une telle néophyte quand il s'agit de sexe. J'ai évité les hommes et tout ce qui avait trait au sexe pendant si longtemps que je n'ai pas les connaissances suffisantes pour satisfaire ma curiosité. Mais d'après la sensation de chaleur entre mes cuisses, ce que j'ai vu m'a considérablement excitée. Cela veut-il dire que j'ai envie d'essayer ?

Pas nécessairement. La pensée d'être attachée ou menottée me donne le vertige – et pas dans le bon sens.

Après avoir vu la pièce d'Hayden et passé deux heures à me renseigner sur Internet, je tiens surtout à savoir si mon mari à les mêmes goûts que son meilleur ami, mais comment vais-je avoir le courage de lui poser la question ?

J'ai besoin d'aide pour gérer cette situation. Une aide professionnelle. Je cherche dans mes contacts un numéro que je n'ai pas appelé depuis six ans. Quand j'ai pris mon nouveau téléphone portable, celui de Natalie, je n'ai pas oublié d'y ajouter ce numéro au cas où j'en aurais besoin un jour. Je ne suis même pas totalement sûre qu'il soit encore joignable à ce numéro.

– Il n'y a qu'une manière de le savoir.

Inquiète, Flocon lève la tête vers moi. Je lui tapote la tête pour la calmer et j'appelle.

Il répond à la quatrième sonnerie. Entendre sa voix me ramène immédiatement aux jours sombres qui ont suivi mon agression, à l'époque où cet homme faisait partie de l'équipe qui m'a remise sur pied. Le Dr Curtis Bancroft est spécialisé dans le stress post-traumatique et l'aide aux victimes d'agressions sexuelles.

– Curt à l'appareil. Allô ?

– Dr Bancroft… C'est April. April Genovese.

Il ne m'a jamais connue sous ma nouvelle identité, étant donné que j'ai cessé de le voir une fois que j'en ai changé.

– April, dit-il après un long soupir. Quel plaisir de vous entendre. Je me faisais beaucoup de souci pour vous. J'espérais vraiment avoir de vos nouvelles. Comment allez-vous ?

– Tout bien considéré, je vais étonnamment bien. Je vous dérange peut-être ?

– Je suis en vacances dans les Caraïbes avec ma famille, mais je suis ravi de vous parler.

– Vous êtes sûr ?

– Absolument. Donc vous vous êtes mariée ? Excellente nouvelle. Tout se passe bien ?

– Oui, Flynn… est exceptionnel. Il est adorable et très compréhensif.

– C'est votre première relation ?

Il veut parler de relation sexuelle.

– Oui.

– April ? Vous n'avez aucun problème ?

– Je ne pense pas, non. Je suis capable de… de faire l'amour avec lui.

– C'est merveilleux. Et vous arrivez à apprécier ?

Mon Dieu, que c'est gênant de parler de questions aussi personnelles, même à quelqu'un pour qui on a peu de secrets.

– Oui, c'est… c'est incroyable. J'adore ça.

– Je suis très heureux de l'entendre. Vous vous êtes donné tant de mal pour vous libérer de votre passé, et j'espère que vous vous autorisez à être heureuse.

– Oui, je m'y autorise. C'est juste… Flynn est… Eh bien, j'ai eu un flash-back lors de notre nuit de noces. Il m'a maintenu les mains et…

– Cela a été un élément déclencheur pour vous ?

– Oui. Je n'y pensais même pas jusqu'au moment où il a eu ce geste, et là, j'ai totalement paniqué. Et maintenant… il a très peur que ça se reproduise. Il se retient. Je lui ai dit que faire l'amour avec moi, c'était comme jongler avec de la dynamite. On ne sait jamais quand ça peut exploser.

– Eh bien, si votre mari vous aime…

– Il m'aime, je n'ai aucun doute là-dessus.

– Dans ce cas, je suis sûr qu'il essaie simplement de faire attention, le temps que vous vous habituiez à cette première relation sexuelle.

– Avant de savoir tout ce qui m'était arrivé, il s'est parfois comporté… de manière différente.

– C'est-à-dire ?

– Il était moins retenu, plus sauvage. Il disait et faisait certaines choses.

– Cela vous a plu ?

– Oui. Parce que c'était Flynn et que j'ai confiance en lui. Mais depuis l'épisode des mains, il est… différent. J'ai peur qu'il y ait des choses qu'il désire faire et de ne jamais savoir quoi parce qu'il n'ose pas me le dire.

– Vous en avez parlé avec lui ?

– Plus ou moins. Mais c'est difficile. C'est très nouveau pour moi. Et ses amis… Eh bien, en tout cas l'un d'eux est branché sur des trucs vraiment hard, et je me demande si ça intéresse aussi Flynn. Je dois paraître ridicule parce que je n'ai même pas les termes adéquats pour vous décrire tout ça. Comment voulez-vous que je lui en parle ?

– Vous vous débrouillez très bien pour me l'exposer.

– C'est facile : vous n'êtes pas mon mari. Et je suis tombée sur son ex-femme lors de la soirée des SAGs Awards.

Je raconte alors à Curt ce que Valerie m'a dit.

– Waouh… Eh bien… n'oubliez pas que c'est quelqu'un qui a des comptes à régler avec lui – et avec vous.

– Je sais. J'y ai pensé. Mais du coup, je me suis posé des questions.

– Il me semble qu'il tient vraiment à vous, et quand je vous ai vus à la télévision ensemble, il paraissait très attentionné.

– Il l'est. Il est plus que ce dont j'ai jamais rêvé.

– Alors faites-lui confiance, April. Il sait ce dont vous avez besoin, mais il ne lit pas dans les pensées. Il ne peut pas savoir ce que vous avez en tête si vous ne lui dites pas.

– Ça me fait tout drôle qu'on m'appelle April après toutes ces années.

– Vous préférez Natalie ?

– Je ne sais pas très bien ce que je préfère. C'est bizarre de parler d'April quand on a été Natalie pendant si longtemps.

– Je voudrais juste vous dire que je suis heureux de savoir que vous vous en sortez bien dans votre nouvelle vie, même si vous avez dû changer d'identité à cause d'un événement affreux. Je me suis demandé pendant des années ce que vous deveniez et j'espérais avoir de vos nouvelles.

– J'aurais dû vous en donner. Je suis désolée.

– Mais non. Vous aviez votre vie à mener et c'est tout le travail que vous avez fait avec moi sur vous-même qui vous l'a permis.

– Vous ne voyez pas d'inconvénient à ce que je vous appelle de temps en temps ?

– Absolument aucun. Je serai toujours heureux d'avoir de vos nouvelles.

– Merci encore. Je n'exagère pas quand je dis que vous m'avez sauvé la vie.

– Non, April… Vous vous l'êtes vous-même sauvée. Je n'ai fait que vous aider. Votre force intérieure vous a permis de vous en sortir et vous y arriverez encore. N'ayez pas peur de vous appuyer dessus.

– D'accord. Je vous rappelle bientôt.

– J'y compte bien. Prenez soin de vous et parlez avec votre mari.

– Je vais le faire. Merci encore.

Et je coupe, rassurée de pouvoir aborder ce sujet avec Flynn.

17
FLYNN

UNE FOIS ARRIVÉ aux bureaux de Quantum, je gare la Mercedes et je reste assis un moment, moteur au point mort, à penser à ce que m'a dit Natalie. Elle va récupérer son poste, ce qui veut dire qu'elle va retourner à New York alors que je vais devoir rester ici ces prochains mois.

Si la perspective d'une seule journée sans elle est insoutenable, comment vais-je pouvoir supporter qu'elle soit à New York pendant des semaines d'affilée pendant que je suis ici ? Je pourrais aller là-bas avec elle et je le ferai probablement s'il le faut, mais je préfère être à Los Angeles.

Je suis furieux que la vie m'empêche d'être totalement seul avec ma nouvelle épouse comme je le souhaiterais. Puis je me rends compte que je raconte n'importe quoi. Puisque je peux faire ce qui me chante, pourquoi ne le fais-je pas ?

Suivi de mes gardes du corps, je gagne le bureau, où règne une activité fébrile. Tout le monde est toujours débordant d'allégresse pour les SAG Awards et les nominations de *Camouflage* aux Oscars, surtout après l'abondant lobbying que nous avons fait pour que le film soit reconnu comme il le mérite par l'Academy. Personnellement, je suis resté à l'écart de la mêlée la plupart du temps et j'ai laissé les autres aller au charbon. Je n'ai jamais beaucoup aimé l'idée de mener campagne pour des récompenses, mais c'est un mal nécessaire dans notre univers.

Après avoir reçu en chemin les félicitations de tout le monde pour les SAGs, j'arrive au bureau d'Hayden, où l'on m'annonce qu'il est en salle de montage. Je prends l'ascenseur et monte le rejoindre dans la salle obscure, où il fixe deux moniteurs, un casque sur la tête. Je lui tape sur l'épaule.

Il arrête la vidéo et ôte son casque.

– Regardez qui arrive. Mon complice disparu depuis si longtemps et qui est nominé pour les Oscars. Félicitations une fois de plus.

– De même pour toi, et désolé de tout ce que j'ai pu faire qui t'a énervé ces dernières semaines.

– Eh bien, voilà qui arrange tout. Merci.

Le sarcasme ne m'a pas échappé.

– Je suis désolé, Hayden. Je suis conscient que je t'ai laissé tomber au pire moment.

– Il y a des hauts et des bas, je peux comprendre. Tu es de retour, donc ?

– Si on veut.

– Comment ça ?

– Eh bien, j'ai besoin de faire une pause. Il me faut de vraies vacances. J'ai bossé en continu pendant des années et je suis au bord du burn-out.

– Peut-être que tu pourrais, au moins, répond-il après un long silence, me dire vraiment pourquoi tu veux prendre des vacances. Tu ne fais pas un burn-out. Ce n'est pas ton genre. Tu veux passer du temps avec ta femme. Pourquoi tu n'appelles pas un chat un chat ?

– Très bien. Tu as raison. Mais étant donné que tu as clairement fait connaître tes sentiments envers elle, tu comprendras que je n'aie pas envie d'aborder le sujet.

– Je n'ai aucune animosité à son égard. Je la connais à peine. C'est de toi que je me soucie, pas d'elle.

Je soupire en m'asseyant à côté de lui :

– Je déteste quand ça se passe comme ça entre nous.

– Moi aussi.

– Écoute, je sais que je t'ai laissé gérer les choses tout seul et j'en suis désolé. Toute cette histoire avec Natalie… c'est arrivé comme ça, c'est tout. Et ensuite, ça a pris des proportions énormes. Il fallait que je sois à ses côtés durant tout ce temps, Hayden.

– Évidemment que oui, mais est-ce que tu étais obligé de l'épouser ?

– Je l'ai fait parce que je le voulais. Et pas pour une autre raison.

– Il faut que tu considères les choses de mon point de vue, Flynn. Je te connais depuis toujours et je ne t'ai encore jamais vu comme ça. C'est… c'est inquiétant.

– C'est *l'amour*.

– C'est toi qui le dis.

– Je comprends que ce soit difficile pour toi de me voir faire des choses qui ne sont pas mon genre, d'après toi.

– Pas ton genre… effectivement.

– Mais j'espère seulement qu'un jour, tu te laisseras aller à éprouver pour quelqu'un ce que je ressens pour elle. C'est la meilleure chose qui me soit jamais arrivée et je refuse de m'excuser, même devant toi, de n'avoir jamais été plus heureux de toute ma vie.

– Très bien, répond-il de mauvaise grâce. Alors, qu'est-ce que tu veux faire ?

– Je veux prendre mes distances du boulot pendant un certain temps pour être avec elle. Je sais qu'on a des tas de trucs à faire, mais je peux travailler de n'importe où. Je peux regarder les montages et donner mon avis. Je peux prendre des décisions concernant les projets à venir. Je n'ai pas besoin d'être ici pour faire ça.

Hayden se gratte pensivement le menton.

– Et où comptes-tu être ?

– Je ne sais pas encore. Peut-être New York ou bien le Mexique. Tout dépend de ce qu'elle compte faire concernant son travail.

– Je croyais qu'elle n'en avait plus.

– Apparemment, le conseil d'administration a licencié la directrice qui l'avait virée et se prépare à demander à Natalie de réintégrer son poste.

– Waouh, c'est génial. Ils ne pouvaient pas faire autrement.

– Surtout après qu'Emmett les a menacés d'un procès avec dix millions de dollars de dommages et intérêts à la clé pour licenciement abusif.

– C'est fantastique, sourit Hayden.

– Mais je ne pense pas qu'ils ont cédé uniquement pour ça. Ils savaient que c'était la décision qui s'imposait.

– Oui, en effet. Donc elle pourrait retourner habiter à New York ?

– Nous n'avons encore rien décidé.

– Je tiens à ce que tu saches que… je suis heureux pour toi. Elle m'a l'air d'une fille bien et la résistance dont elle a fait preuve durant ce passage difficile en dit long sur elle.

– Elle est incroyablement courageuse. Tu n'imagines pas à quel point. On devrait prendre exemple sur elle.

– C'est admirable. Et je suis sincère. Ce qu'elle a subi à un si jeune âge… S'en sortir indemne… C'est extraordinaire et je comprends pourquoi tu es fou d'elle.

– Je sens qu'il va y avoir un « mais »…

– Je m'inquiète juste pour toi et les sacrifices quc tu fais pour elle. Je m'inquiète que mon meilleur ami Flynn, si intelligent et plein de bon sens, n'ait pas signé de contrat de mariage. Ce n'est pas le Flynn Godfrey que je connais et que j'aime. Celui que je connais et que j'aime sait comment fonctionne le monde et comment les situations les plus idylliques peuvent dérailler en un rien de temps.

Je ne veux pas envisager que ça tourne mal avec Natalie. Ça n'arrivera pas.

– J'ai bien compris ce que tu me dis, mais tu devrais savoir qu'elle m'a demandé d'en signer un.

– Et tu as tout de même refusé ?

– En effet.

– Tu es fou, mon vieux. Carrément dingue.

– S'il arrive un jour où je dois lui donner la moitié de ce que je possède, ça ne vaudra pas la peine de chicaner. Et regardons les choses en face. Je pourrais vivre comme un prince jusqu'à ma mort avec la moitié de ce que j'ai. J'ai voulu qu'il n'y ait rien d'autre que nous et l'amour. Lui présenter un contrat, c'était faire de ce mariage un business et il n'en était pas question. Je sais que tu as du mal à comprendre, mais je crois vraiment que le mieux pour nous deux était de ne pas en signer. Elle a besoin d'avoir confiance en moi et moi de croire qu'elle ne m'épouse pas par appât du gain.

– Et qu'est-ce qui te le prouve ?

– Elle a vraiment été furieuse que je lui aie acheté un bracelet de diamants alors qu'elle m'avait demandé de ne plus lui offrir de bijoux. Après la cérémonie d'hier soir, nous avons commandé des hamburgers et des frites et pique-niqué dans le salon. Tu sais ce qu'elle m'a dit ?

– Non, quoi ?

– « C'est ça, le bonheur ? » (Hayden baisse la tête vers la table de montage et tripote quelques réglages.) La plupart des femmes que nous connaissons auraient été furieuses de ne pas aller aux soirées et aux photo-calls. Natalie était absolument satisfaite de rentrer à la maison manger des hamburgers et tremper ses frites dans le ketchup. Il ne lui faut rien de plus pour être heureuse, Hayden. Tu sais à quel point c'est rafraîchissant ?

– Je peux voir en quoi c'est agréable.

– Et pourtant, tu n'es toujours pas convaincu ?

– Et pour ce qui est du reste ?

– Tu es en train de me demander comment ça se passe sexuellement avec elle ?

– Oui, c'est ma question ! Je connais tes goûts et je ne te vois absolument pas te livrer à tes fantasmes habituels avec une femme qui a subi ce qu'elle a subi.

– Je ne m'y vois pas non plus, mais avec elle, c'est incroyable. Il y a une alchimie que je n'ai jamais connue avec personne d'autre. Jusqu'ici, c'était presque mécanique. Avec elle, c'est… divin. (Il ne répond pas, mais je vois qu'il est en train de ruminer.) Qu'est-ce qu'il y a ? Dis-le, au moins ce sera clair.

– Ne m'en veux pas de jouer l'avocat du diable, mais tu éprouvais aussi la même chose avec Valerie au début.

– Je n'ai *jamais* ressenti pour Valerie la même chose que pour Natalie. *Jamais.*

– OK, mais au début, tu étais vraiment fou d'elle et, au bout d'un certain temps, tu as eu du mal à ne pas reconnaître ce dont tu avais envie avec elle. Et nous connaissons tous son opinion sur la question. Je te dis simplement que ça a été pénible d'assister à ce qui s'est passé et de te voir effondré ensuite. Ça a tout affecté pendant longtemps, y compris le travail. Je n'ai pas envie que cela se reproduise. Personne n'en a envie.

– Ça n'arrivera pas.

Mais en disant ça, je sens monter un moi un frisson d'inquiétude.

– Tu t'es convaincu que tu préférais vivre sans tes pratiques sexuelles que sans elle. Je me trompe ?

– C'est quelque chose comme ça, oui.

– Crois-moi ou pas, mais je comprends presque. Tu es au courant de mon… affection, c'est le mot que tu emploierais, pour Addie.

– Oui, et j'espère que tu vas te décider à faire quelque chose de ce côté-là. Je suis sûr qu'elle l'espère aussi.

– Je ne ferai jamais rien, parce que je me connais, je sais de quoi je peux me passer et de quoi je ne peux pas. Pas question que je nous fasse subir ce genre d'enfer à elle et moi. Et c'est ce qui arriverait, une fois passé l'attrait de la nouveauté, si je devais être obligé de vivre jusqu'à mon dernier jour en refoulant celui que je suis. Si tu en es capable, bravo, mais moi je ne peux pas.

Les paroles d'Hayden me percent le cœur et me remplissent d'une peur irraisonnée. Et si je n'en étais pas capable non plus ? Qu'est-ce que nous deviendrons si le dominateur qui est en moi tente de se déchaîner sur elle ? J'ai des sueurs froides en revoyant sa panique lorsque j'ai tenté de l'immobiliser en lui maintenant les mains.

Addie frappe et passe la tête par l'embrasure.

– Flynn ?

– Oui ?

– Peux-tu… euh, venir une seconde, s'il te plaît ?

Je pense immédiatement à Natalie. Est-il arrivé quelque chose ? Qu'est-ce qui ne va pas ?

– Il y a un agent du FBI qui voudrait te voir.

Hayden et moi échangeons un regard.

– Me voir ? Pourquoi ?

– Il n'a rien dit. Il t'attend dans ton bureau.

– Tu as prévenu Emmett ?

– Toute l'équipe juridique est en séminaire, dit-elle. Je peux l'appeler si tu penses sa présence nécessaire.

– Voyons d'abord ce qu'il me veut.

Hayden se lève pour m'accompagner et c'est sans un mot que nous prenons l'ascenseur jusqu'à l'étage des bureaux. Nous entrons dans le mien, où un homme en costume attend en admirant la vue depuis la baie vitrée. Il se retourne en nous entendant entrer.

– M. Godfrey, je suis l'agent spécial Vickers.

– Mon associé, Hayden Roth, dis-je en lui serrant la main.

– Très heureux de vous rencontrer. J'admire votre travail. À tous les deux.

– Merci. (J'ai hâte d'en finir avec les amabilités.) Que pouvons-nous faire pour vous ?

– Un avocat du nom de David Rogers, à Lincoln, dans le Nebraska, a été trouvé assassiné ce matin dans son cabinet. Le nom vous dit-il quelque chose ?

Je connais un moment de joie sans mélange en apprenant que l'homme qui a causé un tel tort à Natalie est mort.

– Comme vous-même, ainsi que tout le monde en Amérique, je sais parfaitement qui il est. En quoi suis-je concerné ?

– Durant l'émission de Carolyn Justice, vous avez eu des propos qui ont éveillé l'intérêt des autorités. (Il consulte un carnet qu'il sort de sa poche.) Vous avez dit : «Je ne me suis jamais imaginé capable de meurtre, mais en l'occurrence… »

– Vous en déduisez que je l'ai tué ?

– Je déduis que vous avez dit que vous aimeriez le faire.

– Oui, je l'ai dit, mais je ne l'ai pas *réellement* fait.

– Avez-vous engagé quelqu'un pour le faire ?

– Non. Je n'ai accordé à ce type d'autre intérêt depuis des jours que de demander à mes avocats de veiller à ce qu'il n'ait plus jamais l'occasion de faire à quiconque le mal qu'il a fait à ma femme.

– En le faisant tuer ?

– Non, en le faisant radier du barreau. Je ne suis pas un meurtrier, M. Vickers.

– Agent spécial Vickers.

Ce type est imbu de sa personne.

– Ce n'est pas utile de poursuivre, dit Addie. M. Godfrey est entouré de gardes du corps depuis des jours. Il n'a pas quitté la Californie depuis son arrivée de New York, et cela fera deux semaines ce mercredi qui vient.

– Cela l'innocente, dit Vickers, mais cela n'exclut pas un meurtre commandité.

– Mais vous vous entendez ? demande Hayden, incrédule. Est-ce que vous êtes vraiment en train d'accuser *Flynn Godfrey* d'avoir engagé quelqu'un pour tuer un avocat du Nebraska ?

– Je ne l'accuse de rien. Je souligne simplement qu'il avait à la fois le mobile et l'opportunité. Et qu'il dispose des ressources pour payer tout service dont il pourrait avoir besoin.

– Eh bien, je n'ai pas payé pour un meurtre. Je préférais bien davantage les voies juridiques pour infliger à M. Rogers ce qu'il a fait subir à ma femme. Nous avions l'intention de faire de sa vie un véritable enfer pour les dix années à venir. Je suis d'ailleurs un peu déçu de ne plus pouvoir le faire.

– Si vous pensez que ce type a été assassiné, vous allez devoir le prouver, dit Hayden.

– J'en suis bien conscient.

Il sort un feuillet d'un dossier et me le tend.

– Qu'est-ce que c'est ?

– Un mandat de réquisition de votre téléphone et de votre ordinateur afin que nous puissions vous écarter de la liste des suspects.

Je sors le téléphone de ma poche et le lui tends.

– Prenez donc. (Puis je désigne l'ordinateur sur mon bureau.) Je n'ai pas touché à un ordinateur depuis trois semaines, mais amusez-vous.

– C'est le seul téléphone portable que vous possédez ?

– Oui.

– Nous risquons de demander des mandats supplémentaires pour les appareils en possession de vos employés.

Du coin de l'œil, je vois Addie se raidir et je réprime l'envie d'éclater de rire. L'idée d'une Addie sans portable pendant même une heure est hilarante. Elle ferait une syncope.

– Et où se trouve votre épouse ?

Toute envie de rire m'abandonne aussitôt.

– À la maison. Pourquoi ?

– J'aimerais également lui parler.

– Elle ne m'a pas quitté d'une minute ces deux dernières semaines. Elle n'a ni le désir ni les moyens de tuer quiconque.

– Mais elle avait certainement le mobile.

– Vous savez, M. Vickers, dis-je en savourant son expression quand il voit que je refuse d'utiliser son titre. J'ai appris que lorsque des gens se comportent en ordure comme ce

Rogers, il y a généralement plus d'une personne qui en a été victime. J'ose espérer que vous allez chercher un peu plus loin que l'évidence. Il y a probablement une longue liste de gens qui aimeraient le voir mort.

– Nous menons une enquête exhaustive.

– Quand vais-je récupérer mon téléphone ?

– Nous devrions vous le rendre demain, à condition qu'il n'y ait rien dedans qui puisse être utilisé comme preuve dans cette affaire.

– Je pars en lune de miel au Mexique ces prochains jours. J'aimerais qu'on me le rende avant mon départ.

Je m'attends à ce qu'il me réponde que je ne peux pas quitter le pays.

– Quel est le code ?

J'essaie de ne pas montrer que je suis soulagé qu'on ne m'interdise pas de partir, ce qui confirme qu'il est venu ici à tout hasard et que je ne suis pas son véritable suspect.

– Neuf, six trois, deux. (Puis je me rappelle les photos que j'ai prises de Natalie durant notre nuit de noces et je suis envahi par l'angoisse.) Il y a des photos très intimes que je désire effacer avant de vous le laisser.

– Ce ne sera malheureusement pas possible. Tout le contenu constitue des preuves.

– Des photos de ma femme durant notre nuit de noces ne constituent *pas* des preuves. Donnez-moi ce téléphone. (Vickers me regarde l'air buté.) Mon père et moi sommes de grands soutiens et amis du Président. Donnez-moi ce téléphone ou ça vous coûtera votre poste.

Je tends la main et le regarde droit dans les yeux. C'est lui qui cille le premier. Il me le rend.

Cela me peine d'effacer les photos suggestives et sexy de Natalie, mais il n'est pas question que je les confie à quiconque. Comme le contenu est sauvegardé en ligne, je pourrai toujours les récupérer.

– Voici. Vous voyez, ce n'était pas difficile.

– Les gens comme vous se croient tout permis. Vous vous pensez au-dessus de tout, même de la loi.

– Je crois que nous en avons terminé, M. Vickers. Vous connaissez le chemin de la sortie.

Nous attendons sans un mot qu'il s'en aille en claquant la porte.

– Putain de merde, souffle Addie. C'est vraiment arrivé ?

– C'était juste pour t'éliminer de leur liste de suspects, dit Hayden. Puisque tu n'as pas quitté la Californie, ils ne peuvent pas te coller ça sur le dos.

– Bien sûr que si. Ils ont tout un tas de moyens de le faire s'ils en ont vraiment envie.

– Ils auraient bien tort de vouloir essayer, dit Addie. Aucun jury au monde ne voudrait te reconnaître coupable même si tu l'étais vraiment.

Si j'apprécie leur soutien, je ne suis pas assez naïf pour penser qu'il n'y a pas quantités d'Américains moyens qui adoreraient voir une grosse star de cinéma abattue de son piédestal.

– Il faut que je rentre parler à Natalie. Tu peux lui envoyer un texto et lui dire que je suis en route ?

– Bien sûr, dit Addie. Et je vais aller te chercher un autre téléphone pour pouvoir te joindre.

– Pas la peine. Tu as le numéro de Natalie si tu as besoin de me parler et je vais le donner à mes parents. (Je me tourne vers Hayden.) Nous sommes d'accord pour le montage du film et tout le reste ?

– Oui, c'est bon. Je t'envoie un e-mail dès qu'il y a des scènes à visionner.

– Et je m'y consacrerai un peu chaque jour jusqu'à la fin.

– En attendant, il faut un putain de titre à ce film.

– J'y ai pensé aussi. Je t'enverrai mes suggestions.

Nous avions ce que nous considérions comme le titre parfait jusqu'à ce que le studio distributeur le refuse. Nous adorions tellement ce premier titre que nous avons du mal à en trouver un autre.

– Si vous avez des nouvelles du FBI, prévenez-moi.

– Ce sera fait.

– Au fait, dit Hayden, j'ai tes trophées du Choix de la Critique.

Je n'avais pas remarqué les deux statuettes en cristal posées sur mon bureau.

– Merci de les avoir reçues pour moi.

– De rien.

Hayden parti, je fais signe à Addie de fermer la porte derrière lui et de m'accorder un instant avant que je quitte le bureau.

– Qu'y a-t-il ?

– Il faut que Natalie puisse accéder à tous mes comptes personnels. Il lui faut des cartes de crédit et de retrait. Tu peux t'en occuper ?

– Bien sûr. Je vais appeler la banque. S'ils ont des questions, je leur dirai de te joindre sur son téléphone.

– Merci. (Puis, voyant qu'elle me dévisage.) Quoi ? J'ai quelque chose entre les dents ?

– Non, dit-elle en riant. Je ne me suis toujours pas habituée au fait que tu es vraiment *marié*. Flynn Godfrey est marié.

Sa remarque m'amuse.

– Oui. Et j'en suis très heureux. Je le serai encore plus quand ma femme pourra accéder à mes comptes. Apparemment, elle s'inquiète de ne plus avoir de revenus.

Addie ouvre de grands yeux.

– Mais elle ne se rend donc pas compte ?

– Non, mais ça viendra.

– Je vais m'en occuper tout de suite.

– Merci. Nous aurons peut-être besoin que tu organises un voyage demain ou après-demain.

– Quelle destination ?

– Soit le Mexique, soit New York, je pense, selon qu'elle accepte ou non de reprendre son poste à l'école.

– Je suis tellement contente qu'on lui propose de la réintégrer.

– Moi aussi. À présent, c'est à elle de décider, comme il se doit. (Addie griffonne sur un morceau de papier qu'elle me tend.) Qu'est-ce que c'est ?

– Mon numéro. Il est programmé sur ton téléphone depuis si longtemps que tu ne le connais probablement pas. Appelle-moi quand vous aurez décidé de votre destination.

– D'accord, merci.

– Et avant que j'oublie, Liza a fait envoyer ceci pour toi.

Elle dépose sur le bureau devant moi des exemplaires de tous les principaux magazines de cinéma.

Nous sommes sur toutes les couvertures. Celle de *People* s'accompagne d'un énorme titre : *Bonjour Mme Godfrey ! US Magazine* proclame : *Plus libre !* Et *In Touch* : *Flynn a dit oui.*

– Et regarde ça, continue Addie. (Elle ouvre *People* à la page où Natalie figure comme l'une des femmes les mieux habillées des Golden Globes. Dans *US*, l'un des plus grands couturiers la qualifie d'icône de la mode. Je connais un moment de fierté sans mélange en voyant combien ma femme est splendide sur toutes les photos.) C'est cool, non ?

– Très. J'ai l'impression que notre mariage lui a fait oublier les horreurs de son passé.

– Apparemment, oui.

– Je peux les emporter ?

– Ils sont pour toi. Une dernière chose… Danielle veut te parler.

Tout le monde passe par Addie pour me joindre. Même ma manager.

– Qu'est-ce qu'elle veut ?

– Parler de toutes les propositions qui déferlent pour Natalie et de la manière dont tu voudras les gérer. Il y a de tout, depuis les fabricants de cosmétiques et couturiers jusqu'aux agences de mannequins et directeurs de casting.

– De casting ? Vraiment ?

– Oui, elle dit qu'elle est bombardée de coups de fil depuis que vous êtes passés chez Carolyn.

– Je l'avais prévenue. J'appellerai Danielle dès que possible.

Avant de partir, j'appelle Emmett. Après lui avoir appris la nouvelle concernant l'école de Natalie, je lui annonce :

– Et tu ne vas pas croire ce qui vient d'arriver au bureau.

– Quoi encore ?

– Notre ami David Rogers s'est fait assassiner et le FBI est venu me parler à ce propos.

– C'est une blague ?

– J'aurais bien aimé. Ils ont saisi mon téléphone.

– Flynn, bon sang.

– Ne t'inquiète pas. Je ne suis pas coupable, je n'ai aucune raison de me faire du souci.

– Ce foutu FBI est vraiment venu te voir pour ça ?

– Oui, parce que j'ai dit l'autre jour à l'émission de Carolyn Justice que je serais capable de meurtre.

– N'importe quel type dont la petite amie aurait subi ce qu'il a fait à Natalie aurait dit la même chose.

– Sûrement qu'en sortant ça sur une chaîne nationale, j'ai facilité la tâche du véritable assassin s'il voulait me faire accuser à sa place.

– Ne t'inquiète pas. Tu n'as pas bougé d'ici et nous savons tous les deux que tu n'as engagé personne pour liquider ce bonhomme. (Il marque une pause.) Tu ne l'as pas fait, n'est-ce pas ?

– Non, dis-je en riant. Mais sa mort ne me fait absolument pas de peine.

– Les gens récoltent ce qu'ils méritent. Je suis sûr que tu n'es pas le seul ennemi qu'il s'était fait. Il doit beaucoup d'argent à tout le monde. Ce ne sont pas les mobiles qui manquent.

– Tu penses qu'il faudrait que tu appelles l'agent du FBI ?

– Non, répond-il. Rien ne donne plus l'impression d'avoir quelque chose à cacher qu'un coup de fil de son avocat. Attendons de voir ce que ça donne. Mais je t'interdis de lui reparler en dehors de ma présence. OK ?

– D'accord, c'est compris. Merci, Emmett.

– Toute cette foutue histoire est complètement irréelle, n'est-ce pas ?

– Oui, surtout ce que Natalie a dû endurer – toute seule – à quinze ans.

– Tu penses. Tiens-moi au courant.

– Pas de problème.

Quelques minutes plus tard, je quitte le parking de mon bureau pour rentrer à Malibu, pressé de retrouver ma femme.

18

NATALIE

JE REÇOIS UN TEXTO d'Addie qui m'annonce que Flynn est en route et je suis parcourue d'un frisson d'impatience. Moi qui pensais avoir des heures à attendre avant de le revoir.

Je sors à peine de la douche quand il arrive. Je coupe le sèche-cheveux et m'apprête à lui dire bonjour, mais il a autre chose en tête. Il me prend dans ses bras et m'embrasse avant que j'aie pu dire un mot.

Il me soulève, m'assied sur le comptoir et se glisse entre mes cuisses en écartant mon peignoir.

Flocon se met à tourner furieusement autour de ses pieds en aboyant. Craignant qu'elle s'en prenne encore une fois à lui, j'interromps notre baiser.

– Va te coucher, Flocon. Tout va bien. File.

Apaisée, elle quitte la salle de bains et retourne dans la chambre.

– Tu m'as manqué, souffle Flynn en me caressant le cou du bout des lèvres.

– Tu n'as été parti que deux trois heures.

– C'était trop.

Il reprend son ardent baiser tout en essayant de déboutonner son jeans. J'écarte ses mains pour m'en occuper moi-même.

Je le trouve dur et brûlant, déjà au garde-à-vous.

Il saisit mes fesses, me tire au bord du comptoir et s'enfonce en moi.

Je renverse la tête en arrière, succombant à la merveilleuse sensation de le laisser prendre possession de moi.

– Bon Dieu, Nat… ça va aller vite.

Et, tenant parole, il nous emporte dans une chevauchée sauvage. À la dernière minute, il glisse sa main entre nous et me caresse jusqu'à ce que j'explose.

Je me cambre pour coller mes hanches contre les siennes et je pousse un cri lorsqu'il jouit.

Je reprends à peine mes esprits qu'il me prend dans ses bras et me porte jusqu'au lit qui est resté défait.

– Je veux faire quelque chose de nouveau, dit-il en se penchant sur moi. Tu es d'accord ?

– Oui.

En cet instant, je suis prête à tout ce qu'il veut.

Il m'aide à ôter mon peignoir et enlève le reste de ses vêtements.

– Retourne-toi à plat ventre. (J'éprouve une légère appréhension, mais je m'exécute, car je meurs de curiosité.) Comme je ne pourrai pas voir ton visage dans cette position, je compte sur toi, n'oublie pas ton mot de sécurité, OK ?

J'ai lu ce matin sur le Net ce qu'il en était des mots de sécurité et du rôle essentiel qu'ils jouent dans les pratiques BDSM. S'il utilise ce terme, est-ce parce que c'est un habitué de ces pratiques ?

– Nat ?

– Je m'en souviens.

Il place deux oreillers sous mes hanches, ce qui soulève et expose mes fesses. Avant que j'aie le temps de me sentir gênée, il pose les mains dessus, les palpe et les écarte.

– Tu as le cul le plus sexy du monde. Je ne m'en lasserai jamais. (Puis je sens entre mes jambes sa langue qui s'attarde absolument *partout*. Je suis choquée et excitée de constater que ce qu'il fait m'excite. Avant de le connaître, je ne savais même pas que l'on pouvait faire ça. Il m'amène au bord d'un nouvel orgasme en quelques minutes, puis il arrête, me laissant frustrée.

– *Flynn !*

– Attends, ma chérie. (Il me prend par les hanches et m'attire doucement vers lui pour s'enfoncer en moi et libérer le plaisir qu'il a accumulé en moi avec sa langue si habile.) Ça va ?

Je n'en reviens pas qu'il imagine que je suis en mesure de parler en cet instant.

– Mmm…

– Je veux entendre des mots, Nat.

– Oui ! Continue !

– Voilà des mots qui me plaisent.

J'ai l'impression d'être déchirée en deux – agréablement – tandis qu'il s'enfonce en moi, plus profondément que jamais. C'est déjà une sensation délicieuse, mais il la rend encore plus merveilleuse en me titillant la pointe des seins.

– Ah, putain, oui… dit-il dans un chuchotement rauque qui me fait dresser les poils de la nuque. Recommence.

Je crispe mes muscles internes, lui arrachant de nouveau un long râle.

– Dis-moi que c'est bon.

– C'est tellement bon. Continue.

Il accélère la cadence, une main se referme sur ma hanche tandis que l'autre se glisse entre mes cuisses ruisselantes pour aller taquiner mon anus.

Mon Dieu… Il m'a déjà fait ça, j'ai adoré, et c'est délicieux cette fois encore. Jamais je n'aurais imaginé que ça me plaise autant.

– Tout va bien ?

– Mmm… Vas-y, Flynn.

Avec un grognement, il m'enfonce son doigt dans l'anus et je jouis sur-le-champ.

– Nom de Dieu, murmure-t-il avant de jouir à son tour et de m'inonder d'un jet brûlant. Nat… Bon sang, ce que je t'aime.

– Moi aussi, je t'aime.

Il se retire lentement et délicatement, puis il enlève les oreillers qui me soutenaient et m'embrasse l'épaule.

– J'arrive dans un instant. (J'entends couler l'eau dans la salle de bains, puis il revient avec une serviette pour m'essuyer et se glisse dans le lit en se blottissant contre mon dos, une main logée entre mes seins.) C'est tellement bon, ma chérie. Tellement bon.

– Oh oui. (Je voudrais lui parler de la salle de jeux d'Hayden à l'étage et lui poser les mille questions qui me brûlent les lèvres, mais je suis comme ivre de sexe.) Si c'est ce que tu me fais quand nous sommes séparés pendant seulement quelques heures, qu'est-ce que ça va être quand ce sera pendant des semaines ?

– Nous ne serons jamais séparés pendant des semaines d'affilée.

– Nous le serons un jour ou l'autre.

– Pas du tout.

– Flynn, sois réaliste.

– Je le suis. Je veux être là où tu es et je veux que tu sois là où je suis.

– Alors qu'est-ce que ça signifie pour mon boulot à New York ?

– Si tu veux y retourner, j'irai avec toi.

– Ta vie est ici.

– Ma vie est là où tu es.

– Et quand tu devras partir tourner quelque part ?

– J'aménagerai mon emploi du temps pour ne tourner que l'été, comme ça tu pourras m'accompagner.

Je me retourne et pose la main sur sa poitrine.

– Là, tu dis des bêtises.

– Pas du tout. À ce stade de ma carrière, je peux faire ce qui me plaît. Je n'ai plus besoin de tourner trois films par an. Un suffit amplement et je peux le tourner l'été pour que tu puisses enseigner.

– Et qu'est-ce que tu feras le reste du temps ?

– Je produirai d'autres films. Ou bien je ferai du théâtre. Je peux faire des tas de choses depuis New York.

– Tu vas mourir d'ennui.

Il fourre de nouveau son nez dans mon cou et me redonne la chair de poule.

– Pas si je t'ai dans mon lit tous les soirs. Jamais je ne m'ennuierai.

Mon portable sonne, je le prends sur la table de chevet. C'est un numéro de New York que je ne connais pas.

– C'est peut-être en rapport avec l'école, justement.

– Décroche, ma chérie. Fais ce dont tu as envie. Nous nous arrangerons.

Je respire un bon coup et je réponds.

– Natalie Bryant.

– Bonjour Natalie, James Poole, président du conseil d'administration de l'école Emerson.

– Bonjour M. Poole. Comment allez-vous ?

– Je vais bien. J'espère qu'il en est de même pour vous.

– Oui, merci.

Je presse la main de Flynn dans la mienne.

– Parfait. Je vous appelle avec ce que j'espère être une bonne nouvelle. Le conseil d'administration a décidé de vous réintégrer à votre poste, à compter de ce jour, avec effet rétroactif sur votre salaire, bien entendu. Et pour répondre à la question que vous vous apprêtez à poser, Mme Heffernan a décidé de partir en retraite. (Je trouve intéressant, d'après ce que m'avait dit Leah, qu'on me présente le licenciement de Mme Heffernan comme un départ en retraite.) Je comprendrai que vous ayez moins envie d'accepter notre offre après ce qui s'est passé, mais nous espérons tous que vous envisagerez de revenir reprendre votre classe et aller jusqu'au bout de votre contrat comme prévu. Nous n'avons eu que des compliments sur votre compte de la part des parents d'élèves sur qui vous avez fait excellente impression.

– Je suis très heureuse de l'entendre.

– J'aimerais juste vous dire… que nous sommes vraiment désolés de la manière dont tout cela s'est déroulé. La conduite de Mme Heffernan ne reflète en aucun cas les sentiments du conseil d'administration. Nous estimons qu'elle a agi bien trop précipitamment et avant d'avoir toutes les informations en main. Quoi que vous décidiez, j'espère que vous accepterez nos excuses les plus sincères pour ce qui est arrivé.

– Je les accepte, merci.

– Et quel est votre sentiment concernant la reprise de votre poste ?

– J'aimerais beaucoup retrouver mes élèves, mais avant de décider quoi que ce soit, j'ai besoin de quelques jours pour en parler avec mon mari. J'espère que vous comprendrez.

– Bien sûr. Prenez votre temps et faites-nous connaître votre décision quand vous serez prête. Je vous renouvelle nos excuses et mes félicitations, quoi que vous décidiez. Vous avez droit à toute mon admiration pour ce que vous avez subi et pour votre persévérance.

– Merci, dis-je, émue par ces gentillesses, même si je soupçonne qu'il essaie surtout d'éviter un procès. J'ai une question…

Comme je me dis que je ne serai jamais en meilleure position pour négocier, autant en profiter.

– Bien sûr.

– J'ai une petite chienne âgée qui dort toute la journée. Si je reviens, je voudrais savoir si le conseil d'administration m'autoriserait à ce qu'elle dorme sous mon bureau. Personne ne remarquera sa présence et elle est parfaite pour les enfants. Elle les adore.

– Je suis certain que cela pourrait s'arranger, répond-il après une hésitation.

– Merveilleux. Je vous remercie. Je vous rappelle.

– J'attends de vos nouvelles.

Nous prenons congé et je repose le téléphone. Je me tourne vers Flynn :

– Tu as entendu ?

– Oui, et je suis ravi pour toi qu'ils se soient rendu compte de leur maladresse.

– Je crois que toi et tes avocats les avez aidés à s'en apercevoir.

– Peu importe la manière, seul le résultat compte. Je suis sûr que l'indignation des parents et de tes collègues a été plus décisive que les avocats. (Je ne suis pas convaincue, mais je le laisse croire ce qu'il veut.) Et bravo pour le coup avec Flocon. Tu sais manœuvrer à ton avantage.

Je souris de ce compliment.

– Tu ne m'as pas laissé le temps de te demander ce que tu fais à la maison de si bonne heure. Je croyais que tu serais absent toute la journée.

– Tu t'en plains ? demande-t-il avec un sourire sexy.

– Pas du tout, je m'interrogeais seulement. (Son sourire disparaît et il se détourne.) Tu t'es encore disputé avec Hayden ?

Je m'en veux d'être un obstacle entre deux amis de toujours.

– Non, en fait, nous avons bien discuté et je crois que nous sommes arrivés à nous comprendre plus ou moins.

– Tant mieux. Où est le problème, alors ?

Il joue de l'index avec une de mes boucles.

– Pendant que j'étais au bureau, j'ai eu la visite d'un agent du FBI qui m'a dit qu'on avait trouvé David Rogers assassiné dans son bureau ce matin.

La nouvelle est un véritable coup de poing dans le ventre et je me redresse brusquement.

– Quoi ? Et pourquoi voulait-il te parler ? Oh mon Dieu, c'est à cause de ce que tu as dit chez Carolyn Justice ! Tu es *suspecté ?*

– Du calme, ma chérie. C'était une simple formalité. Il voulait m'écarter de la liste des suspects et c'est fait. Mais il a pris mon téléphone.

– Les photos…

– Je les ai effacées du téléphone, mais elles sont toujours sauvegardées en ligne, où personne d'autre que moi ne peut les voir.

– Oh tant mieux. D'accord, dis-je en me rallongeant. Tu as parlé à Emmett ?

– Oui, avant de quitter le bureau. Il dit que ça n'a aucune importance et que nous n'avons pas à nous inquiéter simplement parce que j'ai dit que *j'avais envie* de le tuer. Je ne l'ai pas vraiment fait.

– Je n'en reviens pas qu'il soit mort. L'agent du FBI t'a dit comment ?

– Non, et je n'ai pas demandé.

– Je suppose que ça n'a pas d'importance.

– Emmett m'a dit que Rogers devait de l'argent à beaucoup de monde. Les mobiles ne manquaient pas. Il m'a dit de ne pas m'inquiéter.

– D'accord.

– Pourquoi tu as encore l'air inquiet ?

– Ça ne me plaît pas que mon passé te cause des ennuis.

– Maintenant, tu sais ce que j'ai éprouvé quand ma célébrité t'en a causé.

– C'est pénible.

– Oui, mais tout va bien, ma chérie. Il n'y a aucune raison de s'inquiéter. Nous sommes ensemble, tous les deux, et tout le reste n'est que… du bruit. Et à propos de bruit… qu'est-ce que tu dirais si nous partions quelques jours pour une vraie lune de miel ?

– Où tu veux aller ?

– Qu'est-ce que tu dis du Mexique ? À moins que tu veuilles retourner tout de suite à New York, auquel cas je comprendrai parfaitement.

– Mince, ce n'est pas facile de décider, entre le soleil du Mexique et le froid de canard de New York.

– Tu adores l'hiver à New York.

– C'est vrai.

J'adore New York en hiver, mais je ne suis pas sûre de pouvoir retourner à celle que j'étais et à ce que je faisais avant de connaître Flynn. Ma place n'est-elle pas auprès de mon mari ?

– C'est entièrement à toi de décider. Dis-moi simplement ce que tu veux faire, et je m'en occupe.

– Tu serais d'accord pour retourner à New York ?

– Si c'est là que tu veux être, c'est là que je veux être.

– Et Hayden, le film, le travail et tout le reste ?

– Nous nous sommes mis d'accord. Il sait que je veux être avec toi en ce moment. Je lui ai dit que je travaillerais un peu tous les jours à distance, où que je me trouve, et il est d'accord.

– Je peux réfléchir un peu ?

– Prends tout le temps qu'il te faut. (Il réprime à peine un énorme bâillement. Apparemment, il est aussi fatigué que moi de la nuit précédente.) Qu'est-ce que tu veux faire aujourd'hui ? (Il m'a fourni le parfait prétexte pour poser mes questions sur la pièce que j'ai découverte à l'étage. Il caresse la ride entre mes sourcils.) Qu'est-ce qu'il y a ?

– Rien.

– Allons, Nat. Peu importe ce que c'est, mais dis-moi.

– Je préfère te montrer, si tu veux bien.

– Bien sûr.

Je me lève, je récupère mon peignoir par terre et l'enfile.

– Tu ne m'avais pas dit qu'il fallait que je m'habille pour ça, gémit-il.

– Tu n'es pas obligé si tu n'as pas envie.

– Je n'ai pas envie.

Je le prends par la main et l'entraîne dans l'escalier. Il me pelote les fesses en route.

– Flynn, arrête !

– Pas question. Je n'ai jamais vu de plus beau cul que le tien.

Je le conduis dans la chambre d'Hayden.

– Qu'est-ce que tu veux me montrer là-dedans à part le plus grand lit du monde.

– Je sais ! Pourquoi a-t-il besoin d'un lit aussi grand ? (Il ne répond pas.) Ce que je veux te montrer est là.

– Comment se fait-il que tu sois entrée dans le dressing d'Hayden ?

– Je cherchais la buanderie et Flocon est entrée ici. Je lui ai couru après et, de fil en aiguille, je me suis retrouvée devant ça.

19
FLYNN

ELLE S'EFFACE et je retiens un cri devant ce que je découvre. La salle de jeux d'Hayden. Natalie est dans la salle de jeux d'Hayden et je ne sais absolument pas quoi répondre. Je suis paniqué. Je savais qu'Hayden avait une salle de jeux dans sa maison en ville, mais j'ignorais qu'il y en avait une ici aussi. Si j'avais été au courant, je n'aurais jamais laissé Natalie seule dans la maison. Et putain, mais pourquoi ne l'a-t-il pas fermée à clé ?

– Flynn ?

Je lève les yeux vers elle et je m'aperçois qu'elle me regarde bizarrement. C'est alors que je me rends compte que je bande et que ça suffit à trahir mes véritables sentiments vis-à-vis de cette pièce.

– Sûrement qu'Hayden a ses petits secrets.

C'est tout ce que je trouve à répondre.

– Alors, tu n'étais pas au courant ?

Je suis sur une pente déjà très glissante qui le devient de plus en plus.

– Non.

C'est la vérité : j'ignorais qu'il avait une salle de jeux ici.

– Ah. (Est-elle déçue ou bien est-ce moi qui me l'imagine, plein d'espoir ?) Tu sais ce qu'il y fait ?

– Oui, je crois. (Je lui jette un regard hésitant.) Et toi ?

– J'ai regardé sur le Net.

– Oh.

L'idée qu'elle se renseigne sur les salles de jeux et autres sujets du même genre me fait encore plus bander, ce qu'elle remarque, mais qu'elle s'abstient heureusement de commenter. Je meurs d'envie de lui demander ce qu'elle en pense et si elle veut essayer, mais je me rappelle ce qui est arrivé quand je l'ai immobilisée en lui tenant les mains. Je préfère donc changer de sujet.

– Comme on doit rentrer chez moi ce soir, on devrait profiter de la plage pendant qu'il est temps.

– Bien sûr, comme tu veux, dit-elle après un long silence. Laisse-moi mettre le linge dans le séchoir et je descends.

Elle sort de la salle de jeux et je referme la porte derrière moi. Je descends, je cœur battant la chamade. Putain, putain, *PUTAIN !* Si jamais elle découvre ce que je lui ai caché, jamais elle ne me pardonnera, surtout après toutes les douloureuses épreuves qu'elle a subies et qu'elle n'a racontées qu'à moi.

Peut-être que je devrais considérer ça comme l'occasion de lui avouer la vérité une bonne fois pour toutes. Mais cette perspective me fait suffoquer. Je ne peux pas lui dire. Je ne peux pas, même si je sais que je le devrais.

Nous passons un après-midi de détente à la plage. En tout cas, *elle* est relaxée. Moi, je suis tellement tendu que je suis oppressé par le stress. Après le dîner, nous faisons nos bagages et nous retournons chez moi à Hollywood Hills. Les paparazzis ont renoncé, ne nous ayons pas vus dans les parages pendant plus d'une semaine.

Natalie est silencieuse, contrairement à son habitude, je me dis que c'est parce qu'elle réfléchit à la décision à prendre concernant son travail. J'aimerais bien lui demander à quoi elle pense, mais j'ai peur de ce qu'elle pourrait répondre. Je ne veux pas retourner à New York. Je veux l'emmener au Mexique passer la lune de miel qu'elle mérite. J'ai envie de passer encore du temps totalement seul avec ma femme.

C'est alors que je songe qu'elle n'a probablement pas de passeport.

– Dis-moi, Nat…

Je me suis assis au bord du lit. Je suis tellement content de le retrouver que j'ai hâte qu'elle m'y rejoigne.

– Oui ?

– Tu as un passeport ?

– Oui, oui. J'en ai eu un quand j'ai changé d'identité. (Elle revient dans la chambre en se passant de la lotion sur les mains, vêtue d'un sublime déshabillé que je n'ai encore jamais vu.) Ironie du sort, c'est David Rogers qui m'a conseillé d'en demander un.

– Tu l'as pris avec toi ou il est resté à New York ?

– Je l'ai dans mon sac à main comme pièce d'identité, puisque je n'ai pas de permis de conduire. Pourquoi ?

– Je me posais la question, au cas où on partirait au Mexique. Tu l'as déjà utilisé ?

– Non. Je n'ai jamais quitté les États-Unis. Je n'accompagnais pas les Stones durant leurs voyages à l'étranger, parce que mes parents ne voulaient pas.

– J'ai vraiment envie d'aller au Mexique pour être avec toi et recommencer notre nuit de noces.

Elle se glisse dans le lit et se retourne vers moi.

– J'ai envie d'aller au Mexique aussi, Flynn. J'ai envie d'une lune de miel.

J'enlace mes doigts aux siens.

– Et ton boulot ?

– Je vais appeler demain pour demander s'ils veulent bien me laisser la semaine prochaine comme délai de réflexion. Je suis certaine qu'ils accepteront de me donner un peu de temps puisque je croyais que j'avais été licenciée pour de bon.

– Tu as le numéro d'Addie dans ton téléphone ?

– Oui, elle me l'a envoyé par SMS tout à l'heure.

– Tu veux bien lui envoyer un texto pour lui dire que c'est bon pour le Mexique demain ?

– Demain ? Elle va devoir passer une nuit blanche si on part demain.

– Non, étant donné que j'ai une maison là-bas, nous avons seulement besoin qu'elle réserve un avion et prévienne le personnel que j'arrive.

– Tu as une maison au Mexique.

– Mmm… mmm.

– Tu en as d'autres ailleurs ?

– Oui, une à Aspen et une dans le sud de la France. Et l'appartement de New York. C'est tout.

– Oh, Dieu merci. Un bref instant, je me suis demandé si ta collection de maisons était aussi vaste que celle de tes voitures.

Je l'embrasse en souriant.

– Fais la maligne. Bon, tu lui envoies ce texto ? J'ai l'impression d'être amputé, sans mon téléphone.

– Oh, pauvre petit chou. Oui, je lui envoie.

Addie répond sur-le-champ. *C'est bon. Je m'en occupe.*

NATALIE

Je repose mon téléphone sur la table de chevet et me blottis contre Flynn.

– La pauvre, il lui arrive de dormir ?

– Mais oui, largement.

– Quand ? Tu la harcèles matin, midi et soir.

– Elle adore son boulot.

– Mais oui !

– Mais si ! C'est génial de bosser pour moi. Je la paie une fortune. Je lui ai acheté une voiture fantastique. Je la loge gratuitement dans un appartement que je possède à Santa Monica. Tout va très bien pour elle.

– Ça a l'air très avantageux, surtout que ça lui permet de travailler pour toi.

– Mais oui ! fait-il avec un sourire effronté.

Je lui donne un coup d'index dans le ventre et il éclate de rire.

– Si on va au Mexique, quand est-ce que je vais pouvoir voir mes sœurs ?

Je leur ai envoyé des textos à toutes les deux chaque jour et nous avons hâte de nous revoir dès que nous serons libres toutes les trois au même moment.

– Addie les a contactées pour la logistique et apparemment, c'est le week-end dans deux semaines qui leur convient le mieux à cause des cours, du travail et de tout le reste. Ça te conviendrait ?

– Oui, ce serait génial.

Nous avons attendu des années. Une semaine de plus ou de moins ne changera pas grand-chose. Tout dans ma vie paraît si incertain, à part l'homme qui me tient dans ses bras en ce moment et qui est en train de s'endormir.

Je lui caresse les cheveux, puis la barbe qui commence à poindre sur ses joues. Il est toujours beau, mais encore plus quand il dort. Même avec cette magnifique bague et cet anneau de mariage que je porte, je n'en reviens toujours pas que cet homme incroyable soit mon mari et que je puisse le garder pour toujours.

Mon téléphone sonne et je me précipite dessus en espérant ne pas réveiller Flynn.

– Allô ?

Je me lève et sors de la chambre en fermant la porte derrière moi.

– Vous aviez l'air horriblement contente de vous hier soir, et du coup je me demande ce que vous savez de l'homme que vous avez épousé.

– Qui est-ce ?

– La *première* Mme Godfrey.

C'est comme un coup de poing dans le ventre. Comment a-t-elle eu mon numéro ?

– Je n'ai rien à vous dire.

– Eh bien moi, j'ai quelques petites choses à vous dire. Je suis sûre que vous avez entendu dire que j'ai gâché sa vie de tout un tas de manières, mais il faudrait que vous sachiez comment il a gâché la mienne. Avez-vous vu sa malsaine petite salle de jeux au sous-sol de sa maison ? Si vous ne me croyez pas, allez vérifier. Elle est verrouillée, mais il y a une clé dans la cuisine, accrochée à côté de la porte.

Il faut que je mette fin à cette conversation sur-le-champ, car je sais combien elle a été horrible avec Flynn. Mais le souvenir de sa réaction physique si évidente devant la salle de jeux d'Hayden m'empêche de couper.

– Pourquoi me racontez-vous ça ?

– Parce que. Vous avez l'air d'une fille sympa. Et je m'en voudrais qu'il vous fasse subir ce qu'il m'a fait, tant en privé qu'en public ?

– Ce n'est pas parce que vous voulez le récupérer, si ?

– Je préférerais rester célibataire et chaste jusqu'à mon dernier souffle, dit-elle avec un ricanement méprisant, plutôt que de passer une minute de plus avec cet homme.

– Heureusement que vous n'y êtes pas obligée, alors.

– Allez jeter un coup d'œil dans le sous-sol, Natalie. Ne soyez pas naïve.

– Ne me rappelez jamais.

Je coupe et je serre le téléphone dans mes mains tremblantes. Pendant de longues minutes, je reste dans le salon plongé dans l'obscurité qui domine les lumières scintillantes de Los Angeles. Je suis paralysée, incapable de réfléchir à ce qui vient de se passer.

Pourquoi me fait-elle ça ? Étant donné que ce n'est un secret pour personne que Flynn et elle se détestent, c'est logique qu'elle ne veuille pas qu'il soit heureux avec sa nouvelle femme. Je ferais mieux d'oublier ce qu'elle m'a dit et vivre ma vie. Mais comment puis-je faire ça sans vérifier si ce qu'elle m'a dit est vrai ?

Et si c'est le cas ? Que vais-je faire ?

Chaque chose en son temps. Je retourne dans la chambre, où Flynn dort toujours. Flocon s'est installée à ma place et la main de Flynn repose sur son dos. Des larmes me montent aux yeux en voyant les deux êtres que je chéris le plus au monde blottis ensemble. Les choses ont tant changé depuis ce jour où nous nous sommes rencontrés dans le square.

Et pendant tout ce temps, m'a-t-il dissimulé un énorme secret ? Quelque chose que j'aurais dû savoir avant de l'épouser et de lier pour toujours ma vie à la sienne ? Ai-je été une parfaite imbécile ? Maintenant que j'y repense, certaines choses m'ont laissé penser que mon mari ne m'a pas tout montré de lui. Des paroles et des gestes. « J'ai envie de te baiser par là », m'a-t-il dit en m'enfonçant un doigt dans l'anus.

Plus tard, il a exprimé des regrets d'avoir parlé crûment et de m'avoir fait des choses pour lesquelles je n'étais pas prête. Mais ça m'a plus, et il a recommencé depuis. À cet instant, en le regardant dormir, je suis totalement déroutée. Je devrais le réveiller et lui demander simplement si ce qu'a dit Valerie est vrai. Aime-t-il les mêmes choses qu'Hayden, et auquel cas, qu'est-ce que ça implique pour nous ?

Mais comment saurai-je s'il dit la vérité ? Maintenant que j'y pense, je ne sais pas tout de cet homme que j'ai épousé après m'être laissée entraîner dans le tourbillon d'une romance éclair.

Je quitte la chambre en les laissant dormir, Flocon et lui, et je retourne dans le salon, où je reste assise pendant plus d'une heure en essayant de mettre les paroles de Valerie sur le compte de la vengeance d'une garce qui a perdu l'amour d'un homme merveilleux et n'a plus que son mépris. Je veux mettre en lui toute ma confiance parce qu'il ne m'a donné aucune raison de ne pas le faire, mais elle s'est montrée si précise, au point de me dire où se trouve la clé.

Il devient évident que je dois vérifier par moi-même si c'est vrai avant de lui poser la question. Je n'aurai pas l'esprit tranquille tant que je ne serai pas certaine. Je trouve la clé dans la cuisine à l'endroit exact indiqué par Valerie, ce qui me rappelle qu'elle a vécu naguère dans cette maison. Est-ce que c'est elle qui a choisi tout le mobilier ? La vaisselle était-elle à elle ?

Beurk. *Concentre-toi, Natalie. Chaque chose en son temps.*

La porte de la cave est dans le couloir. Durant le peu de temps que j'ai passé ici, je n'y ai pas fait très attention. C'est pourquoi je n'ai pas remarqué qu'elle était munie d'une serrure renforcée. Je glisse la clé à l'intérieur et la tourne. La serrure cède avec un bruit sourd qui me fait frissonner d'angoisse. Je me rends bien compte qu'en ouvrant cette porte et en descendant ces marches, je viole la vie privée de Flynn et que je ne pourrai pas revenir en arrière.

À part mon exploration involontaire du dressing d'Hayden, c'est la première fois que je fais une chose pareille. Je ne suis pas du genre à fouiner. Mais il y a une première fois – et une deuxième – pour tout. J'allume la lumière et commence à descendre les marches, le cœur battant si fort que je l'entends palpiter dans mes oreilles.

J'ai la gorge nouée et la bouche sèche. Que vais-je trouver en bas, et cela va-t-il tout changer ? Je n'ai pas besoin d'aller bien loin pour confirmer que Valerie a dit la vérité.

– Oh mon Dieu !

La salle de jeux de Flynn est encore plus grande et raffinée que celle d'Hayden. Il y a beaucoup de matériel, notamment une méridienne en forme de S que je n'ai vue sur aucun des sites Web que j'ai visités.

Comme chez Hayden, des cordes sont accrochées au plafond et une rangée de raquettes de tailles variées, des martinets et des fouets sont accrochés au mur. Je ne prends pas la peine d'aller voir la commode de l'autre côté, car je sais déjà ce que je trouverai à l'intérieur.

J'en ai vu plus qu'assez pour connaître la vérité sur mon époux et ses véritables préférences sexuelles. M'attendant à moitié à le trouver en train de m'attendre en haut des marches, je remonte d'un pas lourd, tout en me remémorant chaque instant que nous avons passé ensemble, du plus anodin au plus sexuel. Notre alchimie physique m'a stupéfiée. J'ai cru qu'il en était de même pour lui. Mais fait-il seulement semblant d'être satisfait alors qu'il désire bien davantage que ce que sa femme traumatisée peut lui offrir ?

J'éteins la lumière, verrouille la porte et remets la clé à sa place. Comme je ne risque plus de pouvoir dormir, je me prépare un chocolat chaud que j'emporte sur le canapé. Je suis si dépassée par cette situation que je ne sais pas par où commencer.

Durant les heures suivantes, je reste assise dans le noir à disséquer chaque seconde que nous avons passée, chaque conversation, chaque caresse et chaque mot que nous avons échangés. Il y avait des indices, çà et là, de petites choses insignifiantes sur le moment, mais dans ce nouveau contexte, je m'aperçois que c'étaient des clignotants rouges que je n'ai pas remarqués. Comme son insistance concernant le mot de sécurité, qui est un des piliers des pratiques BDSM. Je me rappelle qu'il m'a dit un jour : *J'ai connu beaucoup de femmes. Probablement trop. Je les ai embrassées et sautées et j'ai fait avec elles des choses que vous trouveriez dégoûtantes, au mieux, et inacceptables, au pire.*

Est-ce cela qu'il considérait comme inacceptable ? Je n'ai jamais soupçonné que mon mari était un dominateur ou qu'il faisait des choses si éloignées de mon univers que je ne les aurais pas reconnues même si je les avais eues sous le nez.

Parmi les moments que nous avons passés ensemble, il y a eu ceux où je lui ai ouvert mon cœur, où je lui ai fait part de mon douloureux passé et raconté ma vie. J'ai été plus proche de lui durant ces quelques semaines que de quiconque dans toute ma vie. Il me connaît mieux que personne.

Alors que je lui offrais tout, il me mentait sur ce qu'il est vraiment. Si son ex-femme ne m'avait pas glissé quelques indices, je n'aurais jamais rien su. À présent, je suis furieuse qu'il m'ait dissimulé cette vérité et que ce soit son ex-épouse, une femme qu'il méprise, qui m'ait tout dit à sa place. Comptait-il m'en faire part un jour ? Qu'avait-il en tête ? M'initier au sexe normal, puis changer ensuite les règles ?

Ou bien se peut-il qu'il n'ait jamais envisagé de m'en parler ? Probablement… Je me rappelle notre nuit de noces et ma crise de panique quand il m'a immobilisé les mains. Je comprends qu'une fois que je lui ai raconté ce qui m'était arrivé, il ait pu décider de me dissimuler son côté dominateur. Même si je n'apprécie pas qu'il m'ait épousée alors qu'un si lourd secret pèse sur nous, je comprends qu'il ait pensé qu'il me protégeait. Et je l'aime d'avoir fait ça, même si je ne peux lui pardonner d'avoir gardé un secret d'une telle ampleur.

Je songe à toutes les choses merveilleuses que nous avons vécues. Je me rappelle sa générosité envers Aileen et ses enfants, le loyer de notre appartement et les repas des enfants de mon école qu'il a payés pour un an, mon agressive chienne qu'il a acceptée dans son lit, les avocats qu'il a lancés contre mon école pour mon licenciement abusif. Je revis sa déclaration, l'amour et l'accueil de sa famille, la tendresse qu'il m'a donnée quand j'en avait tant besoin.

Il m'a ouvert son cœur à maintes reprises. Il m'aime. Je n'ai aucun doute là-dessus. Mais m'aime-t-il assez pour me dire la vérité ? M'aime-t-il assez pour que nous trouvions ensemble la solution ? M'aime-t-il assez pour me laisser voir tout ce qu'il est ? Cette partie de lui-même qu'il m'a dissimulée ?

Ce que je ne peux tolérer, ce sont les mensonges et les secrets. J'en ai déjà eu plus que ma part dans ma vie. Je veux la vérité. Je veux qu'il *ait le désir* de me la dire. Que vais-je faire s'il me ment en me regardant droit dans les yeux ?

J'ai le cœur brisé en me rendant compte que, s'il me ment, je n'aurai d'autre choix que de le quitter. Je ne peux pas – je le refuse – vivre une relation bâtie sur des mensonges. Même si c'est dans mon intérêt qu'il m'a caché tout ça, il est temps à présent qu'il me dévoile tout. Je vais lui laisser une chance de me dire la vérité, et s'il le fait, nous verrons ensemble ce que nous ferons ensuite. Et s'il ment… eh bien, dans ce cas, je sais ce qu'il me restera à faire.

20

FLYNN

JE SUIS RÉVEILLÉ par une puanteur si épouvantable que j'ai peur d'ouvrir les yeux pour voir ce dont il s'agit. Quand je m'y résous, je me rends compte que je partage mon oreiller avec le fauve, et qu'elle a une haleine de chacal.

– Nom de Dieu !

Je me rends compte qu'en plus je la serre contre moi.

Je regrette les jours où elle me montrait les dents. Comment donc puis-je me retrouver blotti contre Flocon au lieu de ma splendide épouse ? Et à ce propos, où est-elle passée ?

Je me lève péniblement en laissant la bestiole ronfler et je vais à la salle de bains. Après m'être brossé les dents, j'enfile un short de sport et je pars à la recherche de Natalie. Je la trouve roulée en boule sur le canapé, sa chevelure noire étalée sur un coussin.

Pourquoi dort-elle là plutôt qu'avec moi ?

Je m'assieds auprès d'elle et me penche pour la réveiller d'un baiser. Elle bat des paupières et, l'espace d'un instant, elle a l'air heureuse de me voir, puis son regard s'assombrit. Qu'est-ce qui se passe ?

– Qu'est-ce que tu fais ici, ma chérie ?

– Je n'arrivais pas à dormir et je n'ai pas voulu t'embêter.

– Tu ne m'aurais pas dérangé. Je préfère nettement ta douceur à l'haleine de poney de Flocon.

– Elle n'a pas une haleine de poney.

– Bien sûr que si. Et encore, je suis gentil. (Je lui prends la main.) Reviens te coucher avec moi un moment. Il est encore tôt et nous n'avons rien à faire pour l'instant.

Addie sait qu'il faut nous réserver un vol en fin de journée pour que nous ayons le temps de nous organiser avant de partir pour le Mexique.

Elle résiste à mes tentatives pour l'attirer dans le lit.

– Qu'est-ce qu'il y a ?

– Je pourrais te parler d'un truc ?

– Bien sûr. (Elle fronce les sourcils et grimace comme si elle rassemblait le courage de me dire ce qui la tracasse.) Ma chérie, dis-moi ce qui ne va pas.

Elle me regarde et je me rends compte que je n'ai toujours pas vu la véritable couleur de ses yeux à cause des lentilles marron qu'elle porte. J'aimerais les voir sans. Peut-être qu'elle me les montrera quand nous serons au Mexique.

– Si je te pose une question très personnelle, tu me diras la vérité ? demande-t-elle.

– Je te la dirai toujours.

– Tu me promets ?

– De quoi il s'agit, Natalie ?

– La pièce, chez Hayden…

Oh, putain…

– Oui, quoi donc ?

– Tu es branché sur les mêmes trucs, toi aussi ?

Pendant une fraction de seconde, mon cerveau se fige totalement. Je viens de lui promettre de lui dire la vérité, mais si je la lui dis, elle saura ce que je lui ai caché jusqu'à maintenant. Elle pensera que je suis resté sur ma faim chaque fois que nous avons fait l'amour, alors que c'est tout le contraire.

– Flynn ?

– Non, pas du tout. C'est son truc à lui, pas à moi. Ce qui m'intéresse, c'est *toi*. Tu es tout ce dont j'ai besoin, Natalie. (Je me penche pour lui faire un baiser sur le front.) On peut retourner se coucher, maintenant ?

– Vas-y. Je vais aller prendre une douche.

– Laisse-moi te salir avant. (Je me penche sur son cou, mais elle se dérobe, une expression indéchiffrable sur le visage, ce qui est nouveau pour moi qui devine toujours ce qu'elle ressent.) Nat ? Qu'est-ce qui se passe ?

– Rien. Je veux juste prendre une douche.

– OK, alors…

Elle quitte la pièce et je reste là une minute, interloqué par son comportement. Qu'est-ce qu'elle vient de me faire ? Je retourne dans la chambre et me recouche en l'attendant. Elle sort de la salle de bains une demi-heure plus tard, totalement habillée, dans une tenue bien plus chaude que ne l'exige le climat californien.

En voyant la valise qu'elle tire derrière elle, je me lève.

– Qu'est-ce que tu fais ?

– Je rentre à New York. Je vais retrouver mon école et mon appartement avec Leah.

C'est un véritable coup de poignard en plein cœur.

– Putain, Natalie ! Tu me quittes ? (Ses yeux s'embuent de larmes et elle serre les dents avant de hocher la tête.) *Pourquoi* ?

– Parce que tu es un menteur et que je refuse d'être mariée à un homme qui me ment sur ce qu'il est vraiment.

C'est là que je réalise deux choses : primo, elle me quitte vraiment, et secundo, elle connaît la vérité sur moi. Comment l'a-t-elle donc découverte ?

– Natalie, attends. Discutons-en.

– Nous en avons discuté et je t'ai donné l'occasion de me dire la vérité. Tu as préféré me regarder dans les yeux et me mentir.

– Comment tu le sais ?

– Nous savons tous les deux que tu as menti.

– Et c'est une cause de rupture ? Après tout ce que nous avons vécu ensemble, tu vas vraiment me laisser tomber ? Moi qui croyais que tu m'aimais.

– Je t'aime vraiment. De tout mon cœur et de toute mon âme. Je me suis totalement offerte à toi, je t'ai fait part de ce qui était même le plus douloureux. Je n'ai gardé aucun secret. Peux-tu en dire autant ?

– Natalie… Tu ne comprends pas.

– Je comprends parfaitement. Tu pensais que je ne pourrais pas le supporter, alors tu me l'as caché.

– Oui ! C'est exactement ça !

– Sauf que lorsque je t'ai donné la possibilité de réparer cette faute, tu as continué à mentir. C'est ce avec quoi je ne peux pas vivre. Comment saurai-je si tu me dissimules d'autres choses ? Comment saurai-je si tu es satisfait avec moi alors que tu as manifestement envie de plus que ce que je peux t'offrir ?

Le sol se dérobe sous moi, et je perds l'équilibre dans cette situation. Un désespoir comme je n'en ai jamais connu m'envahit. Je voudrais pouvoir revivre la dernière heure pour tout changer.

– Si tu pars, nous ne pourrons jamais trouver de solution.

– Si je reste, je ne pourrai jamais être certaine que tu ne me caches rien. J'ai vécu ça pendant suffisamment longtemps, Flynn. (Sa voix se brise, mais elle se ressaisit.) J'ai aimé chaque minute que nous avons passée ensemble. Tu as été extraordinairement généreux et tendre avec moi depuis le début, et tu ne sauras jamais à quel point je t'en suis reconnaissante.

– Je ne demande pas ta fichue reconnaissance.

– Et moi, je ne veux pas de tes fichus mensonges. Viens, Flocon. On rentre à la maison.

Flocon saute du lit et suit Natalie qui sort de la chambre en tirant sa valise.

– Natalie, attends ! C'est de la folie. Tu ne peux pas retourner là-bas. La presse ne va pas te lâcher. Tu ne seras pas en sécurité.

– Tout ira bien pour moi. Au bout d'une certain temps, ils cesseront de s'intéresser à l'institutrice barbante de New York qui a été brièvement mariée à la star de cinéma.

En l'entendant parler de notre mariage au passé, je suis gagné par la panique.

– Tu vas renoncer aussi rapidement ? Sans même me donner une chance ?

– Je t'en ai donné une quantité. Tu as eu plus que le temps de me dire la vérité et tu n'en as rien fait. Et ce matin, tu m'as menti effrontément.

– Comment tu le sais ? Qui te l'a dit ?

– Valerie.

En entendant ça, j'ai envie de pousser un hurlement. La fureur monte en moi comme un raz-de-marée et je vois rouge.

Je vais la tuer pour avoir osé faire ça. Je ne sais pas comment, mais je parviens à lui poser l'unique question nécessaire :

– Quand as-tu vu Valerie ?

– L'autre soir dans les toilettes, aux SAGs. Elle m'a donné tous les détails, mais je n'ai pas voulu la croire. Comme le Flynn que je connais et que j'aime ne ressemble aucunement à l'homme qu'elle m'a décrit, j'ai mis ça sur le compte d'une jalousie sans importance. Puis quand elle m'a appelée hier soir pendant que tu dormais, pour me parler de la pièce au sous-sol et de l'endroit où était la clé, j'ai eu l'impression qu'elle n'avait finalement pas tout inventé.

C'est comme si j'avais pris une balle en plein cœur. Je n'ai pas eu le temps de me débarrasser de tout ce qu'il y a dans le sous-sol, et voilà qu'elle l'a vu. Je n'arrive pas à le croire.

– Une fois que j'ai vu ce que tu avais là-dessous, tu sais ce que je me suis dit ?

– Non.

– Hier, quand nous étions dans la salle de jeux d'Hayden, tu étais nu et tu bandais comme un taureau. Ça t'excitait d'être dans cette pièce avec moi, n'est-ce pas ?

– *Oui*, réponds-je. Et alors ?

– Dommage que tu ne me l'aies pas dit tout simplement. Maintenant, nous ne saurons jamais ce que ça aurait pu donner, hein ?

– Tu ne peux pas me quitter pour ça. Je ne te laisserai pas partir !

– Tu ne me *laisseras* pas ? Et qu'est-ce que tu comptes faire ?

Je m'efforce de me radoucir pour ne pas aggraver la situation, si tant est que ce soit possible.

– Ta réaction est démesurée, ma chérie. Je te l'ai caché parce que je ne voulais pas te faire peur après tout ce que tu as enduré.

– Et je le comprends. Je t'en remercie, même. Mais je t'ai posé la question directement et tu as menti : c'est une tout autre histoire.

– Je m'en rends compte, à présent. Je n'aurais pas dû. Je te le jure devant Dieu, je ne t'ai menti sur rien d'autre – et je ne te mentirai jamais. On peut discuter et trouver une solution, s'il te plaît ? (Elle le voudrait. Je le vois, mais je sais aussi qu'elle a une volonté d'acier qui lui a permis de traverser des épreuves bien pires que celle-ci.) Je me suis dit tellement de fois que je devrais te quitter parce que tu mérites mieux que moi. Tu te rappelles après notre premier rendez-vous, quand je ne t'ai pas rappelée ? C'était parce qu'Hayden m'avait convaincu qu'une fille bien comme toi n'avait rien à faire avec quelqu'un dans mon genre. Et puis tu m'as envoyé un texto me demandant de voir Aileen. Il m'a suffi de te voir ce jour-là pour comprendre que je ne pourrai jamais te quitter. Je t'aime tant, Nat. Tes désirs passent avant les miens. Voilà à quoi ça se résume.

Ses yeux s'emplissent de larmes qui me brisent le cœur.

– J'avais le droit de connaître tes désirs. Tu aurais dû m'en parler, surtout avant de m'épouser.

– Oui, j'aurais dû. Tu as absolument raison – et j'ai eu tort. Affreusement, horriblement tort. J'ai merdé. Je ne peux pas le nier. Mais nous pouvons arranger ça. *Je le sais.* Nous avons déjà traversé bien plus d'épreuves que bien des gens dans toute une vie. Ne renonce pas à notre amour, Natalie. Tu m'as dit le soir de notre mariage que tu ne renoncerais jamais. (Je m'approche et la prends par les épaules.) Tu m'as fait des promesses.

Elle repousse mes mains.

– Tu m'as *menti* ! Ne me parle pas de promesses, Flynn. C'est pour ça qu'Hayden ne pouvait pas me regarder en face, parce qu'il connaît la vérité sur ton compte – et pas moi.

Je la serre contre moi et respire le parfum de ses cheveux.

– Tu ne peux pas me quitter, Nat. Je serai anéanti.

Elle se met à pleurer.

– Je ne veux pas te quitter, mais je ne peux pas vivre avec quelqu'un qui me ment aussi facilement que tu l'as fait ce matin. Surtout sur un sujet aussi important.

– Ce n'est pas important ! C'est ce que j'essaie de te faire comprendre !

Elle se dégage et me repousse.

– Si ce n'est pas important pour toi, *pourquoi* as-tu une pièce remplie de matériel BDSM *dans ta propre maison ?* Et n'aggrave pas les choses en me disant que ce n'est pas à toi ou une autre connerie.

Avant que j'aie pu répondre, Flocon se met à gronder et aboyer comme elle le faisait au début de notre histoire d'amour.

– Il faut que je m'en aille.

– Tu ne peux pas partir sans gardes du corps.

– Je les laisserai me conduire à l'aéroport, et ensuite, je me ferai un chignon et je mettrai des lunettes noires. Personne ne me reconnaîtra.

– Bien sûr que si, Natalie. Ne sois pas naïve.

– Je l'ai été depuis le début en ce qui te concerne. Pourquoi je m'arrêterais maintenant ?

Elle part dans la cuisine récupérer son sac à main, puis elle revient dans le hall, où elle attache la laisse de Flocon.

– Alors c'est tout ? Tu me quittes comme ça ?

Après une longue, interminable pause durant laquelle j'ai le temps de mourir mille fois, elle finit par me regarder.

– J'ai besoin de temps.

– Combien ?

– Je ne sais pas. Je t'appellerai quand je serai prête à te parler.

– Je te donne une semaine, et ensuite je viens te chercher.

En disant ça, je me demande comment je vais tenir une semaine sans elle, cette semaine que nous étions censés passer en voyage de noces.

– Ne fais pas ça. Je ne te reverrai que lorsque je serai prête.

– Pardonne-moi, Natalie. J'ai merdé. Je l'avoue. Ne pars pas, s'il te plaît. Je t'aime tellement. S'il te plaît.

Jamais dans ma vie je n'ai supplié une femme pour quoi que ce soit.

Jusqu'à aujourd'hui.

– Je ne veux pas partir, mais c'est ce que je dois faire pour l'instant. Je t'appellerai. Quand je serai prête.

Emmenant Flocon et sa valise, elle ouvre la porte, mais elle se retourne sur le seuil.

– Je t'aime aussi. Tu es ce qui m'est arrivé de mieux.

La porte se referme avec un déclic qui résonne dans toute la maison comme un coup de feu.

Par la vitre, je la vois rejoindre les gardes du corps. L'un d'eux lui ouvre la portière d'un 4x4. Flocon et elle y montent. Juste avant que la portière se referme, elle essuie les larmes sur ses joues. Puis elles s'en vont. Presque aussi vite qu'elles sont entrées dans ma vie, elles en sortent.

Nom de Dieu.

Je m'empare d'un lourd vase de cristal posé sur la table voisine de la porte et je le balance à l'autre bout du hall, fracassant l'une des fenêtres du fond.

Je reste là, haletant et rempli de fureur, principalement contre ma venimeuse garce d'ex-femme. J'ai envie d'aller l'étrangler, sauf que ce ne serait même pas le châtiment qu'elle mérite.

Je m'en veux aussi de ne pas m'être débarrassé du matériel au sous-sol avant d'avoir amené Natalie ici, mais ce n'est pas vraiment une tâche que je pouvais confier à Addie, étant donné qu'elle n'est pas au courant. Et je n'avais pas le temps de le faire moi-même, puisque Natalie était constamment avec moi.

La colère finit par m'abandonner pour ne laisser que le chagrin. Je vais donner à Natalie tout le temps qu'il lui faut, puis je partirai la retrouver. Je ferai tout pour la récupérer. Je lui dirai tout ce que j'aurais dû lui confier depuis le début, et cette fois, je ne dissimulerai rien.

Elle est à moi. Elle sera *toujours* à moi.

On sonne à la porte et je me précipite, espérant que Natalie est revenue et a changé d'avis. Mais ce n'est pas elle.

C'est l'agent du FBI. Vickers.

– M. Godfrey, je crains que nous ayons un problème.

À SUIVRE...

DÉCOUVREZ LES SÉRIES NEW ROMANCE

PARUES ET À PARAÎTRE
CHEZ HUGO ROMAN
& ÉDITIONS BLANCHE

Night OWL

Quand la nuit révèle
les passions cachées…

◆ BLANCHE
Hugo Roman

CHRISTINA LAUREN

Nouvelle série : Wild Seasons

SWEET FILTHY BOY
SAISON 1

DIRTY ROWDY THING
SAISON 2

DARK WILD NIGHT
SAISON 3

WICKED SEXY LIAR
SAISON 4
À PARAÎTRE EN FÉVRIER 2016

Hugo Roman

ANNA TODD

BEFORE

AFTER

***BEFORE* - SAISON 1**
JANVIER 2016

***BEFORE* - SAISON 2**
FÉVRIER 2016

Hugo Roman

FIGHT for Love

L'AMOUR EST LE PLUS BEAU DES COMBATS

FIGHT FOR LOVE - REAL

FIGHT FOR LOVE - MINE

FIGHT FOR LOVE - REMY

FIGHT FOR LOVE - ROGUE

FIGHT FOR LOVE - RIPPED

Hugo Roman

FIXED ON YOU

LAURELIN PAIGE

FOUND IN YOU – TOME 2

FOREVER WITH YOU – TOME 3

Hugo Roman